Rebecca Serle

DANS CINQ ANS

Roman

Traduit de l'anglais
par Typhaine Ducellier

CHARLESTON
POCHE

Titre original : *In Five Years*
Publié aux États-Unis par Atria Books, un département de Simon & Schuster, Inc.

Traduit de l'anglais (États-Unis) par Typhaine Ducellier

76, boulevard Pasteur
75015 Paris – France
www.editionscharleston.fr

ISBN : 978-2-38529-006-1
Maquette : Patrick Leleux PAO

À Leila Sales,
qui a illuminé les cinq dernières années,
et les cinq précédentes.
Nous en avons rêvé car c'était déjà arrivé.

« L'avenir ne t'abandonnera pas, petit, c'est la
seule chose dont tu peux être sûr, avait-il dit.
L'avenir te trouve toujours. Ne bouge pas,
et il te trouvera. De la même façon
que la terre n'a qu'à courir
vers la mer. »
Marianne Wiggins, Evidence of Things Unseen

« Traverser le pont pour gagner Manhattan.
La tarte. »
Nora Ephron

CHAPITRE 1

Vingt-cinq. C'est le nombre de secondes que je dois atteindre tous les matins avant d'ouvrir les yeux. Il s'agit d'une technique de méditation apaisante qui aide le cerveau en matière de mémoire, de concentration et d'attention. Mais je fais surtout cela parce que c'est le temps nécessaire à David, mon petit ami, pour sortir du lit, allumer la cafetière et laisser flotter ensuite jusqu'à moi l'odeur du café moulu.

Trente-six. C'est le nombre de minutes qu'il me faut pour me brosser les dents, me doucher, appliquer de la lotion, du sérum, de la crème, me maquiller et enfiler un tailleur. Si je me lave les cheveux, c'est quarante-trois.

Dix-huit. C'est le nombre de minutes qui séparent, à pied, notre appartement à Murray Hill de la 47e Rue, où se trouvent les bureaux de Sutter, Boyt & Barn.

Vingt-quatre. C'est, d'après moi, le nombre de mois qu'il faut pour fréquenter quelqu'un avant d'emménager ensemble.

Vingt-huit. Le bon âge pour se fiancer.

Trente. Le bon âge pour se marier.

Je m'appelle Dannie Kohan. Et je crois en la vie par les chiffres.

— Bon entretien ! me lance David lorsque j'entre dans la cuisine.

C'est aujourd'hui. Le 15 décembre. Je suis en peignoir de bain, une serviette entortillée autour de la tête. Il est encore en pyjama. Ses cheveux poivre sont saupoudrés d'une généreuse quantité de sel pour un homme qui n'a pas passé le cap des trente ans, mais j'aime ça. Cela lui donne un air digne, en particulier lorsqu'il porte des lunettes, ce qui est souvent le cas.

— Merci.

Je l'enlace et l'embrasse dans le cou, puis sur la bouche, car je viens de me brosser les dents. David n'a pas mauvaise haleine le matin. Jamais. Lorsque nous avons commencé à nous fréquenter, j'ai d'abord cru qu'il se levait avant moi pour avaler du dentifrice, mais quand nous avons emménagé ensemble j'ai compris qu'il se réveillait comme ça. On ne peut pas en dire autant à mon sujet.

— Le café est prêt.

Il plisse les yeux et mon cœur se serre à voir l'expression de son visage, ses traits qui se chiffonnent lorsqu'il tente de voir clairement et qu'il n'a pas encore mis ses lentilles.

Il me tend une tasse de café auquel j'ajoute une goutte de crème saveur noisette. Pour David c'est un sacrilège, mais il en achète quand même pour me faire plaisir. Voilà le genre d'homme qu'il est : critique, et généreux.

Je m'assois sous l'alcôve de notre cuisine, qui donne sur la 3e Avenue. Murray Hill n'est pas le quartier le plus glamour de New York et ne jouit pas d'une réputation extraordinaire. Il faut dire que le style vestimentaire s'y résume souvent plus ou moins à un sweat de l'université de Pennsylvanie, puisque ce sont majoritairement d'anciens étudiants de la communauté juive qui emménagent là après leur diplôme. Mais c'est aussi le seul endroit de Manhattan où il est possible de s'offrir un appartement avec deux chambres et une vraie cuisine, dans un immeuble avec concierge, en tout cas pour nous, qui gagnons déjà beaucoup plus d'argent que ce qu'un couple de vingt-huit ans pourrait être en droit d'attendre.

David travaille dans la finance. Il est banquier d'affaires chez Tishman Speyer, un conglomérat immobilier. Quant à moi, je suis avocate en droit des sociétés. Et ce matin, j'ai un entretien dans le meilleur cabinet de la ville. Wachtell. La Mecque. Le pinacle. Son siège mythique est situé dans une forteresse noir et gris sur la 52e Rue. Les meilleurs avocats du pays y travaillent. La liste de leurs clients est colossale. Ils représentent tout le monde : Boeing, ING, AT&T… C'est entre leurs murs que se négocient les plus grandes fusions de sociétés et les contrats qui façonnent les mutations de nos marchés mondiaux.

Je rêve d'exercer chez Wachtell depuis l'âge de dix ans, lorsque mon père m'emmenait déjeuner à Manhattan au Serendipity après avoir assisté à une séance en matinée. Nous passions toujours devant les grands bâtiments de Times Square, et j'insistais pour que nous allions jusqu'au n° 51 de la 52e Rue afin de contempler l'immeuble CBS, qui héberge les bureaux de Wachtell depuis 1965.

— Tu vas casser la baraque, ma chérie, me dit David.

Il s'étire, révélant le bas de son abdomen. David est grand et mince. Tous ses tee-shirts remontent lorsqu'il lève les bras, ce qui est loin de me déranger.

— Tu es prête ?

— Bien sûr.

Lorsqu'on m'a proposé cet entretien, j'ai d'abord cru à une plaisanterie. Un chasseur de têtes qui m'appelait depuis Wachtell, mais bien sûr… Bella, ma meilleure amie (blonde insouciante, adepte des proverbes et obsédée par les surprises), avait dû payer quelqu'un pour monter ce canular. Mais non, c'était tout ce qu'il y avait de plus sérieux. Wachtell, Lipton, Rosen & Katz voulaient me rencontrer. Aujourd'hui, le 15 décembre. J'ai entouré la date au marqueur dans mon agenda : rien ne pourrait l'effacer.

— N'oublie pas que nous sortons dîner ce soir pour fêter ça, me rappelle David.

— Je ne saurai pas tout de suite si je suis prise. Ce n'est pas comme ça que fonctionnent les entretiens d'embauche.

— Vraiment ? Explique-moi comment ça marche, alors…

La voix traînante, il est en train de flirter. David est un grand séducteur. Cela peut surprendre, car il est assez collet monté la plupart du temps, mais il a beaucoup d'esprit et de repartie. C'est une des premières choses à m'avoir attirée chez lui.

Je hausse les sourcils et il reprend son sérieux.

— Évidemment qu'ils vont t'engager. C'est ton plan.

— Merci de croire en moi.

Je n'insiste pas au sujet du dîner, car je sais ce qui va vraiment se passer ce soir. David est incapable de garder un secret, et encore plus incapable de mentir. Ce soir, au cours du deuxième mois de ma vingt-huitième année, David Andrew Rosen va me demander de l'épouser.

— Deux cuillerées de muesli et une demi-banane, annonce-t-il en me tendant un bol.

— Pour les grands jours, c'est bagel au poisson blanc. Tu le sais.

Avant le verdict d'une affaire importante, je passe toujours chez Sarge, sur la 3e Avenue. Leur bagel au poisson à chair blanche rivalise avec celui de Katz, dans le centre de Manhattan, et l'attente ne dépasse jamais quatre minutes et demie, même lorsque les gens font la queue. Je ne me lasse pas de leur délectable efficacité.

— N'oublie pas de prendre des chewing-gums, me rappelle David en se glissant près de moi tandis que je bats des paupières en buvant une gorgée de café chaud et sucré.

— Tu es en retard.

Je viens juste d'en prendre conscience. Normalement, il commence à travailler à l'heure d'ouverture de la Bourse et devrait donc être parti depuis une éternité. Il a peut-être posé un jour de congé. Ou alors il doit aller chercher la bague.

— Je voulais être avec toi ce matin.

Il consulte sa montre, une Apple Watch que je lui ai offerte pour l'anniversaire de nos deux ans, il y a quatre mois.

— Mais je ferais mieux de filer. Je vais à la salle de sport.

David ne va jamais à la salle de sport. Il a un abonnement mensuel chez Equinox qu'il a dû utiliser deux fois en deux ans et demi. Il est naturellement mince et il court parfois le week-end. Le gaspillage que représente cet abonnement est un sujet de tension entre nous, alors je m'abstiens de tout commentaire. Je ne veux pas être perturbée par quoi que ce soit aujourd'hui, et encore moins à une heure aussi matinale.

— D'accord. Je vais me préparer, lui dis-je seulement.

— Mais tu as le temps.

David m'attire à lui et glisse une main dans le col de mon peignoir. Je le laisse faire pendant un, deux, trois, quatre…

— Et il faut que je me concentre.

Il acquiesce. M'embrasse. Il comprend.

— Dans ce cas, on doublera la mise ce soir, déclare-t-il avec un clin d'œil taquin.

Je lui pince le biceps.

— Arrête de me chercher.

En charge sur ma table de nuit, mon portable sonne. Dans la chambre, l'écran affiche la photo d'une déesse goy blonde aux yeux bleus qui tire la langue à l'objectif. Bella. Ça m'étonne. Les rares fois où ma meilleure amie se lève avant midi, c'est qu'elle n'a pas dormi de la nuit.

— Bonjour. Où es-tu ? Pas à New York, j'imagine.

Elle bâille. Je l'imagine enveloppée d'un kimono en soie, en train de s'étirer sur une terrasse en bord de mer.

— Non. À Paris, précise-t-elle.

Voilà qui explique sa capacité à appeler à une heure pareille.

— Je croyais que tu partais ce soir ?

Son vol est enregistré dans mon portable : UA57. Newark. Décollage prévu à 18 h 40.

— J'ai pris l'avion plus tôt, mon père veut qu'on dîne ensemble ce soir. Pour bitcher sur ma mère, évidemment.

Elle marque une pause et je l'entends éternuer.

— Qu'est-ce que tu vas faire aujourd'hui ? me demande-t-elle.

Est-elle au courant de ce que trame David ? J'aurais tendance à penser qu'il lui en a parlé.

— Grosse journée prévue niveau travail, et dîner avec David ce soir.

— Ah oui. Le dîner.

Elle est au courant, c'est sûr. Elle aussi est incapable de garder un secret, surtout avec moi.

Je mets mon téléphone sur haut-parleur et me passe les doigts dans les cheveux. Il me faudra sept minutes pour les sécher. Je consulte la pendule : 8 h 57. J'ai tout mon temps. L'entretien est à 11 heures.

— J'ai failli essayer de t'appeler il y a trois heures.

— Ça aurait fait très tôt.

— Mais tu aurais quand même décroché, espèce de folle.

Elle sait que je laisse toujours mon portable allumé, même la nuit.

Bella est ma meilleure amie depuis l'âge de sept ans. Moi, gentille petite fille juive de la région Main Line, Philadelphie. Elle, princesse franco-italienne dont les parents ne lésinent pas : pour ses treize ans, son énorme fête d'anniversaire battait à plate couture n'importe quelle bar-mitsvah. Bella est pourrie gâtée, capricieuse et envoûtante. Ce n'est pas seulement moi qui le dis. Partout où elle passe, les gens tombent à ses pieds. Elle est la personne la plus facile du monde à aimer, et elle donne son amour sans compter. Mais elle est fragile, aussi. Le voile qui couvre ses émotions est si fin qu'il peut se déchirer à tout moment.

Si le compte en banque de ses parents est très bien garni et aisément accessible, il n'en va pas de même pour le temps et l'attention qu'ils sont disposés à lui consacrer. Elle a quasiment grandi avec mes parents et moi. Nous avons toujours été toutes les deux.

— Bells, il faut que j'y aille. Je passe mon entretien ce matin.

— C'est vrai ! Watchman !

— Wachtell.

— Qu'est-ce que tu vas mettre ?

Je fais défiler ma garde-robe dans ma tête, même si j'ai choisi ma tenue le jour où ils m'ont appelée.

— Un tailleur noir.

— Comme c'est excitant, lâche-t-elle, pince-sans-rire.

Je vois d'ici se plisser son petit nez en bouton, comme si elle venait de renifler quelque chose de désagréable.

— Tu reviens quand ?

— Sûrement jeudi, mais je ne sais pas trop. Renaldo va peut-être me rejoindre, auquel cas nous irons passer quelques jours sur la Riviera. On ne croirait pas, mais c'est génial à cette période de l'année. Il n'y a personne. Tu as tout pour toi toute seule.

Renaldo. Cela faisait un moment que je n'avais pas entendu son nom. Je crois qu'il est arrivé après Marcus le cinéaste, mais avant Francesco le pianiste. Bella est toujours amoureuse. Toujours. Mais ses histoires, quoique intenses et dramatiques, ne durent jamais plus de quelques mois. Elle présente rarement quelqu'un comme étant son petit ami, voire jamais. Le dernier doit remonter à l'université. Mais, et Jacques alors ?

— Amuse-toi bien, préviens-moi quand tu as atterri et envoie-moi des photos. Surtout de Renaldo. Tu sais, pour mes archives.

— Oui, maman.

— Je t'aime, Bells.

— Et moi je t'aime encore plus.

Je me sèche les cheveux et les laisse détachés, puis les passe au fer à lisser au niveau des racines et sur les pointes afin qu'ils ne frisottent pas. Je mets les boucles d'oreilles en perles que mes parents m'ont offertes lors de ma remise de diplôme, ainsi que ma montre Movado préférée, cadeau de David pour Hanoukka l'année dernière. Le tailleur que j'ai sélectionné, tout droit sorti du pressing, est accroché au dos de la porte de mon armoire. Je l'accompagne d'un chemisier rouge et blanc à volants, pour faire honneur à Bella. Une petite étincelle de fantaisie, comme elle le dirait.

Dans la cuisine, David n'a visiblement pas beaucoup avancé pour ce qui est de se changer ou de sortir. Il a donc bel et bien pris sa journée. Je tourne sur moi-même et lui demande :

— Qu'en pense-t-on ?

— Tu es engagée.

Il pose une main sur ma hanche et dépose un léger baiser sur ma joue.

Je lui souris.

— C'est le plan.

***

Comme on pouvait s'y attendre, Sarge, très prisé par les gens en route pour le bureau, est vide à 10 heures. Il ne me faut donc que deux minutes et quarante secondes pour obtenir mon bagel au poisson blanc. Aujourd'hui, je mange en marchant, mais il m'arrive de rester debout au comptoir près de la fenêtre. Même en l'absence de tabourets, il y a en général suffisamment de place pour poser mon sac.

La ville semble s'être fait une beauté pour les fêtes. Les lampadaires sont allumés, les vitrines couvertes de givre. Il fait –1 °C, autant dire doux pour New York en hiver. Et il n'a pas encore neigé, de telle sorte que c'est du gâteau de marcher en talons. Jusqu'ici, tout va bien.

J'arrive devant le siège de Wachtell à 10 h 45. Mon estomac commence à jouer contre moi et je jette ce qui reste de mon bagel. Ça y est. J'y suis. Ce pour quoi je travaille sans relâche depuis six ans. Ou plutôt depuis dix-huit ans. Toutes les préparations aux examens à l'université, chaque cours d'histoire, chaque heure passée à étudier pour le test d'admission en fac de droit. Les innombrables nuits sans dormir, ou presque. Chaque fois qu'un associé m'a enguirlandée d'avoir fait quelque chose, chaque fois qu'un associé m'a enguirlandée de n'avoir pas fait quelque chose… Absolument tous mes efforts m'ont conduite jusqu'à cet instant et m'y ont préparée.

Je prends un chewing-gum, j'inspire profondément et entre dans le bâtiment.

Le n° 51 de la 52ᵉ Rue est immense, mais je sais exactement quel accès emprunter, et à quel accueil me présenter pour passer le tourniquet de sécurité. J'ai répété cette suite d'événements dans ma tête comme la chorégraphie d'un ballet… D'abord la porte, puis tourner légèrement, puis aller à gauche dans une succession de pas rapides. *Un deux trois, un deux trois…*

Les portes de l'ascenseur s'ouvrent sur le trente-troisième étage et je retiens mon souffle. L'énergie du lieu s'infiltre en moi en une montée d'adrénaline tandis que je regarde les gens entrer et sortir des salles de réunion vitrées, tels des figurants de la série *Suits* qu'on aurait engagés pour la journée rien que pour moi et le plaisir de mes yeux. L'endroit est en effervescence et j'ai le sentiment que le spectacle serait le même à n'importe quelle heure, n'importe quel jour de la semaine. À minuit un jeudi, un dimanche à 8 heures du matin. C'est un monde hors du temps, qui fonctionne selon son propre rythme.

C'est ce que je veux. Ce que j'ai toujours voulu. Être à bord d'une machine que rien n'arrête. Travailler à la cadence de l'excellence.

— Mademoiselle Kohan ? m'interpelle une jeune femme.

Elle est vêtue d'une robe fourreau Banana Republic. Pas de veste. Elle est réceptionniste. Je le sais, car Wachtell exige de ses avocats qu'ils portent des costumes et des tailleurs.

— Par ici, je vous prie.

— Merci beaucoup.

Elle me guide à travers l'arène. Je remarque les coins plus tranquilles, les bureaux exposés à la vue de tous. Verre, bois et chrome. Le bruit de l'argent. Elle me mène à une salle de réunion accueillant une longue table en acajou sur laquelle trônent une carafe d'eau et trois verres.

J'intègre cette information aussi subtile que révélatrice. Il n'y aura donc pas un, mais deux associés à l'entretien. C'est parfait, aucun problème. Je connais mon sujet sur le bout des doigts. Je pourrais leur dessiner le plan de leurs bureaux s'ils me le demandaient. Je gère.

Deux minutes se transforment en cinq minutes, qui se transforment en dix. J'envisage de me servir un verre d'eau lorsque la porte s'ouvre pour laisser entrer Miles Aldridge. Major de sa promotion à Harvard. *Yale Law Journal*. Et associé principal chez Wachtell. Cet homme est une légende, et cette légende se tient à présent devant moi. J'inspire profondément.

— Mademoiselle Kohan. Je suis ravi que vous ayez pu vous rendre disponible aujourd'hui.

— Naturellement, monsieur Aldridge. C'est un plaisir de vous rencontrer.

Il hausse les sourcils, impressionné que je connaisse son nom sans jamais l'avoir vu. Trois points.

— Je vous en prie.

D'un geste, il m'invite à m'asseoir et je m'exécute. Il nous sert un verre d'eau, sans toucher au troisième.

— Bien. Commençons. Parlez-moi un peu de vous.

Je déroule les réponses que j'ai sculptées, polies et répétées au cours des derniers jours. Originaire de Philadelphie. Mon père avait une affaire dans le domaine de l'éclairage et à dix ans à peine je l'aidais à traiter les contrats. Afin de les trier et les classer, il me fallait les lire au moins en partie, et je suis tombée amoureuse de l'organisation des mots, de leur vérité pure, de l'aspect non négociable de ce langage. C'était comme de la poésie, mais une poésie avec un résultat, dotée d'un sens et d'un pouvoir concrets. J'ai su que c'était ce que je voulais faire dans la vie. Je suis allée à la faculté de droit de Columbia, où j'ai obtenu mon diplôme et fini deuxième de ma promotion. J'ai ensuite travaillé à la cour fédérale du district Sud de New York avant de me rendre à l'évidence dont, dans le fond, j'avais toujours été consciente : je voulais devenir avocate d'affaires, pratiquer un droit avec des enjeux, un droit dynamique, incroyablement compétitif et qui, reconnaissons-le, offre la possibilité de gagner beaucoup d'argent.

Pourquoi ?

Parce que je suis née pour ça, je me suis formée pour ça et c'est ce qui m'a menée où je suis aujourd'hui, à l'endroit où j'ai toujours su que j'arriverais. Le tremplin doré. Leur siège.

Nous parcourons mon CV point par point. Aldridge est étonnamment minutieux, ce qui m'arrange, car je dispose ainsi d'assez de temps pour développer mes accomplissements. Il me demande pourquoi je pense avoir ma place dans ce cabinet, quel genre de culture de travail m'attire. Je lui réponds que, lorsque je suis sortie de l'ascenseur, le mouvement permanent, l'activité frénétique m'ont donné le sentiment d'être chez moi. Ce n'est pas une hyperbole, et il s'en rend bien compte. Il laisse échapper un petit rire.

— C'est un environnement agressif. Et constamment en mouvement, comme vous venez de le dire. Beaucoup de gens craquent sous la pression.

Je croise les mains sur la table.

— Je peux vous assurer que ce ne sera pas un problème.

Il me pose alors la sempiternelle question. Celle à laquelle on se prépare toujours car elle arrive systématiquement :

Où vous voyez-vous dans cinq ans ?

J'inspire et je lui donne ma réponse en béton. Pas seulement parce que je me suis entraînée, même si c'est le cas. Mais parce que c'est la vérité. Je le sais. Je l'ai toujours su.

Je travaillerai ici, chez Wachtell, en tant qu'associée principale. J'ai la précision et l'efficacité d'un scalpel : je serai l'avocate la plus courue de ma promotion pour toutes les fusions et acquisitions. Je serai en lice pour devenir collaboratrice junior.

Et sur le plan personnel ?

Je serai mariée à David. Nous habiterons à Gramercy Park, avec vue sur le parc. Nous aurons une cuisine que nous adorerons et une table assez grande pour pouvoir nous y installer tous les deux pour travailler. Nous irons dans les Hamptons tous les étés ; parfois dans les Berkshires le week-end. Lorsque je ne serai pas au bureau, bien sûr.

Aldridge est satisfait. J'ai assuré, je le vois. Nous nous serrons la main et la réceptionniste réapparaît pour me raccompagner jusqu'à l'ascenseur, qui me renvoie dans le monde des simples mortels. Le troisième verre était là uniquement pour me décontenancer. Bien joué.

Je me rends chez Reformation, un de mes magasins de vêtements préférés situé dans le quartier de SoHo. J'ai pris une journée de congé et ce n'est que l'heure du déjeuner. Maintenant que l'entretien est passé, je peux me concentrer sur la soirée et ce qui m'attend.

Lorsque David m'a dit qu'il avait réservé une table au Rainbow Room, j'ai immédiatement compris ce que cela signifiait. Nous avions déjà parlé de nous fiancer et je savais que ce serait cette année. Néanmoins, je croyais qu'il me ferait sa demande pendant l'été, car les fêtes sont la période la plus chargée dans son métier et il est toujours débordé à cette époque de l'année. Mais il sait combien j'aime la ville lorsqu'elle est décorée pour Noël, alors il a attendu. Et l'entretien constitue le prétexte parfait pour me faire sa demande aujourd'hui.

— Bienvenue chez Reformation, me dit une vendeuse vêtue d'un pantalon noir à pattes d'éléphant et d'un col roulé moulant blanc. En quoi puis-je vous aider ?

— Il me faut une tenue pour ce soir. On va me demander en mariage.

Elle semble confuse pendant une demi-seconde, puis son visage s'illumine.

— Comme c'est excitant ! Regardons ensemble. Avez-vous une idée de ce que vous aimeriez ?

Je sélectionne une montagne de vêtements. Des jupes, des robes décolletées dans le dos, un pantalon en crêpe rouge avec un caraco fluide assorti. J'essaie la tenue rouge en premier et, dès que je l'ai enfilée, je sens que c'est parfait. Spectaculaire, tout en restant distingué. Sérieux, mais avec une pointe de fantaisie.

Je me regarde dans le miroir. Je tends la main.

Ça va arriver aujourd'hui. Ce soir.

CHAPITRE 2

Le soixante-cinquième étage du Rockefeller Plaza accueille l'un des plus hauts restaurants ayant vue de Manhattan. Des fenêtres et des magnifiques terrasses du Rainbow Room, on peut voir le Chrysler Building et l'Empire State Building s'élancer dans le ciel. David sait que j'adore les vues de ce genre. Pour l'un de nos premiers rendez-vous, il m'a emmenée à un événement au sommet du Metropolitan Museum of Art. Il s'agissait d'une exposition des œuvres de Richard Serra, organisée sur le toit. Les rayons du soleil donnaient l'impression que les gigantesques sculptures en bronze étaient en feu. C'était il y a deux ans et demi, et il n'a pas oublié à quel point j'avais adoré.

Le Rainbow Room est normalement réservé à des événements privés, mais pendant la semaine leur salle est ouverte à une clientèle triée sur le volet. Puisque Tishman Speyer, la société pour laquelle travaille David, est propriétaire et gérante du Rainbow Room et du bâtiment sous-jacent, ces réservations sont proposées en premier lieu aux membres du personnel. En général, en obtenir une est quasiment mission impossible, mais pour une demande en mariage…

Sous couvert de venir directement « en sortant du bureau », David m'a proposé de le rejoindre au SixtyFive, un bar lounge à cocktail adjacent au restaurant. Il n'était pas à l'appartement lorsque j'y suis repassée pour me changer. Il devait avoir des courses de dernière minute à faire, à moins qu'il ne soit parti marcher pour se détendre.

Lorsque j'arrive, David est déjà là, vêtu d'un costume bleu marine avec une chemise blanche et une cravate bleu et rose. La veste de costume est de rigueur au Rainbow Room, naturellement.

— Tu es très beau.

J'ôte mon manteau et le lui tends, révélant par la même occasion mon ensemble écarlate. C'est audacieux, pour moi, de porter une telle couleur. Il siffle.

— Et toi, tu es absolument magnifique.

Il confie mon manteau à un employé.

— Est-ce que tu aimerais boire quelque chose ? propose-t-il.

Il tripote sa cravate, signe qu'il est nerveux, naturellement. C'est touchant. De plus, je remarque une fine couche de sueur sur son front. Il est bel et bien venu à pied.

— Avec plaisir.

Nous nous faufilons jusqu'au bar et commandons deux coupes de champagne. Nous trinquons. David me dévisage, les yeux écarquillés.

— À l'avenir, dis-je alors que David descend déjà la moitié de son verre d'un trait.

— Je n'arrive pas à croire que je ne t'ai pas encore posé la question ! s'exclame-t-il en effleurant ses lèvres du revers de la main. Comment ça s'est passé ?

Je pose ma coupe, triomphante.

— J'ai assuré. Honnêtement, c'était du gâteau. Ça n'aurait pas pu mieux se dérouler. C'est Aldridge qui m'a reçue en entretien.

— Sans déconner ? Et quand auras-tu la réponse ?

— Il m'a dit qu'ils me tiendraient informée d'ici mardi. Si je suis prise, je commencerai tout de suite après les vacances.

David boit une autre gorgée de champagne. Puis il pose une main sur ma taille et me serre.

— Je suis tellement fier de toi. Un pas de plus.

— En effet.

Le plan sur cinq ans que j'ai exposé à Aldridge n'est pas seulement le mien : c'est le nôtre. Nous l'avons élaboré au bout de six mois de relation, quand il est devenu évident que c'était sérieux entre nous. David prévoit de quitter le secteur de la banque d'investissement pour commencer à travailler pour un fonds spéculatif (plus d'opportunités au niveau salarial, moins de bureaucratie). Nous n'avons même pas eu à discuter de l'endroit où nous voulions vivre : ç'a toujours été Gramercy, pour lui comme pour moi. Nous avons négocié tout le reste avec fluidité. Nous ne nous sommes jamais retrouvés dans une impasse.

— Monsieur Rosen, votre table est prête, annonce un homme en queue-de-pie blanche.

Il nous escorte hors du bar et nous fait traverser le couloir qui mène dans la salle.

Je n'ai vu le Rainbow Room que dans des films, mais le lieu est tout aussi superbe dans la réalité. C'est vraiment l'endroit parfait pour se fiancer. Des tables rondes sont disposées autour d'une piste de danse circulaire, au-dessus de laquelle est suspendu un lustre majestueux. La rumeur dit que la piste tourne. La salle à manger est agrémentée d'arrangements floraux élégants faisant penser à un mariage. Le tout a une allure festive, élégante et classique. Les femmes en manteau de fourrure. Les gants. Les diamants. L'odeur du cuir.

— C'est magnifique, dis-je dans un souffle.

David me serre contre lui et m'embrasse sur la joue.

— Ce soir, c'est la fête.

Le serveur recule ma chaise et je m'assois. Une serviette blanche apparaît soudain devant moi et atterrit délicatement sur mes genoux.

Un air lent et doux de Frank Sinatra flotte dans la pièce. Un crooner chante dans un coin de la salle.

— David, c'est trop.

Ce que je veux dire par là, c'est que c'est parfait. Tout est exactement comme cela devrait être. Il le sait. C'est ce qui fait que David est David.

Je ne dirais pas que je suis romantique. Cependant, je crois au romantisme, ce qui signifie que je crois au fait d'appeler pour organiser un rendez-vous plutôt que d'envoyer un texto, et aux fleurs après la première nuit d'amour, et à Frank Sinatra lors d'une demande en mariage. Et à New York en décembre.

Nous commandons à nouveau du champagne, mais une bouteille cette fois. Ma poitrine se serre momentanément à l'idée de ce que la soirée va nous coûter.

— N'y pense pas, me dit David.

Encore une chose que j'adore chez lui. Il sait toujours à quoi je pense, parce que nous sommes toujours sur la même longueur d'onde.

Les bulles arrivent. Fraîches, douces, pétillantes. Notre deuxième coupe passe toute seule.

Sur la piste, deux couples évoluent au son de *All the Way*.

« *Pour les bonnes années comme pour les mauvaises, et pour toutes celles qui se trouveront entre les deux, advienne que pourra.* »

Soudain, je songe que David va peut-être s'emparer du micro. Peut-être qu'il va faire ça devant tout le monde. Sans être m'as-tu-vu, il est plein d'assurance et n'a pas peur des démonstrations en public. Cette possibilité me perturbe. Imaginer la bague cachée dans mon soufflé au chocolat et lui mettant un genou à terre au vu et su de tous.

— On danse ? me demande David.

— Tu veux danser ? Toi ?

Il déteste danser. Aux mariages, je dois le traîner sur la piste. Il pense n'avoir aucun sens du rythme, et il a raison, mais tellement peu d'hommes l'ont que ça n'a vraiment pas d'importance. Le seul faux pas possible sur *P.Y.T. (Pretty Young Thing)*, c'est rester assis.

— Pourquoi pas ? Tant qu'on y est.

Il me tend la main. Alors que nous descendons les marches menant à la rotonde, la chanson change. *It Had to Be You*.

David me prend dans ses bras. Les deux autres couples, plus âgés, nous offrent un sourire approbateur.

— Tu sais que je t'aime, me dit David.

— Tu as intérêt.

Est-ce que c'est maintenant ? Est-ce qu'il va se jeter à l'eau ?

Non. Il continue à me faire bouger lentement autour de la rotonde qui tourne sur elle-même.

La chanson se termine. Quelques convives applaudissent. Nous regagnons notre table. Tout à coup, je suis déçue. Et si je m'étais trompée ?

Nous commandons. Une salade. Le homard. Du vin. La bague n'est ni accrochée à la pince du homard ni noyée dans un verre de bordeaux.

Nous jouons avec notre nourriture du bout de nos belles fourchettes en argent, sans rien avaler ou presque. Habituellement bavard, David a du mal à se concentrer. Il manque renverser son verre d'eau à plusieurs reprises. J'ai envie de lui dire « Vas-y. Je vais dire oui ». Peut-être que je devrais écrire le mot avec les tomates cerises de ma salade.

Enfin, le dessert arrive. Soufflé au chocolat, crème brûlée, pavlova. Il en a commandé un de chaque, mais toujours pas de bague en vue. Lorsque je relève les yeux après les avoir inspectés, David n'est plus en face de moi. Il est à côté de ma chaise, un petit écrin à la main. Il met un genou à terre.

— David.

Il secoue la tête.

— Pour une fois, ne dis rien, d'accord ? Laisse-moi parler.

Autour de nous, les gens murmurent puis se taisent. Certaines personnes se mettent à filmer avec leur portable. Même le volume de la musique diminue.

— David. Tout le monde nous regarde.

Mais je souris. Enfin.

— Dannie, je sais qu'aucun de nous deux n'est particulièrement sentimental et je ne dis pas souvent ces choses-là, mais sache que notre relation ne fait pas simplement partie d'un plan. Je t'aime. Tu es extraordinaire et j'ai envie de passer ma vie avec toi.

Parce que nous sommes faits pour nous entendre, et parce que plus le temps passe, moins j'arrive à m'imaginer vivre sans toi.

— Oui.

Il sourit à son tour.

— Peut-être que tu peux me laisser poser la question.

J'entends quelqu'un rire.

— Pardon. Pose la question, je t'en prie.

— Danielle Ashley Kohan, veux-tu m'épouser ?

Il ouvre l'écrin, qui renferme un anneau en platine orné d'un diamant coussin flanqué de deux pierres triangulaires. C'est moderne, épuré, élégant. C'est tout moi.

— Maintenant, tu peux répondre.

— Oui. Absolument. Oui.

Il se redresse et m'embrasse, sous les applaudissements. J'entends des déclics d'appareils photo, des « oh » et des « ah » de bienveillance de la part des clients qui nous entourent.

David sort la bague de la boîte et la glisse à mon annulaire. Il faut une seconde pour qu'elle passe mon articulation (j'ai les doigts gonflés à cause du champagne), mais, une fois en place, c'est comme si elle avait toujours été là.

Un serveur apparaît, sorti de nulle part, avec une bouteille.

— De la part du chef, annonce-t-il. Félicitations !

David retourne s'asseoir. Il tient ma main au-dessus de la table. Je fais pivoter mon poignet pour admirer la bague à la lueur des bougies.

— David, elle est magnifique.

— Elle te va merveilleusement bien.

— Est-ce que c'est toi qui l'as choisie ?

— Bella m'a aidé, avoue-t-il. J'avais peur qu'elle gâche la surprise. Tu la connais, elle est incapable de te cacher quoi que ce soit.

Je souris et serre sa main dans la mienne.

— Je ne me doutais de rien.

C'est ça, le secret pour qu'une relation fonctionne : ce n'est pas la peine de tout dire.

— Désolé de nous avoir donnés en spectacle. Je n'ai pas pu résister. C'est presque une obligation dans un endroit pareil.

Je le regarde. Mon futur mari.

— David. Je serais prête à endurer dix demandes en mariage en public tant que je t'épouse à la fin.

— Ce n'est pas vrai, mais tu es capable de me convaincre de tout et n'importe quoi, et c'est une des choses que j'aime chez toi.

***

Deux heures plus tard, nous sommes de retour chez nous. Affamés et étourdis par le champagne et le vin, nous commandons un repas thaï sur le site de Spice. C'est tout nous. Dépenser 700 dollars dans un dîner au restaurant et rentrer à la maison pour manger un riz frit à 8 dollars. Je ne veux surtout pas que ça change. Jamais.

J'ai envie de mettre un pantalon de jogging, comme d'habitude, mais quelque chose me dit de ne pas le faire. Pas ce soir, pas tout de suite. Si j'étais différente, si j'étais quelqu'un d'autre (Bella, par exemple), je porterais de la lingerie. J'aurais acheté un ensemble cette semaine. Je l'aurais mis et je serais apparue en sous-vêtements sur le pas de la porte de notre chambre. Et tant pis pour le pad thaï. Mais alors je ne serais sûrement pas fiancée à David à cet instant.

Nous ne sommes pas de gros buveurs, et le champagne et le vin nous sont montés à la tête à tous les deux. Je m'allonge dans le canapé et pose les pieds sur les genoux de David. Il presse ma voûte plantaire puis masse mes pieds martyrisés par mes chaussures à talons. Les frémissements de mon estomac me montent à la tête, et mes paupières tombent comme des rideaux que l'on baisse. En une minute, je m'endors.

CHAPITRE 3

J'émerge petit à petit. Depuis combien de temps suis-je endormie ? Je roule sur le côté pour regarder le réveil sur ma table de nuit : 22 h 59. J'étire mes jambes. Est-ce que David m'a mise au lit ? Les draps sont frais sur ma peau. J'ai envie de refermer les yeux et de replonger dans le sommeil, mais si je fais ça, je passe à côté de notre nuit de fiançailles, et nous avons encore du champagne à boire. Sans compter qu'il faut que l'on fasse l'amour. Voilà une chose que tout le monde devrait faire le soir de ses fiançailles. Je bâille, bats des paupières et m'assois. Soudain, ma respiration s'emballe. Parce que je ne suis pas dans notre lit. Je ne suis même pas dans notre appartement. Je porte une robe rouge habillée, au décolleté orné de perles. Et je suis dans un endroit que je ne connais pas.

Je pourrais vous dire que je suis en train de rêver, mais ce n'est pas le cas, pas vraiment. Je sens mes jambes et mes bras et les battements frénétiques de mon cœur affolé. Est-ce qu'on m'a kidnappée ?

En observant mieux ce qui m'entoure, je me rends compte que je suis dans un loft. Le lit dans lequel je me trouve est près de baies vitrées allant du sol au plafond et paraissant donner sur… Long Island City ? Je cherche quelque chose qui me permettrait de m'orienter, un point d'ancrage. Tout à coup, je distingue l'Empire State Building dans le lointain. Je suis à Brooklyn, mais où exactement ? Je reconnais la ligne d'horizon de New York par-delà la rivière, et le pont de Manhattan sur la droite : je dois être dans le quartier de Dumbo. David m'a-t-il emmenée à l'hôtel ? De l'autre côté de la rue se dresse un bâtiment en brique rouge avec une porte de grange marron ; une fête y bat son plein. J'aperçois des flashs d'appareil photo et beaucoup de fleurs. Un mariage, peut-être.

L'appartement n'est pas immense, mais il donne l'impression d'être spacieux. Deux fauteuils en velours bleu se frôlent devant une table basse en verre et acier. Une commode orange trône au pied du lit et des tapis persans colorés confèrent au lieu un caractère accueillant, confortable bien qu'un peu en pagaille. Il y a des canalisations apparentes, des poutres en bois et un cadre accroché au mur : une échelle d'acuité visuelle avec les mots « J'étais jeune j'avais besoin d'argent ».

Où suis-je, bon sang ?

— Tu es réveillée ?

Je me fige en entendant cette voix. Inconnue. Masculine. Je me cache ? J'essaie de me sauver en courant ? Il y a une grande porte en métal à l'autre bout de l'appartement, dans la direction d'où provient la voix. Si je me dépêche, je parviendrai peut-être à l'ouvrir avant…

Il contourne ce qui doit être la cuisine. Il porte un pantalon de costume noir et une chemise à rayures bleues et noires au col déboutonné.

J'écarquille les yeux. J'ai envie de crier ; il n'est pas impossible que je le fasse.

L'étranger bien habillé me rejoint. Je bondis sur mes pieds côté fenêtres, afin que le lit nous sépare.

— Salut. Ça va ?

— Non ! Non, ça ne va pas.

Il soupire. Ma réponse n'a pas l'air de le surprendre.

— Tu t'es endormie.

Il se frotte le front à plusieurs reprises. Il a une cicatrice au-dessus de l'œil gauche.

— Qu'est-ce qu'on fait ici ?

J'ai tellement reculé que je suis quasiment plaquée contre les vitres.

— Voyons…

— Tu sais qui je suis ?

Il pose un genou sur le lit.

— Enfin, Dannie, c'est quoi cette question ?

Il connaît mon nom. Et quelque chose dans sa façon de le dire m'invite à faire une pause, à respirer. Il l'a prononcé comme si ce n'était pas la première fois.

— Je ne sais pas. Je ne sais pas où je suis.

— C'était une bonne soirée, tu ne trouves pas ?

Je baisse les yeux pour observer ma tenue. En fait, je reconnais cette robe. Bella l'a achetée avec ma mère et moi pendant une virée shopping il y a trois ans. J'ai la même en blanc.

— Si, dis-je sans réfléchir.

Comme si je le savais. Comme si j'avais été présente à la soirée qu'il évoque. Qu'est-ce qui se passe ?

C'est alors que je vois la télévision. Allumée depuis le début, avec le volume au minimum. Accrochée au mur face au lit, elle diffuse les informations. Un petit carré à l'écran affiche la date et l'heure. 15 décembre 2025. Un homme en costume bleu bavasse sur la météo, tandis qu'un nuage de neige passe derrière lui. J'essaie de respirer.

— Quoi ? Tu veux que j'éteigne ?

Je secoue la tête comme un automate. Il attrape la télécommande sur la table basse tout en sortant sa chemise de son pantalon.

« … Alerte météo sur la côte est, tandis que le blizzard se dirige vers nous. Des chutes de neige allant jusqu'à vingt centimètres au cours de la nuit, avec une accumulation continue jusqu'à mardi… »

2025. Ce n'est pas possible ; bien sûr que non. Cinq ans…

Il doit s'agir d'un canular. Bella. Quand nous étions plus jeunes, elle s'amusait tout le temps à faire des trucs idiots dans ce genre-là. Un jour, pour mes onze ans, elle a réussi à faire venir un poney dans mon jardin sans que mes parents s'en aperçoivent. Quand on s'est réveillés, on l'a trouvé en train de jouer à se faire peur avec la balançoire.

Mais même Bella ne serait pas en mesure de faire apparaître une fausse date sur une chaîne de télévision nationale. Ou bien si ? Et qui est ce type ? Mon Dieu. David.

Dans l'appartement, l'homme se tourne vers moi.

— Est-ce que tu as faim ?

À ces mots, mon ventre gargouille. J'ai à peine mangé pendant le dîner et, où que je sois, je suis presque certaine que le pad thaï de mon univers parallèle avec David n'est pas encore arrivé.

— Non.

Il penche la tête sur le côté.

— On dirait bien que si, pourtant.

— Non, je n'ai pas faim. J'ai juste… J'ai besoin…

— De manger, finit-il à ma place.

Il me sourit. Je me demande quel est l'angle d'ouverture des fenêtres.

— Est-ce que tu veux te changer d'abord ?

— Je ne…

Je ne termine pas ma phrase, car je ne sais pas où nous sommes. Ni où je pourrais bien trouver des vêtements.

— Viens.

Je contourne le lit à pas lents et le suis dans un dressing, tout près de l'alcôve de la chambre. Il abrite des rangées de sacs, de chaussures et de vêtements organisés par couleur. Mes affaires. Il s'agit donc de mon appartement. Je vis ici.

— J'ai déménagé à Dumbo, dis-je tout haut.

L'homme rit. Puis il ouvre un tiroir et en sort un bas de jogging et un tee-shirt. Mon cœur cesse de battre. Ce sont ses vêtements. Il vit donc ici également. Nous sommes… ensemble.

David.

Je recule et me précipite à la recherche de la salle de bains, que je trouve à gauche du salon. Je referme la porte derrière moi et la verrouille avant de m'asperger la figure d'eau froide.

— Réfléchis, Dannie, réfléchis.

Tous les produits que j'aime se trouvent sur l'étagère. La crème pour le corps Abba, mon shampoing à l'huile d'arbre à thé. J'applique délicatement sur mon visage un peu de sérum MyChelle dont l'odeur familière me réconforte.

Un peignoir de bain est accroché derrière la porte. Celui que j'ai depuis toujours, avec mes initiales. Il y a aussi un bas de pyjama et un vieux sweat de l'université Columbia. Je retire ma robe pour enfiler pyjama et sweat-shirt.

Puis je passe de l'huile de cynorhodon sur mes lèvres et déverrouille la porte.

— On a des pâtes ou… des pâtes, crie l'homme depuis la cuisine.

Commençons par le commencement. Il faut que je trouve le nom de ce type.

Son portefeuille.

Je n'ai jamais regardé dans le portefeuille de David.

— Des pâtes, c'est parfait.

Près du lit, son pantalon est posé sur une chaise. Tout en fouillant dans ses poches, je guette ce qui se passe dans la cuisine. Il a les yeux rivés à la casserole, qu'il remplit d'eau. Son portefeuille, ça y est. Vieux cuir, marque impossible à identifier.

J'en tire deux cartes. L'une vient d'un pressing. L'autre est la carte de fidélité d'une chaîne de cafés.

Puis je mets la main sur son permis de conduire. Aaron Gregory, trente-trois ans. Son permis a été délivré par l'État de New York. Il mesure un mètre quatre-vingts et a les yeux verts.

Je remets tout en place.

— Tu veux de la sauce tomate ou du pesto ? demande-t-il depuis les fourneaux.

— Aaron ?

Il sourit.

— Oui ?

— Du pesto.

Je me dirige vers la cuisine. On est en 2025, un homme que je n'ai jamais rencontré est mon petit ami, et je vis à Brooklyn.

— J'avais envie de pesto, moi aussi.

Je m'assieds au comptoir. Les tabourets en bois de cerisier ont un large dossier en acier. Je ne les reconnais pas, et ils ne me plaisent pas particulièrement.

Je l'observe. Il est blond, a les yeux verts et une mâchoire qui lui donne un air de super-héros Chris de Marvel. Il est sexy. Trop sexy pour moi, pour être tout à fait honnête avec vous, et de toute évidence goy, à en juger par son nom et son apparence. Mon estomac se tord. Voilà donc ce qu'il est advenu de moi en cinq ans ? Je sors avec un Adonis blond et je vis dans un loft d'artiste ? Mon Dieu, ma mère est-elle au courant ?

L'eau bout et il verse les pâtes dans la casserole. Un nuage de vapeur s'élève et il recule en s'essuyant le front.

Soudain, je demande :

— Est-ce que je suis toujours avocate ?

Aaron me dévisage et rit.

— Bien sûr. Tu veux du vin ?

Je hoche la tête et pousse un petit soupir de soulagement. Bon. Certaines choses ont déraillé, mais pas tout. Je peux gérer. Il faut juste que je retrouve David, que je comprenne ce qui s'est passé, et tout reviendra à la normale. Toujours avocate. Alléluia.

Une fois que les pâtes sont cuites, il les égoutte et les remet dans la casserole, avant d'y ajouter du pesto et du parmesan. J'ai tout à coup si faim que j'en ai le tournis. Je ne pense plus qu'à manger.

Aaron attrape deux verres à vin dans un placard et évolue avec la plus grande aisance dans la cuisine. Ma cuisine. Notre cuisine.

Il me sert un verre de rouge qu'il me tend par-dessus le comptoir. Un vin fort et audacieux. Peut-être un brunello. Pas le genre que j'achèterais habituellement.

— Le dîner est servi.

Aaron pose devant moi une énorme assiette fumante de spaghettis au pesto. Il n'a pas le temps de s'asseoir que je dévore déjà ma part. Pendant que je mange, il me vient à l'idée que je suis peut-être l'objet d'une sorte d'expérience scientifique menée par le gouvernement et qu'il est en train de m'empoisonner, si ça se trouve. Mais je suis tellement affamée que ça m'est égal.

Les pâtes sont délicieuses, chaudes et salées, et je garde le nez dessus les cinq minutes qui suivent. Lorsque je relève la tête, il me regarde fixement.

Je m'essuie la bouche avec ma serviette.

— Désolée. J'ai l'impression de ne pas avoir mangé depuis des années.

Il acquiesce et repousse son assiette.

— Maintenant, on a deux options. Nous saouler, ou nous saouler et jouer au petit bac.

J'adore les jeux de société, ce qu'il n'est pas sans savoir, apparemment. Et ce qui paraît logique si nous sommes en couple. David, lui, est plutôt branché cartes. C'est lui qui m'a appris à jouer au bridge et au rami. Pour lui, les jeux de société sont faits pour les enfants, et si l'on joue à quelque chose, autant faire en sorte que ça renforce notre cerveau, ce qui est le cas du bridge et du rami. Je tranche :

— Nous saouler.

Aaron remplit nos verres de vin, laissant nos assiettes vides sur le comptoir de la cuisine. Et maintenant ? Je prends alors conscience qu'il va vouloir aller au lit. Mon petit ami va vouloir me toucher. Je le sens.

Je vais tout droit vers l'un des deux fauteuils en velours pour m'y installer. Il me lance un regard en coin. *Hum.*

Une pensée traverse soudain mon esprit. Je regarde ma main, paniquée : j'ai une bague de fiançailles au doigt. Un solitaire, un diamant jaune entouré de petites pierres. C'est vintage et fantasque. Ce n'est pas la bague que David m'a offerte ce soir. Jamais je n'aurais choisi ce genre de bijou. Et, pourtant, il est là, à mon annulaire.

Merde. Merde, merde, merde !

Je me lève d'un bond et me mets à faire les cent pas. Est-ce que je ferais mieux de partir ? Pour aller où ? À mon ancien appartement ? Peut-être que David y est toujours. Mais quelle probabilité qu'il y vive encore ? Il vit certainement à Gramercy, avec une femme saine d'esprit. Peut-être que si je lui raconte ce qui se passe il saura trouver une solution ? Peut-être même qu'il me pardonnera de nous avoir fourrés dans cette histoire, moi dans cet appartement avec un étranger et lui de l'autre côté du pont ? Il n'a pas son pareil pour résoudre les problèmes. Il va régler ça.

Je me lève et me dirige vers la porte. Il faut que je sorte. Que j'échappe au sentiment qui envahit cette pièce. Où est-ce que je range mes manteaux ?

— Où tu vas ? me demande Aaron.

Vite. Une réponse.

— À l'épicerie.

— À l'épicerie ?

Aaron me rejoint. Puis il prend mon visage entre ses mains. Elles sont froides et, un instant, son geste et le choc thermique me frappent tellement que j'ai envie de reculer, mais il m'en empêche.

— Reste. S'il te plaît, ne pars pas maintenant.

Il me regarde et c'est comme si ses yeux étaient liquides, béants. Alors c'est ça, le pouvoir qu'a ce type sur moi ? Ce sentiment ? C'est… nouveau et familier à la fois. C'est lourd, pesant. C'est partout autour de nous. Et, pourtant, malgré moi, j'ai envie de… j'ai envie de rester.

— D'accord, dis-je dans un murmure.

Parce que sa peau est contre la mienne, parce que ses yeux sont toujours plongés dans les miens et que, même si je ne comprends pas pourquoi je me suis engagée à passer le reste de ma vie avec cet homme, je sais que le lit que nous partageons en voit de toutes les couleurs, car… c'est immense, ce qu'il y a dans cette pièce. Il produit dans mon corps une sorte de résonance, la répercussion sismique d'une sorte de raz-de-marée. Dehors, le ciel est sens dessus dessous.

Il m'entraîne par la main vers le lit, et je le suis, commençant à me sentir léthargique à cause du vin. J'ai envie de m'étirer.

— Cinq ans, je marmonne en me perchant sur le matelas.

Aaron me lance un regard et s'assoit, le dos appuyé contre les oreillers. Il ouvre les bras et je le rejoins, sentant un tiraillement dans mes membres comme si j'étais une marionnette qu'on tirait par à-coups vers l'avant, vers lui, irrémédiablement.

Mon Dieu. Je le laisse me serrer contre lui et je sens son souffle chaud sur ma joue. Son visage est tout près du mien. C'est parti, il va m'embrasser. Vais-je le laisser faire ? Je réfléchis, je pense à David, et aux bras musclés de cet Aaron. Mais, avant que j'aie le temps de peser le pour et le contre afin de tirer une solide conclusion, ses lèvres atterrissent doucement sur ma bouche.

Il reste là, avec délicatesse, comme s'il savait, comme s'il me laissait m'habituer à lui. Puis il utilise le bout de sa langue pour m'inciter à entrouvrir les lèvres.

Bon sang.

Je fonds. Je n'ai jamais ressenti une chose pareille. Ni avec David, ni avec Ben (ma seule autre relation sérieuse), ni même avec Anthony, mon aventure à Florence pendant mon séjour d'étude à l'étranger. Ça n'a absolument rien à voir. Il m'embrasse et me touche comme s'il était à l'intérieur de ma tête. En même temps, comme nous sommes dans le futur, peut-être qu'il y est vraiment.

— Tu es sûre que ça va ?

Je lui réponds en l'attirant plus près.

Il glisse ses mains sous mon sweat et l'instant d'après le pull a disparu et l'air frais caresse ma peau nue. Il s'incline et prend un de mes tétons dans sa bouche.

C'est de la folie. Je suis devenue folle. J'ai perdu l'esprit.

C'est tellement bon.

Nous retirons le reste de nos vêtements. Quelque part, dans la stratosphère, j'entends un klaxon, le grondement d'un train, la ville qui continue à respirer.

Son baiser s'intensifie. Nous nous retrouvons allongés. Tout paraît incroyable. Ses doigts qui suivent les courbes de mon ventre, sa bouche dans mon cou. Je n'ai jamais eu d'aventure d'un soir jusqu'à présent, mais ça, ça compte, non ? Nous

nous sommes rencontrés il y a à peine une heure et on est sur le point de coucher ensemble.

J'ai hâte de raconter ça à Bella. Elle va adorer. Elle… Mais, et si je n'arrive jamais à revenir ? Et si ce parfait étranger est bel et bien mon fiancé désormais, et si je ne peux même pas partager les détails de cette…

Il caresse ma hanche de son pouce et toute pensée en lien avec le temps et l'espace file par la fenêtre entrouverte.

— Aaron.

— Oui.

Il vient au-dessus de moi et mes paumes trouvent les muscles de son dos, ses creux et ses courbes comme un terrain à la fois noueux et paisible. Je m'arque contre lui, cet homme est à la fois un inconnu et tout autre chose. Il prend mon visage entre ses mains, puis fait glisser ses doigts dans mon cou et sur mes côtes avant de m'agripper par la taille. Sa bouche cherche la mienne avec précipitation. Je me suspends à ses épaules et, tout à coup, j'oublie où je suis. Je n'ai conscience que des bras d'Aaron fermement enroulés autour de moi.

CHAPITRE 4

Je me réveille en sursaut et porte une main à ma poitrine.

— Coucou. Tu es réveillée.

Je lève la tête : David se tient debout près de moi, un saladier de pop-corn dans une main et une bouteille d'eau dans l'autre. Ce n'est pas exactement le vin que j'étais en train de boire à l'instant. À l'instant ? Je baisse les yeux et constate que je suis tout habillée. Dans mon ensemble rouge Reformation. Qu'est-ce qui vient de se passer, bon sang ?

Je me redresse péniblement. Je suis de retour sur le canapé. David porte désormais son sweat de tournoi d'échecs et un bas de jogging noir. Nous sommes dans notre appartement.

— J'ai cru que tu étais K.-O. et que tu allais rater notre grande soirée. Je savais que la seconde bouteille nous achèverait. J'ai déjà pris deux Advil, tu en veux ?

Il pose le pop-corn et l'eau et se penche vers moi pour m'embrasser.

— On appelle nos parents maintenant ou demain ? Ils doivent être en train de devenir fous, tu sais. J'ai dit à tout le monde que je te faisais ma demande ce soir.

Je tente de remettre dans l'ordre ce qu'il me dit. Je suis pétrifiée. Ça devait être un rêve, mais… comment est-ce possible ? Il y a à peine trois minutes, j'étais au lit avec un homme prénommé Aaron. Nous nous embrassions, ses mains étaient sur moi et j'étais en train d'avoir le rapport le plus intense de ma vie. Le moi de mes rêves a couché avec un inconnu. J'éprouve le besoin de palper mon corps pour confirmer ma réalité physique et de serrer mes bras autour de moi.

— Ça va ? demande David.

Il a laissé de côté la jovialité du moment et m'observe attentivement.

— J'ai dormi combien de temps ?

— Environ une heure.

Il se rapproche de moi et la proximité de son corps me fait l'effet d'une intrusion. Son expression change, comme s'il venait de comprendre quelque chose.

— Ça fait beaucoup de choses pour une seule journée. Écoute, je suis sûr que tu vas décrocher ce boulot. Je vois bien que ça te stresse, mais c'est impossible qu'ils ne t'engagent pas. Tu es la candidate parfaite, Dannie.

J'ai presque envie de lui demander : « Quel boulot ? »

— Le dîner est là, continue-t-il. J'ai tout mis dans le réfrigérateur. Je vais chercher des assiettes.

Je secoue la tête.

— Je n'ai pas faim.

David me dévisage, sous le choc.

— Comment ça ? Tu étais affamée tout à l'heure.

Il se lève et se rend dans la cuisine sans s'occuper de moi, ouvre la porte du réfrigérateur et en sort des boîtes. Pad thaï. Curry au poulet. Riz frit.

— Tous tes plats préférés, fait-il remarquer. Chaud ou froid ?

— Froid.

Je m'enroule dans la couverture.

David revient, les boîtes en équilibre sur les assiettes. Il retire les couvercles et des parfums épicés, aigres-doux et acidulés envahissent mes narines.

— J'ai fait un rêve complètement fou.

Peut-être que si j'en parle, ça aura du sens. Peut-être qu'il faut que je déballe tout.

— Je… Ça m'a vraiment marquée. Est-ce que j'ai parlé dans mon sommeil ?

David se sert en nouilles et attrape une fourchette.

— Non. Je ne crois pas. Mais je t'ai laissée pour prendre une douche, alors peut-être que tu as parlé à ce moment-là ?

Il enfourne une énorme bouchée de pad thaï. Des nouilles atterrissent par terre.

— Est-ce que c'était un cauchemar ?

Je pense à Aaron.

— Non. Enfin, pas exactement.

— Tant mieux. Ta mère a appelé deux fois. Je ne sais pas combien de temps on va encore pouvoir la faire attendre, mais… j'avais des projets rien que pour nous deux ce soir.

David pose sa fourchette et m'enlace.

Mes yeux se posent sur ma main. La bague, la bonne bague, est de retour à mon doigt. J'expire sans bruit.

Mon portable vibre.

— C'est encore Bella, constate David avec ce qui ressemble à une pointe d'agacement.

Je suis déjà debout. J'attrape mon téléphone et pars dans la chambre.

— Je mets les infos, lance David derrière moi.

Je ferme la porte et décroche enfin.

— Bells.

— J'attendais que tu m'appelles !

C'est bruyant autour d'elle, elle est entourée de monde. Elle fait la fête quelque part. Elle rit et sa voix est comme une cascade de musique.

— Tu es fiancée ! Félicitations ! Ta bague te plaît ? Je veux tout savoir !

— Tu es encore à Paris ?

— Oui !

— Quand rentres-tu ?

— Je ne sais pas trop. Jacques veut partir quelques jours en Sardaigne.

Ah, Jacques est donc de retour. Si Bella se réveillait projetée cinq ans dans le futur et dans un autre appartement, je suis presque sûre que ça ne lui arracherait même pas un battement de cils.

— En décembre ?

— C'est supposé être calme et romantique, en cette saison.

— Je croyais que tu allais sur la Riviera avec Renaldo.

— Il s'est barré, puis Jacques m'a envoyé un message pour me dire qu'il était dans le coin, *et voilà*. Nouveau plan !

Je m'assois sur mon lit et regarde autour de moi. Les fauteuils tuftés gris que j'ai achetés avec ma première paie chez Clarknell, la vieille commode en chêne récupérée chez mes parents. Les lampes Bakelite que David a apportées de sa garçonnière de Turtle Bay.

Puis je revois le loft spacieux de Dumbo. Les fauteuils en velours bleu.

— Il faut que je te raconte un truc. C'est un peu dingue.

— Dis-moi tout ! braille-t-elle dans le téléphone.

Je l'imagine déchaînée au milieu de la piste de danse, sur le toit de je ne sais quel hôtel parisien, avec Jacques qui la tire par le bras.

— Je ne sais pas trop comment expliquer. Je me suis endormie et… je ne rêvais pas. Je pourrais jurer que j'étais dans cet appartement, et que ce type était là. C'était tellement réel. Comme si j'y étais vraiment. Est-ce que ça t'est déjà arrivé ?

— Non, chérie, on va dans le Marais !

— Quoi ?

— Désolée, tout le monde meurt de faim et c'est presque le matin. On fait la fête depuis une éternité. Mais attends, donc c'était comme dans un rêve ? Est-ce qu'il l'a fait sur la terrasse ou dans le restaurant ?

J'entends une porte qui claque, puis le volume sonore diminue sensiblement.

— Oh, dans le restaurant. Je te raconterai tout à ton retour.

— Raconte maintenant ! Je suis là, je t'écoute !

Je souris.

— Non, tu n'es pas là. Fais attention à toi, d'accord ? dis-je en l'imaginant lever les yeux au ciel.

— Ce n'est pas en faisant attention qu'on fait la fête, tu sais.

— Si tu le dis…

— J'aimerais bien que tu t'amuses davantage, c'est tout.

— Mais je m'amuse, figure-toi !

— Vraiment ? Laisse-moi deviner. David est en train de regarder CNN Live et tu as un masque sur la figure. Tu viens de te *fiancer*, Dannie !

Je touche ma joue du bout des doigts.

— Raté. Pas de masque.

— Au fait ! Comment s'est passé ton entretien ? Je n'avais pas oublié, c'était juste une omission momentanée.

— Ça s'est très bien passé, vraiment. Je pense qu'ils vont m'embaucher.

— Bien sûr qu'ils vont t'embaucher. Il faudrait un cataclysme universel d'une ampleur délirante pour que tu n'aies pas ce boulot. Je doute que ce soit scientifiquement possible.

Je sens mon ventre se nouer.

— On fête tout ça autour d'un brunch arrosé à mon retour, lance-t-elle.

Nouveau bruit de porte. Les sons affluent. J'entends quelqu'un lui faire la bise.

— Tu sais que je déteste bruncher.

— Mais tu m'adores.

Elle raccroche au milieu d'un raffut indescriptible.

David entre dans la chambre, les cheveux en bataille. Il ôte ses lunettes et se frotte l'arête du nez.

— Tu es fatiguée ? s'enquit-il.

— Pas vraiment.

— Moi non plus.

Il grimpe dans le lit et s'approche de moi. Mais je ne peux pas. Pas maintenant.

— Je vais chercher un verre d'eau. J'ai bu trop de champagne. Je t'en apporte ?

— Je veux bien.

Il bâille.

— Tu peux éteindre la lumière, s'il te plaît ?

Je me lève et j'actionne l'interrupteur avant de regagner le salon. Au lieu de me servir de l'eau, je vais à la fenêtre. Il fait nuit, mais les rues sont inondées de lumière. En bas, la 3e Avenue fourmille de monde, même s'il est bien plus de minuit. Dehors, il y a des gens qui rient et crient. Qui sont en route pour les bars de notre jeunesse : le Joshua Tree, le Mercury Bar… Ils vont danser jusqu'au petit matin sur de la musique des années 1990 qu'ils sont trop jeunes pour connaître vraiment. Je reste là longtemps. J'ai le sentiment que des heures s'écoulent. Les rues new-yorkaises baissent d'un ton jusqu'à ne plus laisser entendre qu'un murmure. Lorsque je retourne dans la chambre, David dort profondément.

CHAPITRE 5

Je décroche le poste. Bien sûr que je décroche le poste. Ils m'appellent une semaine plus tard et me l'offrent, pour un salaire légèrement inférieur au mien. Je négocie un salaire plus élevé et, le 8 janvier, je donne mon préavis de deux semaines. David et moi emménageons à Gramercy un an plus tard, presque jour pour jour. Nous trouvons un appartement non meublé à sous-louer dans le bâtiment que nous avons toujours admiré.

— On y restera jusqu'à ce qu'un appartement soit disponible à la vente, me dit David.

Un an plus tard, un appartement est mis en vente et nous l'achetons.

David commence à travailler pour le fonds spéculatif créé par son ancien patron de chez Tishman. Je suis promue au poste d'associée principale.

Les années passent. Les hivers et les printemps et les étés. Tout se déroule comme prévu. Absolument tout. Sauf que David et moi ne nous marions pas. Nous n'arrêtons jamais une date. Nous répétons que nous sommes débordés, ce qui est vrai. Nous répétons que nous n'avons pas besoin de nous marier jusqu'à ce que nous voulions des enfants. Nous répétons que nous avons envie de voyager. Que nous le ferons quand ce sera le bon moment. Sauf que ça ne l'est jamais. Une année, son père a des problèmes cardiaques. La suivante, nous déménageons. Il y a toujours des raisons, de bonnes raisons, mais aucune d'elles n'est la véritable explication. La vérité, c'est que chaque fois que nous nous approchons, je repense à cette nuit, cette heure, ce rêve, cet homme. Et ce souvenir m'arrête avant même d'avoir commencé.

Après cette nuit-là, j'ai entamé une thérapie, car j'y pensais sans cesse. Le souvenir était réel, comme si je l'avais vraiment vécu. J'avais l'impression de devenir folle et, de ce fait, je ne voulais en parler à personne, pas même à Bella. Qu'est-ce que j'aurais bien pu dire ? « Je me suis réveillée dans le futur » ? « J'ai couché avec un inconnu » ? Le pire, c'est que Bella m'aurait sûrement crue.

Je sais que les thérapeutes sont supposés nous aider à trouver le grain de folie qui loge dans notre cerveau, pour nous permettre ensuite de nous en débarrasser. Alors la semaine suivante je suis allée voir quelqu'un dans l'Upper East Side. Hautement recommandée. À New York, les meilleurs psys sont tous dans l'Upper East Side.

Son bureau était lumineux et accueillant, quoique peut-être un tantinet aseptisé. Il y avait une plante gigantesque. Je n'arrivais pas à savoir si elle était artificielle ou non. Je n'ai jamais réussi à la toucher. Elle se trouvait de l'autre côté du divan, derrière le fauteuil de la psy, impossible à atteindre.

Dr Christine. Membre du groupe des praticiens qui acculent leur prénom à leur titre pour que l'on s'identifie à eux plus facilement. Mais ça ne fonctionnait pas avec elle. Elle portait des couches superposées d'Eileen Fisher, un tel excès de lin, de soie et de coton entortillés que je n'avais pas la moindre idée de la forme de son corps. Elle devait avoir dans les soixante ans.

— Qu'est-ce qui vous amène aujourd'hui ? m'a-t-elle demandé.

Auparavant, je n'étais allée consulter qu'à une seule occasion : quelques séances après la mort de mon frère. Un accident de voiture fatal lié à une consommation excessive d'alcool. La police avait frappé à notre porte à 1 h 37 du matin. Ce n'était pas lui qui conduisait. Il occupait le siège passager. Ce que j'avais entendu en premier, c'étaient les cris de ma mère.

La thérapeute me faisait parler de lui, de notre relation. Elle m'avait fait dessiner l'accident tel que je l'imaginais, ce qui m'avait semblé condescendant pour une enfant de douze ans. J'y étais allée pendant un mois, peut-être plus. Je ne me souviens pas de grand-chose, si ce n'est qu'après ça ma mère et moi allions manger une glace, comme si j'avais sept ans et non pas bientôt treize. Souvent, je n'en avais même pas envie, mais je demandais toujours deux boules menthe et pépites de chocolat. Il me paraissait important de jouer le jeu à l'époque, et longtemps encore après.

— J'ai fait un rêve étrange. Enfin, il m'est arrivé quelque chose d'étrange.

Le docteur Christine a hoché la tête. Un bout de soie a glissé.

— Aimeriez-vous m'en parler ?

Je me suis exécutée. Je lui ai expliqué que David et moi nous étions fiancés, que j'avais bu trop de champagne, que je m'étais endormie, puis réveillée en 2025 dans un appartement inconnu avec un homme que je n'avais jamais rencontré. J'ai omis de révéler que j'avais couché avec lui.

Quand j'ai eu fini mon récit, elle m'a longuement observée. Cela m'a mise mal à l'aise.

— Parlez-moi de votre fiancé.

Aussitôt, je me suis sentie soulagée. Je savais où elle allait avec cette question : j'avais des doutes sur David et, par conséquent, mon subconscient projetait une sorte de réalité alternative où je n'étais pas sujette au fardeau auquel je m'exposais en me fiançant.

— Il est formidable, ai-je commencé. Nous sommes ensemble depuis plus de deux ans. Il est très ambitieux et d'une grande gentillesse. C'est un bon parti.

Le docteur Christine a souri.

— C'est merveilleux. D'après vous, que dirait-il de cette expérience que vous m'avez décrite ?

Je n'en avais pas parlé à David. Je ne pouvais pas, évidemment. Qu'aurais-je bien pu lui dire ? Il m'aurait prise pour une folle et il aurait eu raison.

— Il dirait qu'il ne s'agissait que d'un rêve et que je suis stressée à cause du travail.

— Serait-ce exact ?

— Je n'en sais rien. C'est pour ça que je suis là.

— Personnellement, j'ai le sentiment que vous êtes réfractaire à l'idée que ce soit un simple rêve, mais que vous ne mesurez pas ce que cela signifierait si ce n'en était pas un.

— Qu'est-ce que cela pourrait bien être d'autre ?

J'étais réellement curieuse de savoir où elle voulait en venir.

Elle s'est adossée à son fauteuil.

— Une prémonition, peut-être. Un voyage psychosomatique.

— Ce sont des synonymes.

Elle a ri. Elle avait un joli rire. La soie a de nouveau glissé.

— Parfois, des choses inexplicables se produisent.

— Comme quoi ?

Elle m'a fixée. La séance était terminée.

Après lui avoir parlé, je me suis sentie étrangement mieux. Comme si, en allant consulter, j'avais pu voir les choses comme elles étaient : tordues. Je lui passais le relais de mon rêve bizarre. C'était son problème, désormais. Plus le mien. Elle pouvait bien le classer avec tous ses divorces, ses incompatibilités sexuelles et ses complexes d'Œdipe. Et, pendant plusieurs années, je l'ai laissé là-bas.

CHAPITRE 6

On est au mois de juin et je dois retrouver Bella pour bruncher ce samedi matin. Nous ne nous sommes pas vues depuis deux mois. C'est la première fois que nous passons autant de temps sans nous voir. Même son séjour londonien de 2015, lorsqu'elle avait « emménagé » à Notting Hill pour peindre, n'avait duré que six semaines. Je croule sous le boulot. J'ai un travail génial, et impossible. Pas difficile, non : impossible. Ma charge quotidienne représente une semaine de labeur. Je suis charrette en permanence. Je vois David peut-être cinq minutes par jour, lorsque l'un de nous se réveille difficilement pour dire bonjour à l'autre. Au moins, nous avons le même emploi du temps. Nous travaillons tous les deux dans l'objectif de construire la vie que nous voulons, et que nous aurons. Heureusement, nous nous comprenons.

Il pleut aujourd'hui. Le printemps 2025 a été particulièrement humide. Le phénomène n'a rien d'extraordinaire, simplement j'ai commandé de nouvelles robes et j'espérais en porter une aujourd'hui. Bella dit toujours que j'ai un style « conservateur », car je porte des tailleurs quatre-vingt-dix pour cent du temps, et j'avais envie de la surprendre avec quelque chose d'inattendu. Pas de chance. À la place, j'ai opté pour un jean, un tee-shirt Madewell blanc, mon trench Burberry et des bottines de pluie. Le thermomètre indique 18 °C. Suffisant pour transpirer avec deux couches de vêtements, mais pour être gelé sans.

Nous nous retrouvons à la Buvette, un petit café français dans le West Village que nous fréquentons depuis des années. Ils ont les meilleurs œufs et les meilleurs croque-monsieur au monde, et leur café est riche et fort. Et là, il m'en faut un litre.

C'est un des endroits préférés de Bella. Elle connaît tous les serveurs. Lorsque nous avions une vingtaine d'années, elle venait faire des croquis ici.

Je finis par prendre un taxi pour être ponctuelle, même si je sais que Bella me fera attendre un quart d'heure. Partout où elle va, elle affiche un retard chronique de quinze à vingt minutes.

Mais lorsque j'arrive elle est déjà là, assise près d'une fenêtre à une table pour deux.

Elle porte une longue robe fleurie, mouillée en bas (avec son mètre soixante, elle est trop petite pour une robe aussi longue), et une veste en velours carmin. Ses cheveux détachés tombent sur ses épaules. Elle est splendide. Chaque fois que je la vois, je me rappelle combien elle est belle.

— Dis-moi que je rêve. Tu es arrivée avant moi ?

Elle hausse les épaules. Ses créoles dorées rebondissent contre son cou.

— J'étais impatiente de te voir.

Elle se lève de sa chaise et me serre dans ses bras.

— Bells, je suis trempée !

Je proteste mais ne la lâche pas. C'est bon de la tenir contre moi. Elle a cette odeur qui n'appartient qu'à elle. Arbre à thé et lavande, avec un soupçon de cannelle.

— Toi aussi, tu m'as manqué.

Je glisse mon parapluie sous ma chaise et j'accroche mon imperméable au dossier. Il fait plus froid dans le café que ce que j'aurais cru. Je me frotte les mains pour les réchauffer.

— On dirait que tu as vieilli, lance-t-elle en me regardant.

— Waouh. Merci.

— Ce n'est pas ce que je voulais dire. Café ?

Je hoche la tête.

Elle lève sa tasse à l'intention du serveur. Elle vient plus souvent que moi. Il faut dire qu'elle vit à trois rues d'ici, au coin de Bleecker et de Charles. Son père lui a acheté un loft dans une maison il y a deux ans. Trois chambres et une décoration parfaite dans un style coloré et bohème, façon « j'ai mis toutes ces choses ensemble sans réfléchir mais c'est magnifique ».

— Que fait ce cher Dave ce matin ? s'enquiert-elle.

— Il est parti à la salle de sport, dis-je en dépliant ma serviette de table.

— La salle de sport ?

Je hausse les épaules.

— C'est ce qu'il a dit.

Elle ouvre la bouche pour répondre, puis la referme. Elle aime bien David. Du moins, je crois. Je crois aussi qu'elle aimerait que je sois avec quelqu'un de plus aventurier, quelqu'un qui me pousserait peut-être à sortir davantage de ma zone de confort. Mais ce qu'elle ne comprend pas, ou ce qu'elle s'arrange pour oublier, c'est que nous sommes différentes. David est la bonne personne pour moi, il représente ce que je veux dans la vie.

— Alors, raconte-moi tout. Comment ça se présente à la galerie ? Comment était ton voyage en Europe ?

Il y a cinq ans, Bella a exposé son travail dans une petite galerie de Chelsea. L'exposition a été un succès et elle en a fait une autre. Puis, il y a deux ans, Oliander, le propriétaire de la galerie en question, est venu la trouver : il souhaitait la lui vendre. Bella a utilisé les fonds dont elle disposait pour l'acheter. Elle peint moins qu'avant, mais j'aime que cela lui apporte une certaine stabilité. À cause de la galerie, elle ne peut plus disparaître, en tout cas pas pendant des semaines entières.

— On a presque tout vendu pour l'exposition Depreche. Je suis vraiment dégoûtée que tu l'aies ratée. C'était spectaculaire. Ma préférée, et de loin.

Bella dit ça à propos de tous les artistes qu'elle expose. Chaque fois c'est le meilleur, le plus formidable, elle ne s'est jamais autant amusée. La vie est un escalator en ascension perpétuelle.

— Les affaires marchent tellement bien que j'envisage d'engager une autre Chloe.

Chloe est son assistante depuis trois ans et gère toute la partie logistique. Elle a embrassé Bella deux fois, ce qui n'a pas eu l'air de compliquer leurs relations professionnelles.

— Tu devrais.

— Ça me laisserait enfin le temps de recommencer à sculpter et à peindre. Ça fait des mois.

— Parfois, il faut faire des sacrifices pour réaliser ses rêves.

Elle m'offre un sourire en coin. On nous amène le café. J'ajoute de la crème dans le mien et en bois lentement une délicieuse gorgée.

Quand je relève les yeux, elle sourit toujours.

— Quoi ?

— Rien. Simplement, tu es tellement… « faire des sacrifices pour réaliser ses rêves ». Qui tient ce genre de discours ?

— Les grands dirigeants. Les chefs d'entreprise. Les P-DG.

Bella lève les yeux au ciel.

— Quand es-tu devenue comme ça ?

— Parce que tu te souviens d'un temps où j'ai été différente ?

Elle pose son menton dans sa main et me regarde droit dans les yeux.

— Je ne sais pas.

Je comprends ce qu'elle veut dire, mais je n'ai jamais vraiment envie d'en parler. Étais-je différente quand j'étais enfant ? Avant la mort de mon frère ? Étais-je plus spontanée, insouciante ? Ai-je commencé à planifier ma vie afin que personne ne puisse débarquer sur le pas de ma porte et tout faire déraper ? Probablement. Mais on ne peut plus y changer grand-chose à présent. Je suis comme je suis.

Le serveur revient vers nous et Bella hausse les sourcils comme pour me demander : « Tu es prête ? »

— Tu commandes, lui dis-je.

Elle lui parle en français, en montrant du doigt des plats sur le menu. J'adore l'écouter parler français. Elle est si naturelle, si flamboyante… Elle a essayé de m'apprendre lorsqu'on avait vingt ans, mais il n'y a rien eu à faire. On dit que l'apprentissage des langues vient plus facilement aux personnes dont le cerveau droit domine, mais je n'en suis pas sûre. Je pense qu'il faut surtout un certain niveau de décontraction, une certaine fluidité pour parler une langue étrangère et absorber tous ces mots puis les retourner, un par un, comme des cailloux, afin de trouver quelque chose dessous.

Une fois, nous avons passé quatre jours ensemble à Paris. Nous avions vingt-quatre ans. Bella passait l'été là-bas. Elle y suivait un stage d'art et était tombée amoureuse d'un serveur dans le XIVe arrondissement. Je suis venue lui rendre visite. Nous avons séjourné dans l'appartement de ses parents, rue de Rivoli. Bella détestait ce logement. « C'est un quartier à touristes », disait-elle. Pourtant, toute la ville semblait réservée aux Français et à personne d'autre.

On dînait dans des cafés en périphérie de Montmartre. Pendant la journée, on faisait le tour des galeries du Marais. Ça a été un voyage magique, magie renforcée par le fait que la seule fois où j'avais quitté le pays datait d'un voyage à Londres avec mes parents. Ensuite, il y a eu mon pèlerinage annuel dans les îles Turques-et-Caïques avec mes beaux-parents et David. Mais là, c'était tout à fait différent. Un voyage dans un monde étranger, ancien, différent, un univers où Bella évoluait comme un poisson dans l'eau.

Moi, j'aurais pu me sentir un peu déconnectée. J'étais là, avec cette fille, ma meilleure amie, à qui ce lieu lointain allait comme un gant, alors qu'à moi il ne m'allait pas du tout. Pourtant, elle m'a emmenée partout. Elle m'emmenait toujours, animée du désir de me faire partager sa vie sauvage et libre. Qu'aurais-je pu éprouver, si ce n'est le sentiment d'avoir de la chance ?

— Pour en revenir à notre sujet de conversation, reprend Bella après le départ du serveur, je pense que le sacrifice est en opposition totale avec l'expression. Pour réaliser ses rêves, il faut se mettre en quête d'abondance, pas de pénurie.

Je bois une gorgée de café. Bella vit dans un monde que je ne comprends pas, peuplé de phrases et d'une philosophie ne s'appliquant qu'aux gens comme elle, qui n'ont peut-être pas encore traversé la tragédie.

— Restons-en là. Ça fait trop longtemps que je ne t'ai pas vue. J'ai envie de t'entendre parler de Jacques jusqu'à mourir d'ennui.

Elle sourit. Un grand sourire, jusqu'aux oreilles. Je fronce les sourcils.

— Quoi ?

— J'ai quelque chose à te dire.

Elle se penche par-dessus la table et attrape ma main. Aussitôt, un sentiment familier m'envahit, comme si elle tirait en moi sur une petite ficelle qu'elle est la seule à connaître. Elle va m'annoncer qu'elle a rencontré quelqu'un. Elle est en train de tomber amoureuse. Je connais tellement la chanson que j'aimerais pouvoir abréger toutes les étapes d'un coup ici même, devant ce café. Intrigue. Obsession. Dégoût. Désespoir. Apathie.

— Comment s'appelle-t-il ?

— Je suis si transparente que ça ? s'étonne-t-elle en levant les yeux au ciel.

— Seulement pour moi.

— Il s'appelle Greg, répond-elle en prenant une gorgée d'eau gazeuse, prononçant l'unique syllabe du prénom avec dureté. Il est architecte. On s'est rencontrés sur Bumble.

Je laisse presque tomber ma tasse.

— Tu es sur Bumble ?

— Oui. Tu crois sûrement que je peux rencontrer quelqu'un en achetant une brique de lait chez l'épicier, mais… Je ne sais pas, ces temps-ci, j'avais envie de quelque chose de différent, et je n'ai rien vécu de très intéressant depuis un moment.

Je songe à la vie amoureuse de Bella au cours des derniers mois. Il y a bien eu le photographe, Steven Mills, mais c'était l'été dernier. Ça remonte donc déjà quasiment à un an.

— À part Annabelle et Mario, me reprends-je soudain.

Les collectionneurs avec qui elle a eu une brève aventure. Un couple.

Bella bat des cils.

— Naturellement.

— Et donc ?

— On se voit depuis trois semaines seulement, mais… il est formidable. Réellement formidable. Il est vraiment gentil et intelligent et… je pense que tu vas bien l'aimer.

— Gentil et intelligent. Greg, c'est ça ?

Elle hoche la tête. À cet instant, nos plats arrivent dans un festival d'odeurs alléchantes. Des œufs et du caviar sur du pain croustillant, des toasts à l'avocat et une assiette de crêpes délicates saupoudrées de sucre glace. J'en ai l'eau à la bouche.

— Je vous ressers du café ? demande notre serveur.

J'acquiesce et m'attaque aussitôt à un toast débordant de jaune d'œuf poché. À la première bouchée, j'émets un bruit vaguement pornographique.

Bella me dévisage et rit.

— Tu es vraiment en manque.

— J'ai un métier, je te signale, je lui lance avec un regard mécontent tandis que je m'en prends aux crêpes.

Elle penche la tête.

— En effet. Comment ça se passe, d'ailleurs ?

— Très bien.

J'ai envie d'ajouter que certains d'entre nous doivent travailler pour vivre, mais je m'abstiens. J'ai appris depuis longtemps qu'il existe une différence entre critique et méchanceté. Dans notre relation, j'essaie de ne pas franchir la limite.

— Encore un an et je pense que je passe associée.

Bella se dandine sur sa chaise. Son pull glisse de ses épaules et dévoile sa clavicule. Bella a toujours eu une silhouette plantureuse, avec des courbes généreuses, mais je la trouve plus mince aujourd'hui. Pendant le mois d'Isaac, elle avait perdu cinq kilos.

Greg. J'ai déjà un mauvais pressentiment.

— Je pense qu'on devrait tous aller dîner ensemble, déclare Bella.

— Avec qui ?

— Avec Greg, voyons, me lance-t-elle en plongeant ses yeux bleus dans les miens avec un drôle de regard. Dannie, tu n'es pas obligée de me croire, mais celui-là est différent. Je t'assure. Je le sens.

— Ils sont toujours différents.

Elle plisse les yeux et je comprends que j'ai dépassé les bornes. Je soupire. Je n'arrive jamais à lui dire non.

— D'accord. Allons dîner. Choisis n'importe quel samedi à l'exception des deux prochains.

Je la regarde remplir son assiette (d'abord des œufs, puis des crêpes), et le nœud dans mon estomac se desserre à la voir manger de bon appétit. Le ciel passe de la pluie aux nuages, puis au soleil. Quand nous quittons le café, les rues sont presque sèches.

CHAPITRE 7

— Qu'est-ce qui est arrivé à la chemise bleue ?

David vient de sortir de notre chambre, vêtu d'une chemise noire et d'un jean sombre. Nous sommes déjà en retard. Nous sommes censés être au Rubirosa, à SoHo, dans dix minutes, sauf qu'il nous en faut au moins vingt pour rejoindre le centre de Manhattan. Bella n'est peut-être jamais ponctuelle, mais j'aime arriver avant elle. Nous avons toujours fonctionné comme ça et le brunch a déjà amplement chamboulé nos habitudes.

David examine son reflet dans le miroir situé au-dessus du canapé.

— Tu n'aimes pas ?

— Si. Simplement, je pensais que tu allais porter la bleue.

Il retourne dans la chambre. J'inspecte mon rouge à lèvres dans le même miroir. Je porte un col roulé noir sans manches et une jupe en soie bleue avec des chaussures à talons. La météo annonce 20 °C et je tente de décider si je prends une veste ou pas.

David revient dans le salon en boutonnant la bleue.

— Contente ?

— Très. Tu peux appeler une voiture ?

David se plonge dans son portable et je vérifie que j'ai tout. Nos clés, mon téléphone, et le bracelet doré à perles de Bella. Je le lui ai emprunté il y a six mois et ne le lui ai pas rendu.

— Deux minutes.

Lorsque nous arrivons au restaurant, Bella attend devant l'entrée. Mon premier réflexe est la confusion : elle est encore arrivée avant moi. Puis je me dis que c'est sans doute déjà fini avec Greg et que nous allons dîner rien que tous les trois. C'est déjà arrivé deux fois (avec le Daniel galerie et le Daniel barman, je crois). Une vague d'agacement s'abat sur moi, suivie d'une autre, de compassion teintée de fatalité. Ça recommence. Toujours la même histoire.

— Je suis désolée, dis-je à Bella en sortant de la voiture.

Au même moment, la porte du restaurant s'ouvre et le visage de Bella s'illumine tandis que Greg déboule et la prend par la taille. Sauf que ce n'est pas Greg. C'est Aaron.

Aaron.

Aaron, dont le nom et le visage passent en boucle dans ma tête depuis quatre ans et demi. Le point central de tellement de questions et de rêveries et de replays se manifeste à ce moment même sur le trottoir.

Ce n'était pas un rêve. Bien sûr que non. Il est ici, et il ne peut s'agir de personne d'autre. Ce n'est pas un homme que j'ai croisé au cinéma, pas un avocat contre qui j'aurais bataillé dans une affaire.

Pas quelqu'un à côté de qui j'aurais voyagé en avion. Rien que l'homme de l'appartement. Le petit ami de ma meilleure amie.

Je recule, hésitant entre crier et courir. Alors je reste figée. Mes pieds ont fusionné avec le béton.

— Chéri, je te présente ma meilleure amie, Dannie. Dannie, je te présente Greg !

Elle l'enlace et se blottit contre son flanc.

— Bonjour. J'ai beaucoup entendu parler de toi.

Il me serre la main chaleureusement. Je scrute son visage à la recherche d'un signe indiquant qu'il m'aurait reconnue, mais naturellement je fais chou blanc. Ce qui s'est passé entre nous… n'a pas encore eu lieu.

David lui tend la main. Plantée là, bouche bée, j'en ai oublié de le présenter. Je bafouille :

— David, mon fiancé.

David en chemise bleue serre la main d'Aaron en chemise blanche. Bella sourit. Le ciel semble avoir aspiré tout l'air de la rue et je ne vais pas tarder à suffoquer.

— On y va ?

Je monte les marches derrière Greg/Aaron et entre dans le restaurant bondé.

— Aaron Gregory, annonce-t-il à l'hôtesse.

Aaron Gregory. Je revois son permis de conduire dans ma main. Bien sûr.

— Aaron ?

— Oui. Gregory est mon nom de famille, et Greg est resté, me dit-il avec un petit sourire.

J'éprouve un sentiment trop familier. Je n'aime pas ça. J'ai l'impression de sombrer. De tomber, ou peut-être est-ce le sol qui se dérobe ? Mais à part moi, personne ne bouge. Je suis la seule à me sentir catapultée dans l'espace.

Le temps.

— Aaron.

Il me regarde. Droit dans les yeux. Derrière nous, David rit d'une plaisanterie de Bella.

— Je ne fais pas partie des méchants, me lance Aaron. Je te le dis parce que je sais que c'est ce que tu penses.

J'expire. J'ai le tournis.

— C'est ce que je pense ?

— Oui.

Nous emboîtons le pas à l'hôtesse, contournons le bar et nous faufilons entre des tables de deux où des couples sont penchés au-dessus de parts de pizza et de verres de vin rouge.

— Je le vois à ta façon de me regarder. Et à cause de ce que Bella a dit.

— Et qu'est-ce qu'elle a dit ?

Nous passons sous un porche voûté. Aaron ralentit et tend le bras pour me laisser passer. Mon bras frôle sa main. Ça ne peut pas être en train d'arriver.

— Qu'elle est sortie avec des types qui ne l'avaient peut-être pas très bien traitée, et que tu es une amie géniale, toujours présente pour ramasser les morceaux. Et qu'elle préférait me prévenir que tu allais probablement me détester au premier abord.

Nous arrivons à notre table, collée contre un mur au fond de la salle. David et Bella sont juste derrière nous.

— Je vais me glisser dans le coin, lance Bella.

Elle s'assoit puis m'attire à côté d'elle. David et Aaron prennent place en face de nous.

— Qu'est-ce qui est bon ici ? demande Aaron.

Il offre à Bella un grand sourire, tend la main pour prendre la sienne par-dessus la table et lui caresse les doigts.

Je n'ai pas besoin de regarder le menu (nous prenons toujours la pizza à la roquette et la salade Rubirosa), mais je le consulte quand même.

— Tout, répond Bella.

Elle serre la main d'Aaron avant de la relâcher et de se dandiner sur place. Elle porte une robe courte noire à volants ornée de roses qu'elle a achetée avec moi pendant une virée shopping chez The Kooples. À ses pieds, des chaussures à talons en daim vert fluo, et à ses oreilles, des boucles d'oreilles pendantes en plastique vert.

Il faut que j'évite de regarder Aaron. Son visage. Son être tout entier, assis à cinquante centimètres de moi.

— Bella nous a dit que tu étais architecte, lance David.

Mon cœur se serre d'affection pour lui. Il sait toujours quelle question poser, comment se comporter. Il se souvient toujours du protocole.

— En effet, confirme Aaron.

— J'ai toujours cru que les architectes n'existaient pas vraiment.

Aaron rit de mon commentaire et se pointe du doigt.

— Je suis quasiment sûr d'être réel.

Bella me regarde et lève les yeux au ciel.

— Elle fait référence à cet article que Mindy Kaling a écrit il y a genre un million d'années. Elle dit que les architectes n'existent que dans les comédies romantiques.

Je crois que c'était dans le *Times.* Le titre donnait quelque chose comme « Les types de femmes qu'on trouve dans les comédies romantiques mais qui n'existent pas en vrai ». L'histoire de l'architecte était une anecdote. Entre parenthèses, Mindy affirmait également que les filles accro au travail et les créatures de rêve éthérées étaient elles aussi des stéréotypes peu plausibles, et pourtant, regardez-nous.

— Les beaux architectes, pour être précis.

Ma correction fait rire Bella. Elle s'incline au-dessus de la table et touche la main d'Aaron.

— Profite de cet instant. De sa part, rien ne se rapprochera davantage d'un compliment.

— Dans ce cas, merci.

— Mon père est architecte, continue David.

Mais personne ne répond. Tout le monde est plongé dans le menu.

— Vous voulez du rouge ou du blanc ? demande Bella.

David et moi répondons en chœur :

— Rouge.

Nous ne buvons jamais de blanc. Du rosé occasionnellement, en été, mais ce n'est pas encore tout à fait la saison.

Lorsque le serveur vient, Bella commande du barolo. Au lycée, pendant qu'on prenait tous des shots de Smirnoff, Bella faisait décanter du cabernet dans des carafes.

Je n'ai jamais été une grosse buveuse. Sûrement parce que, après l'accident, plus personne n'a eu le droit de boire à la maison, pas même un dé à coudre de vin. Abstinence totale. Mes parents la pratiquent encore aujourd'hui, d'ailleurs. Quand j'étais étudiante, le moindre abus d'alcool affectait ma capacité à me lever tôt et à étudier ou courir avant les cours, et désormais cela a le même impact sur ma vie professionnelle, mais en pire. Depuis mes trente ans, un simple verre de vin suffit à me mettre K.-O.

— J'ai bien envie de manger de la viande, dit David.

De la viande ? Qu'est-ce qui lui prend ? Nous n'avons jamais commandé autre chose qu'une pizza roquette ou classique dans ce restaurant.

— On pourrait partager une saucisse, suggère Aaron.

David sourit et me regarde.

— Je ne prends jamais la saucisse. Il me plaît bien.

Depuis que j'ai vu Aaron sur le trottoir, je suis angoissée. Pour la première fois, je prends toute la mesure de la réalité : cet homme est le petit ami de Bella. Pas celui de la prémonition, celui qui est assis en face d'elle à cet instant.

Il a l'air gentil et solide. Drôle et conciliant. D'habitude, c'est la croix et la bannière pour établir un contact visuel avec ses petits amis. Si c'était quelqu'un d'autre, je serais sûrement ravie pour elle. Mais c'est lui.

— Où est-ce que tu vis ? je lui demande.

Je revois son appartement en flashs. Le grand espace. Le lit donnant sur la silhouette des immeubles new-yorkais.

— Midtown.

— Midtown ?

Il hausse les épaules.

— C'est près de mon bureau.

— Excusez-moi.

Je sors de table et me précipite aux toilettes, au bout d'un petit couloir. David me suit.

— Qu'est-ce qui t'arrive ? Tu es bizarre. Ça va ?

Je secoue la tête.

— Je ne me sens pas bien.

— Qu'est-ce qui s'est passé ?

Je le regarde. Il m'observe avec inquiétude et… autre chose. Qui ressemble beaucoup à de l'agacement. Ou peut-être est-ce de la surprise ? Après tout, c'est un comportement très inhabituel de ma part.

— Je ne sais pas, c'est venu d'un coup. Est-ce qu'on peut rentrer ?

Il tourne la tête vers l'arrière-salle, comme si son regard pouvait atteindre la table où sont assis Bella et Aaron, sans doute aussi abasourdis que lui. Il pose une main dans le bas de mon dos.

— Tu vas vomir ?

— Peut-être.

Ça achève de le convaincre. Il passe à l'action.

— Je vais les prévenir. Retrouve-moi dehors, je nous appelle une voiture.

Je hoche la tête et me dirige vers l'extérieur. La température a chuté. J'aurais dû amener une veste.

David sort avec mon sac, et Bella.

Elle croise les bras sur sa poitrine.

— Tu le détestes.

— Quoi ? Non. Je ne me sens pas bien, c'est tout.

— C'est drôlement soudain. Je te connais. Tu as pris l'avion pour Tokyo alors que tu étais terrassée par la grippe.

— C'était pour le travail.

Je porte une main à mon ventre. Je vais vraiment vomir. Tout va tomber sur ses jolies chaussures vertes en daim.

— Je l'aime bien, déclare David. Et Dannie aussi, ajoute-t-il en me regardant. Elle avait de la fièvre tout à l'heure, mais on ne voulait pas annuler.

Je me sens déborder d'affection pour lui, pour ce mensonge.

— Je t'appelle demain, dis-je à Bella. Va profiter de ton dîner.

Bella ne bouge pas d'un millimètre. Notre voiture arrive et David m'ouvre la portière. Je me réfugie à l'intérieur. Il fait le tour, monte, et le chauffeur se met en route. Bella disparaît dans le rétroviseur.

— Qu'est-ce que tu as mangé ? Tu crois que c'est une intoxication alimentaire ?

— Peut-être.

J'appuie la tête contre la vitre et David presse mon épaule avant de sortir son portable. Lorsque nous arrivons à la maison, j'enfile un jogging et me mets au lit.

Il me rejoint et s'assoit au bord du matelas.

— Est-ce que je peux faire quelque chose ?

Il me borde et je lui attrape la main avant qu'il ne se relève.

— Allonge-toi avec moi.

— Tu es probablement contagieuse.

Il pose le dos de sa main sur mon front.

— Je vais te faire du thé.

Je le regarde. Ses yeux marron. Ses cheveux en bataille. Il ne se coiffe jamais.

— Essaie de dormir. Tu te sentiras mieux demain matin.

Il se trompe. Mais je m'endors quand même. Un rêve me ramène dans cet appartement. Ses fenêtres et ses fauteuils bleus. Aaron n'est pas là. Bella, si. Elle trouve mon bas de jogging dans le tiroir du haut de la commode, l'attrape et l'agite dans ma direction. « Qu'est-ce que ça fait là ? » veut-elle savoir. Je n'ai pas de réponse. Mais elle continue à en exiger une. Elle se rapproche de plus en plus de moi. « Qu'est-ce que ça fait ici ? Réponds-moi,

Dannie. Dis-moi la vérité. » Quand je veux parler, je me rends compte que l'appartement est rempli d'eau et que je m'étouffe avec les mots que je ne parviens pas à prononcer.

CHAPITRE 8

— Ravie de vous revoir, dit le docteur Christine.

La plante est toujours là. C'est forcément une fausse. Il s'est passé trop de temps.

— Alors, qu'est-ce qui vous amène ?

Ce qui m'amène, c'est la vérité sur ce que j'ai appris. Ce que j'ai vu dans cet appartement vient bel et bien du futur. Cela arrivera dans exactement cinq mois et dix-neuf jours, le 15 décembre. J'ai fini major de ma promotion à Harriton High School, je suis diplômée de Yale avec mention, et j'étais parmi les meilleurs de ma fac de droit à Columbia. Je ne suis ni crédule ni stupide. Ce qui s'est passé n'était pas un rêve ; c'était une prémonition. Une prophétie matérialisée l'espace d'une heure. Et, à présent, il faut que je sache comment et pourquoi c'est arrivé, afin de m'assurer que ça ne devienne pas réalité.

— J'ai rencontré l'homme. De mon rêve.

Elle avale sa salive. C'est peut-être le fruit de mon imagination, mais j'ai l'impression que le geste lui coûte. J'aimerais sauter cette partie, le processus nécessitant de définir l'événement et de décrire comment il est arrivé. La partie où elle pense que je suis peut-être un peu dérangée. Que je souffre possiblement d'hallucinations. Elle va vouloir travailler sur les traumatismes passés, etc. Alors que la prévention est tout ce qui m'intéresse à ce stade.

— Comment savez-vous que c'était lui ?

Je la toise.

— Je ne vous ai jamais dit que nous avions couché ensemble.

— Oh.

Elle se penche en avant dans son fauteuil en cuir marron. Il est neuf, contrairement à la plante.

— Cela me semble être un élément important. Pourquoi l'avoir omis, selon vous ?

— Parce que je suis fiancée, évidemment.

— Pas à moi.

— Je ne sais pas. Je ne vous l'ai pas dit, c'est tout. Mais je sais que c'est lui, et maintenant il sort avec ma meilleure amie.

Le docteur Christine consulte ses notes.

— Bella.

Je hoche la tête, bien que je ne me rappelle pas avoir parlé d'elle. Mais de toute évidence je l'ai fait.

— Elle compte beaucoup pour vous.

— Oui.

— Et désormais, vous vous sentez coupable.

— Techniquement, je n'ai rien fait de mal.

Elle plisse les yeux.

— Vous avez dit être fiancée. Au même homme que la dernière fois que nous nous sommes vues ?

— Oui.

— Cela remonte à plus de quatre ans. Envisagez-vous de vous marier ?

— Certains couples décident de ne jamais sauter le pas.

Elle acquiesce.

— Est-ce ce que vous et David avez décidé ?

— Écoutez, je ne suis pas venue pour parler de mon mariage. Je tiens simplement à m'assurer que ça ne se reproduise pas, ou que ça ne se produise pas tout court.

Elle s'adosse à son fauteuil, comme pour laisser davantage d'espace entre nous. Un chemin vers la sortie, peut-être.

— Dannie, je pense qu'il se passe quelque chose que vous ne comprenez pas, et cela vous fait peur. Vous réagissez comme quelqu'un qui devrait découvrir et expliquer le rapport de cause à effet.

— De cause à effet ?

Elle tend les mains comme si elle mettait en balance deux éléments.

— Si je fais telle chose, j'obtiens tel résultat. Cette expérience n'a pas sa place dans votre vie, vous n'avez rien fait pour qu'elle y figure, et pourtant, elle est là.

— En effet. Et c'est pour cette raison que j'ai besoin qu'elle disparaisse.

— Et comment pensez-vous vous y prendre ?

— Je n'en sais rien. C'est pour ça que je suis là.

Comme on pouvait s'y attendre, c'est la fin de la séance.

***

Je décrète que je dois me mettre en quête de ce fameux appartement. Il me faut quelque chose de concret, une preuve en quelque sorte.

Le dimanche, David va au bureau. Je prétends aller courir. Je courais tout le temps dans ma vingtaine. De grands footings, le long de West Side Highway, à travers le Financial District, entre les gratte-ciel et sur les pavés. J'ai fait la boucle de Central Park, couru autour du réservoir, regardé les feuilles passer du vert à l'ambre, avec l'eau qui reflète les saisons. Courir a les mêmes effets sur moi que sur tout le monde : ça me vide la tête, ça me donne du temps pour réfléchir, ça permet à mon corps d'être en forme. Mais ça présente aussi l'avantage de m'emmener à différents endroits. Quand je suis arrivée à New York, le seul quartier où je pouvais me permettre de vivre était Hell's Kitchen, alors que j'avais envie d'être partout. Alors je courais.

Au tout début de notre relation, j'ai tenté de convaincre David de m'accompagner, mais il voulait toujours s'arrêter après quelques pâtés de maisons et manger des bagels, alors j'ai arrêté de lui proposer de se joindre à moi. La course, c'est mieux tout seul de toute façon. Cela donne plus d'espace pour réfléchir.

Il est 9 heures lorsque je traverse le pont de Brooklyn. Il y a encore peu de touristes à cette heure de la journée. Beaucoup de cyclistes et d'autres joggeurs. Je garde la tête haute, les épaules droites, concentrée sur ma ceinture abdominale. J'ai le souffle court. Je n'ai pas couru une longue distance depuis trop longtemps, et mes poumons se rebellent face à un tel effort physique.

J'ignore à quoi ressemble l'extérieur du bâtiment, mais à en juger par la vue il doit se situer près de l'eau, peut-être à côté de Plymouth. Je traverse le pont et ralentis à mesure que je descends Washington Street en direction de la rivière. Le soleil a commencé à dissiper le brouillard matinal et la surface de l'eau scintille. Je retire mon sweat et le noue autour de ma taille.

Dumbo (un raccourci qui signifie « Down Under the Manhattan Bridge Overpass ») était auparavant un débarcadère, et l'endroit a gardé des airs de zone industrielle. De grands entrepôts se mêlent à des marchés de fruits et légumes hors de prix et à des immeubles d'habitation tout en verre. Alors que ma respiration ralentit, je songe que j'aurais dû effectuer des recherches avant de venir jusqu'ici. Des vues d'appartement, les listings de propriétés à louer ou à vendre… J'aurais pu faire un tableur. Pourquoi n'ai-je pas pensé à ça ?

Je m'arrête devant Brooklyn Bridge Park. Un bâtiment en brique et en verre fait tout le pâté de maisons. Ce n'est pas ça.

J'attrape mon portable. Est-ce que j'ai acheté (ou est-ce que je vais acheter) cet appartement ? Je gagne bien ma vie, mieux que la plupart de mes pairs, mais un loft à deux millions de dollars semble au-dessus de mes moyens. Sans compter que ça n'a aucun sens sur le plan logistique. Nous vivons à Gramercy, dans l'appartement de nos rêves, assez grand pour y avoir un enfant un jour. Pourquoi voudrais-je être ici ?

Mon estomac commence à gargouiller. Je marche vers l'ouest afin de trouver un endroit où acheter une pomme ou un bagel et de réfléchir. Je tourne sur Bridge Street et, après quelques rues, je tombe sur une épicerie fine avec un auvent noir : Bridge Coffee Shop. L'endroit est tout petit, avec un comptoir et un menu sur un tableau noir. La présence d'un policier parmi les clients atteste de la qualité du lieu. Une femme très souriante se tient derrière le comptoir et parle en espagnol avec une jeune femme accompagnée d'un bébé endormi. Lorsqu'elles remarquent ma présence, elles se saluent et la femme sort avec la poussette tandis que je lui tiens la porte.

Je commande un bagel au poisson blanc, comme à mon habitude. La femme hoche la tête.

Un homme entre et achète un café. Deux adolescents prennent des bagels au fromage frais à tartiner. Tout le monde fait partie des habitués. Tout le monde dit bonjour.

Lorsque mon bagel est prêt, j'attrape le sac en papier blanc, je remercie la femme et retourne près de la rivière. Brooklyn Bridge Park ressemble davantage à une étendue de pelouse qu'à un parc. Tous les bancs sont occupés. Je m'assieds sur une grosse pierre au bord de l'eau, j'ouvre mon sac et mords dans mon sandwich. C'est bon. Très bon, même. Étonnamment proche de la qualité de Sarge.

J'observe la rivière. J'ai toujours aimé l'eau, même si je n'ai pas souvent été à son contact au cours de ma vie. Quand j'étais petite, nous passions toujours la semaine du 4 juillet au Jersey Shore, à Margate, une station balnéaire qui fait pratiquement office de grande banlieue de Philadelphie. Mes parents louaient un appartement et, pendant sept jours paradisiaques, nous mangions des granitas et courions le long de la jetée bondée avec des centaines d'autres enfants, tandis que nos parents nous surveillaient depuis le sable, étendus avec bonheur sur des chaises longues. Il y avait toujours une soirée à

Ocean City, au parc d'attractions, à tourner dans les nacelles du Twist ou à se rentrer dedans aux autos tamponneuses. Le dîner au Mack & Manco Pizza et les sandwichs au fromage de chez Sack O' Subs trempés dans l'huile et le vinaigre de vin rouge, qu'on mangeait sur la plage dans des cornets en papier.

C'est là-bas que Michael m'a donné ma première cigarette, fumée sous la jetée. Il n'y avait entre nous que le goût de la liberté et le bout de nos doigts.

Je ferme les yeux.

Nous avons arrêté d'y aller après sa mort. Je ne sais pas trop pourquoi. Tout ce qui semblait familier, tout ce qui nous liait les uns aux autres était soudain devenu intolérable. Comme si notre joie ou notre unité avaient constitué une trahison envers lui.

— Dannie ?

Je rouvre les yeux et lève la tête. Et qui vois-je, devant moi, un casque de vélo sur la tête, assis sur sa selle ? Aaron. Dites-moi que je rêve.

CHAPITRE 9

Je me lève et fourre mon bagel dans son sac en papier.

— Salut. Pour une surprise… Qu'est-ce que tu fais dans le quartier ?

— C'est mon parcours du week-end pour distribuer les journaux, plaisante-t-il en montrant le sac qu'il porte en bandoulière. Non, en réalité, Bella m'a envoyé faire une course.

— Ah oui ?

Il retire son casque, sous lequel il a transpiré, et se rapproche de moi.

— Tu as l'air d'aller mieux.

— Oui, merci.

Il sourit.

— Tant mieux. Tu veux venir avec moi ?

— Où ça ?

— Je vais visiter un appartement.

Naturellement. Pas besoin de chercher sur Google. Il me suffisait d'attendre qu'Aaron débarque et m'y emmène.

— Laisse-moi deviner. Plymouth Street ?

— Pas loin. Bridge.

C'est de la folie. Ce n'est pas réel.

— D'accord.

— Génial.

Il accroche son casque à son guidon et nous nous mettons en route.

— Tu cours souvent ?

— Beaucoup moins qu'avant.

Je sens une douleur dans mon genou gauche et ma hanche tandis que je marche. Le résultat obtenu pour ne m'être pas assez étirée et échauffée avant de partir.

— Je comprends. Moi-même, je ne fais plus autant de vélo que je le voudrais.

— Pourquoi Bella n'est-elle pas avec toi ?

— Elle devait aller à la galerie. Elle m'a demandé de jeter un œil. Tu comprendras quand on y sera, je pense. Attention !

Je suis tout au bord du trottoir et il tend le bras devant moi au passage de deux motards.

— Essaie de ne pas mourir sous mon nez, d'accord ?

Je bats des paupières, aveuglée par la lumière du soleil. J'aurais dû mettre des lunettes.

Nous nous dirigeons vers Plymouth, jusqu'à l'intersection avec Bridge. On fait exactement le trajet inverse de celui que je viens d'effectuer. Et là, je le vois. Je l'ai manqué un peu plus tôt, obnubilée par ma quête d'un sandwich. Le bâtiment en brique rouge avec la porte de grange que j'ai aperçu par la fenêtre. C'est l'ancien Galapagos Art Space. Je le reconnais désormais, et pas seulement à cause de cette nuit-là : je suis venue à un mariage ici il y a trois ans. Brianne et Andrea, des amies de David de la Wharton Business School. Et, derrière moi, de l'autre côté de la rue, au n° 37 de Bridge Street, se trouve le bâtiment à l'intérieur duquel Aaron est sur le point de m'entraîner.

Nous traversons la rue et approchons de la porte. C'est bien ça. Un bâtiment en brique et en ciment, un tantinet moins industriel que d'autres qui l'entourent.

Il n'y a pas de hall d'entrée, rien qu'un interphone et un cadenas. Aaron sort de sa besace un trousseau de clés et se met en devoir de les essayer. Les deux premières ne fonctionnent pas. Avec la troisième, le cadenas s'ouvre et la chaîne lui tombe dans les mains. Il poussa la porte en acier, qui révèle l'existence d'un monte-charge. Il faut une seconde clé pour le faire descendre. Aaron la trouve du premier coup cette fois.

— Un pote agent immobilier m'a donné les clés en me disant qu'on pouvait le visiter aujourd'hui, explique-t-il face à mon regard perplexe.

On. Bella.

Le monte-charge descend avec lourdeur. Aaron me tient la porte. Je monte et il m'imite, avec son vélo. Il appuie sur le bouton du quatrième étage et nous grimpons, dans les bruits plaintifs du mécanisme.

— Tout ça ne m'a pas l'air aux normes, je constate en croisant les bras sur ma poitrine.

Aaron sourit.

— J'aime bien que Bella et toi soyez meilleures amies. C'est drôle.

— Comment ça ?

— Vous êtes tellement différentes.

Je n'ai pas le temps de répondre car les portes s'ouvrent, directement sur l'appartement d'il y a quatre ans et demi. Inutile d'entrer pour savoir immédiatement que c'est celui-là. Bien sûr que c'est celui-là. Où croyais-je donc que cette matinée me ferait atterrir, si ce n'est ici ?

Mais l'appartement ne ressemble en rien à ce qu'il était, ou sera. Il est en chantier. De vieilles poutres en bois sont empilées dans un coin. Des canalisations et des câbles dépassent de partout. Je remarque un mur qui n'existait pas dans mes souvenirs. Pas d'installations, pas d'eau courante. L'espace est brut. Ouvert, franc. Pas le moindre apparat.

— Un travail d'architecte. Je comprends, maintenant.

Aaron ne m'a pas entendue. Il vient de caler son vélo contre un mur (là où se trouvait la cuisine), et inspecte les lieux. Je le regarde faire le tour de l'appartement, se diriger vers les fenêtres. Il pivote sur lui-même pour apprécier la vue.

— Bella veut vivre ici ? je m'enquiers.

Son appartement est parfait, un véritable rêve. Elle l'a entièrement rénové. Des fenêtres allant du sol au plafond, une cuisine tout en longueur… Elle a passé deux années complètes à le décorer et clame qu'elle n'a pas encore terminé.

Mais Bella a toujours adoré les projets. Elle aime le potentiel, la possibilité, un terrain inconnu tel que celui-ci. Je l'ai vue dépenser des sommes d'argent obscènes dans des entreprises et des rénovations qui n'ont finalement jamais vu le jour. Il y a eu l'appartement de Paris, le loft de Los Angeles, la ligne de bijoux, l'import d'écharpes en soie thaïlandaise, l'espace collaboratif pour artistes de Greenpoint… La liste est longue.

— Oui. Ou en tout cas elle veut voir si elle peut.

Il parle tout bas. Son attention ne porte pas sur ses mots, mais sur ce qui l'entoure. Je le vois croquer et dessiner mentalement, sculpter ce lieu dans sa tête pour lui donner vie.

Ils ne sont ensemble que depuis deux mois. Huit semaines. Certes, c'est deux semaines de plus que la plus longue relation de Bella, mais tout de même… David ne connaissait même pas mon deuxième prénom au bout de deux mois. Le fait qu'Aaron soit ici, à visiter un appartement pour que Bella y emménage, qu'il sonde les murs et tape du pied sur le plancher ? Cela m'interpelle. M'inquiète. En être à ce stade aussi vite ce n'est pas bon.

— Ça m'a l'air d'un projet d'envergure. Avec de gros travaux.

— Pas tant que ça. L'ossature est bonne. Et Bella s'entête à me dire qu'elle aime avoir un projet.

— Tu ne m'apprends rien.

Sur ce, il pose les yeux sur moi. Toute son attention est désormais concentrée sur ma personne, dans cet espace brut chargé d'humidité, dans mon pantalon de footing noir et mon vieux tee-shirt à logo, tandis que le futur pèse au-dessus de nous comme les nuages d'une tempête imminente.

— Je sais que tu sais. Excuse-moi si je me suis mal exprimé.

Sa réponse est plus douce que tout ce à quoi je m'attendais.

Il fait un pas vers moi. J'inspire profondément.

— La vérité, c'est que je t'ai vue entrer dans l'épicerie. J'ai traîné dans les parages puis je t'ai suivie jusqu'à la rivière.

Il se frotte le front.

— Je ne savais pas trop si je devais te dire bonjour. J'aimerais vraiment… J'aimerais vraiment que tu m'apprécies. J'ai le sentiment qu'on est partis du mauvais pied et je me demande si je peux faire quoi que ce soit pour y remédier.

Je recule.

— Non. Ce n'est pas…

— Non, non, ça ne fait rien.

Il m'offre un autre de ses sourires de travers, mais celui-ci semble hésitant, presque gêné.

— Écoute, je n'ai pas besoin de plaire à tout le monde. Mais ce serait sympa que la meilleure amie de ma petite amie supporte d'être dans la même pièce que moi.

Cette pièce. Cet appartement. Cet espace en devenir. Je hoche la tête.

— Oui. Je sais.

Son visage s'égaie.

— On peut y aller doucement. Pas de repas pour le moment. Peut-être qu'on peut commencer par de l'eau pétillante ? Avancer pas à pas vers un café ?

J'essaie de sourire. N'importe qui d'autre aurait trouvé ça drôle.

— Ça me va.

Il m'est physiquement impossible de répondre quelque chose de plus élaboré.

Il soutient mon regard pendant un instant.

— Génial. Bella ne va pas en revenir quand je vais lui dire que je suis tombé sur toi. C'est fou, le hasard !

— Dans une ville de neuf millions d'habitants, en effet.

Il se tourne pour inspecter des câbles qui dépassent d'un mur.

— Que dirais-tu de mettre ici la…

— … cuisine ? je suggère.

Il sourit.

— Exactement. Et la chambre pourrait être là-bas, continue-t-il en montrant les fenêtres. Je parie qu'on pourrait aussi aménager un super dressing.

Nous explorons l'appartement encore cinq bonnes minutes. Aaron prend des photos. Lorsque nous reprenons le monte-charge, mon portable sonne. C'est Bella.

— Greg m'a envoyé un message. C'est dingue ! Qu'est-ce que tu fabriquais dans ce quartier, d'ailleurs ? Tu ne cours jamais dans Brooklyn. Qu'est-ce que tu penses de l'appartement ?

Elle se tait enfin. À sa respiration entrecoupée, je sens son impatience.

— Pas mal. Mais ton appartement est parfait. Pourquoi déménager ?

— Tu détestes, c'est ça ?

J'envisage de lui mentir. De lui dire que je n'aime pas le loft. Que la vue est affreuse, que ça sent mauvais, que c'est trop loin du centre. Je n'ai jamais menti à Bella et je n'en ai pas envie, mais je ne peux pas non plus la laisser acheter cet appartement. Elle ne peut pas emménager ici. C'est pour son bien autant que pour le mien.

— C'est beaucoup de travail, c'est tout. Et puis c'est assez loin.

Elle soupire. Je sens qu'elle est agacée.

— Loin de quoi ? Plus personne ne vit dans Manhattan. C'est tellement étouffant et guindé que je n'arrive pas à croire que j'y habite. Tu devrais être un peu plus ouverte d'esprit.

— Je n'ai pas à être quoi que ce soit. Ce n'est pas moi qui vais y vivre.

CHAPITRE 10

— David, il faut qu'on se marie.

Le vendredi suivant, David et moi tentons de choisir ce que nous souhaitons commander pour le dîner. Il est 22 heures passées. Nous avions une réservation il y a deux heures, mais l'un de nous a dû travailler tard et l'autre a donc décidé d'en faire autant. Nous sommes rentrés à la maison il y a dix minutes et nous sommes affalés ensemble dans le canapé.

— Maintenant ?

Il retire ses lunettes et regarde autour de lui en quête d'une lingette. Il n'utilise jamais le bas de son tee-shirt car il pense que ça salit encore plus les verres. Au moment où il se lève pour aller en chercher une, je lui attrape la main.

— Je suis sérieuse.

— Moi aussi.

Il se rassied.

— Dannie, nous en avons discuté. Tu penses toujours que ce n'est pas le bon moment.

— Tu n'es pas juste. C'est ce qu'on pense tous les deux.

David soupire.

— Tu tiens réellement à en parler ?

Je hoche la tête.

— Bien. Alors oui, c'est vrai, nous sommes débordés. Ce qui n'est pas vrai, en revanche, c'est d'affirmer que nous sommes deux à vouloir remettre le mariage à plus tard. Ça ne m'a pas dérangé d'attendre, parce que c'est ce que tu sembles préférer. Mais je t'ai déjà demandé plusieurs fois de convenir d'une date.

David a été patient, c'est vrai. Nous n'avons jamais évoqué le sujet si ouvertement, mais je sais qu'il se demande pourquoi nous n'avons toujours pas sauté le pas.

Nous sommes très occupés et c'était facile pour moi de faire comme s'il n'y songeait pas vraiment. Peut-être d'ailleurs que c'était le cas. David a toujours été content que je sois aux commandes de notre relation. Il sait que je me sens à l'aise dans ce rôle et il est heureux de me laisser le jouer. C'est l'une des raisons qui font que les choses fonctionnent si bien entre nous.

Je lui prends les mains et concède :

— Tu as raison. Mais là, je dis que c'est le moment. Allons-y.

David plisse les yeux, comprenant que je ne plaisante pas.

— Tu te comportes vraiment bizarrement, ces derniers temps.

— Bizarrement ? Je suis en train de te demander en mariage !

— Nous sommes déjà fiancés.

— David. Allez.

Il hausse les sourcils.

— Je t'ai emmenée au Rainbow Room. Ta demande à toi est plutôt foireuse, si je puis me permettre.

— Tu as raison.

Sans lui lâcher les mains, je glisse à bas du canapé et mets un genou à terre. Il écarquille les yeux, amusé.

— David Rosen. Dès que je t'ai aperçu à Ten Bells, dans ta veste bleue et avec tes écouteurs, j'ai su que tu étais le bon.

J'ai un flash : jeune cadre dynamique, cheveux coupés trop court, me sourit d'un air mal à l'aise.

— Je n'avais pas d'écouteurs.

— Si. Tu m'as dit que c'était trop bruyant là-bas.

— C'est vraiment trop bruyant là-bas.

— Je sais, dis-je en serrant ses mains. C'est trop bruyant. J'aime me dire qu'on le sait tous les deux, et qu'on pense tous les deux que les films devraient durer vingt minutes de moins en moyenne. J'adore qu'on déteste les gens qui marchent lentement, et que pour toi regarder des rediffusions soit une perte de valeur temps. J'adore que tu utilises le terme « valeur temps » !

— À vrai dire, c'est…

— David.

Je lâche ses mains et pose mes paumes sur ses joues.

— Épouse-moi. Marions-nous. Pour de vrai, cette fois. Je t'aime.

Il me regarde. Ses yeux verts plongent dans les miens. Je retiens mon souffle. Un, deux…

— D'accord.

— D'accord ?

— D'accord.

Il rit et me serre dans ses bras. Mes lèvres rencontrent les siennes et nous formons bientôt un mélange de bras et de jambes qui glisse sur le sol. En se redressant, David se cogne dans la table basse.

— Merde. Aïe.

Elle est en bois avec un plateau en verre qui a tendance à sortir de son logement, à moins de déplacer toute la table d'un seul tenant. Nous arrêtons ce que nous sommes en train de faire pour nous occuper de la table.

— Attention aux coins, l'avertis-je.

Nous ramassons le plateau et le remettons en place, puis nous dévisageons, chacun à un bout de la table, essoufflé.

— Dannie. Pourquoi maintenant ?

Je ne lui dis pas ce que je ne peux pas lui dire, bien sûr. Ce que le docteur Christine m'accuse de cacher : que la raison qui m'a fait retarder l'échéance est la même que celle pour laquelle on doit se marier dans les plus brefs délais. Qu'en traçant un chemin je m'assure de bloquer l'accès à un autre.

Au lieu de cela, je réponds :

— Le moment est venu, David. Nous sommes parfaitement assortis, je t'aime. Je suis prête, et je suis désolée d'avoir tant tardé. Qu'est-ce qu'il te faut de plus ?

Ça aussi, c'est la vérité. Il n'y a rien de plus vrai.

— Il ne me faut rien de plus que ça.

Il a l'air plus heureux à cet instant que depuis des années.

Il me prend par la main et, en dépit de la distance de sécurité qui sépare désormais le canapé de la table basse, il me guide avec une lenteur délibérée vers la chambre à coucher.

— Je t'aime aussi, dit-il. Au cas où tu ne serais pas au courant.

— Je le sais.

Il me déshabille avec une intensité qui n'était plus là depuis longtemps. Généralement, quand nous faisons l'amour, nous n'inventons pas grand-chose pour nous mettre dans l'ambiance. Nous ne sommes pas particulièrement imaginatifs, et toujours pressés. Cela dit, le sexe avec David est agréable, génial même. Nous nous accordons bien. Nous avons communiqué tôt et souvent et nous savons ce qui plaît à l'un et à l'autre. David est attentionné et généreux et, même si je ne suis pas sûre que j'irais jusqu'à nous qualifier d'ambitieux, il y a dans nos ébats une certaine compétitivité qui fait que ce n'est jamais éculé ni ennuyeux.

Mais ce soir, c'est différent.

De sa main droite, il entreprend de déboutonner mon chemisier. Il a les doigts froids et je frissonne à son contact. C'est un vieux chemisier blanc J.Crew. Banal. Prévisible. Il trouvera un soutien-gorge couleur chair dessous. Comme d'habitude. C'est ce qui se passe ici et maintenant qui n'a rien d'habituel.

Il continue à défaire les boutons. Il prend son temps, jusqu'au dernier. Je remue les épaules pour faire tomber le vêtement sur le sol.

David pose une main sur mon ventre et glisse l'autre entre ma peau et la taille de ma jupe. Il me tient jusqu'à ouvrir la fermeture Éclair. La jupe descend le long de mes jambes et s'étale en flaque à mes pieds. Mon soutien-gorge et ma culotte ne sont pas assortis. Ils viennent tous deux de chez Natori, mais le haut est en coton et le bas en soie noire. Je me débarrasse des deux et pousse David sur le lit. Je me penche au-dessus de lui, la poitrine tout près de son visage. Il tend le cou et mord la pointe d'un de mes seins.

— Aïe !

— Je t'ai fait mal ?

Il place ses mains dans mon dos et les fait descendre lentement.

— Oui. Depuis quand aimes-tu mordre ?

— Depuis jamais. Désolé.

Il s'avance et m'embrasse. Un baiser lent et profond pour nous aider à nous recentrer. Ça marche.

David entreprend de s'attaquer à sa propre fermeture Éclair. Je saisis ses mains pour l'arrêter.

— Quoi ?

Il a le souffle court. Sa poitrine monte et descend rapidement.

Je ne dis rien. Quand il tente de se lever, je place mes mains sur ses épaules et le fais se rallonger.

— Dannie ? murmure-t-il.

Je réponds en guidant sa main vers mon ventre, puis plus bas, jusqu'à sentir ce point concave qui me fait prendre une grande inspiration, et maintiens sa main à cet endroit. Il me dévisage, d'abord confus. Puis il comprend lorsque j'appuie sur sa main d'avant en arrière. J'ôte ensuite la mienne et m'agrippe à ses épaules. Sa respiration se cale sur la mienne et je ferme les yeux pour me laisser emporter par le rythme, par les gestes de sa main, par la perte de conscience imminente qui n'appartient qu'à moi et à moi seule.

***

Après, nous sommes allongés côte à côte dans le lit, chacun sur son portable à chercher des salles.

— Est-ce qu'on doit prévenir les gens ? demande David.

Je marque une pause avant de répondre :

— Bien sûr. On se marie.

Il tourne la tête vers moi.

— D'accord. Quand veux-tu que le mariage ait lieu ?

— Bientôt. On attend depuis tellement longtemps… Le mois prochain ?

David rit. Un rire sincère, guttural, que j'adore entendre résonner.

— Tu es trop drôle.

Je pose mon téléphone et roule sur le côté pour le regarder.

— Quoi ?

— Oh, tu es sérieuse ? Dannie, tu n'es pas sérieuse !

— Bien sûr que si.

Il secoue la tête.

— Même toi tu ne pourrais pas organiser un mariage en un mois.

— Qui a dit que ça devait être un grand mariage ?

Il hausse les sourcils, puis les fronce.

— Ta mère ? La mienne ? Enfin, Dannie, c'est ridicule. On a attendu quatre ans et demi, on ne va quand même pas faire ça à la sauvette ? J'ai vraiment du mal à te suivre, là.

— J'ai juste envie que ce soit fait.

— Quel romantisme.

— Tu sais ce que je veux dire.

Il pose son téléphone à son tour et me fixe.

— Justement, non. Tu adores planifier. C'est ton grand truc. Je t'ai vu planifier jusqu'aux pauses pipi d'un repas de Thanksgiving.

— Oui, eh bien…

— Dannie, moi aussi, je veux me marier. Mais faisons les choses correctement. À notre façon. D'accord ?

Il me scrute, dans l'attente d'une réponse que je ne peux pas lui fournir, en tout cas pas celle qu'il souhaiterait. Je n'ai pas le temps de faire les choses à notre façon. Je n'ai pas le temps de planifier. Nous disposons de cinq mois. Cinq mois avant que j'emménage dans un appartement que ma meilleure amie souhaite acheter, avec le petit ami avec qui elle veut l'acheter. Il faut que j'arrête ça. Je dois faire tout ce qui est en mon pouvoir pour m'assurer que cette réalité n'en devienne jamais une.

— Je serai une véritable machine à planifier. Je vais me concentrer uniquement sur ça. Que dirais-tu du mois de décembre ? Un mariage de fêtes de Noël pour aller avec nos fiançailles de fêtes de Noël. Ce serait festif.

— Nous sommes juifs, rétorque David.

Il replonge le nez dans son téléphone. Je l'ignore et continue.

— Peut-être qu'il neigera. David ? En décembre ? Je ne veux pas attendre.

Il relève la tête, la secoue, se penche sur moi et m'embrasse sur l'épaule. Je sais que j'ai gagné.

— Décembre, tu dis ?

Je hoche la tête.

— D'accord. Va pour décembre.

CHAPITRE 11

Un dossier énorme atterrit sur mon bureau le jeudi suivant. L'un de nos plus gros clients (disons simplement que l'enseigne a révolutionné les magasins d'alimentation bio) souhaite annoncer le lundi, avant l'ouverture du marché, l'acquisition d'une entreprise de services de livraison. David et moi étions censés aller à Philadelphie annoncer en personne à mes parents notre projet pour décembre, mais il devient inenvisageable de m'absenter ce week-end.

Je l'appelle à 20 heures, penchée sur des piles de documents entassés dans la salle de réunion. Douze autres collaborateurs sont présents, ainsi que quatre associés qui aboient des ordres parmi des boîtes vides de nourriture chinoise à emporter. C'est une véritable zone de guerre. J'adore.

— Impossible de quitter le cabinet ce week-end. Ne serait-ce que pour rentrer dormir à la maison. Oublie Philadelphie.

J'entends la télévision derrière lui.

— Qu'est-ce qui s'est passé ?

— Je ne peux rien te dire, mais c'est du très lourd.

— Nooon. Whol… ?

Je m'éclaircis la gorge.

— Je vais dormir au bureau les trois prochains jours. Est-ce qu'on peut reporter au week-end prochain ?

— J'ai l'enterrement de vie de garçon de Pat en Arizona.

— Ah oui, c'est vrai.

Ils vont boire de la bière et faire du ball-trap, deux activités qui n'intéressent pas le moins du monde David. Je ne sais même pas pourquoi il y va. Il ne voit presque plus Pat.

— Pas de souci. On peut les appeler et le leur annoncer au téléphone. Ils seront enchantés dans tous les cas. Je crois que ta mère commençait à perdre espoir à mon sujet.

Mes parents adorent David. Évidemment. Il ressemble beaucoup à mon frère, ou à l'homme que j'imagine qu'il serait devenu. Intelligent, calme, d'humeur égale. Michael ne s'attirait jamais d'ennuis. C'était lui qui faisait les tableaux de répartition des tâches ménagères quand nous étions petits, et il faisait partie de l'association de simulation des Nations unies. Lui et David auraient été amis, je le sais. Et son absence continue à me faire mal. Il ne sera pas là. Il ne m'a pas vue à ma cérémonie de diplôme, ni quand j'ai décroché mon premier emploi. Il n'a jamais mis les pieds dans notre appartement et il ne me verra pas me marier.

Mes parents nous ont tannés sans relâche lors de nos deux premières années de fiançailles pour que nous fixions une date, mais ils ne le font presque plus. Je sais pourtant avec quelle impatience ils attendent ce mariage, pour moi autant que pour eux-mêmes. David a tort de croire que ma mère veut une grande cérémonie : à ce stade, elle se contenterait sûrement d'un mariage à la mairie.

— D'accord. Mon père vient peut-être la semaine prochaine.

— Jeudi, indique David. J'ai déjà prévu de l'emmener déjeuner.

— Tu es le meilleur.

Il fait un petit bruit évasif. À cet instant, Aldridge entre dans la salle. Je raccroche au nez de David sans même lui dire au revoir. Il comprendra. Il me faisait tout le temps le coup lorsqu'il était chez Tishman.

— Alors ? Où en est-on ?

En temps normal, un directeur associé ne demanderait pas à une collaboratrice « où en est » une acquisition d'une telle ampleur. Il interrogerait directement l'un des associés principaux présents dans la pièce. Mais depuis qu'Aldridge m'a engagée, nous avons tissé un véritable lien professionnel. De temps à autre, il m'appelle dans son bureau pour discuter de dossiers en cours ou m'offrir des conseils. Je sais que les autres collaborateurs le remarquent, je sais que ça ne leur plaît pas, et je trouve ça génial. Il n'y a pas beaucoup de moyens de grimper les échelons dans un cabinet d'avocats d'affaires, et être la coqueluche d'un directeur associé en est clairement un.

La plupart des avocats d'affaires sont de véritables requins. Pourtant, je n'ai jamais entendu Aldridge ne serait-ce qu'élever la voix. Il parvient même à avoir une vie de famille. Lui et son époux Josh sont mariés depuis douze ans et ils ont une fille,

Sonja, âgée de huit ans. Son bureau est constellé de photos. Des vacances, des kermesses, des cartes de vœux. Une vraie vie hors de ces quatre murs.

— Nous sommes encore dans la diligence raisonnable, mais certains documents devraient être prêts pour signature dimanche.

— Samedi, réplique Aldridge en me fixant, les sourcils haussés.

— C'est ce que je voulais dire.

— Est-ce que tout le monde a commandé à manger ? s'enquiert-il à la cantonade.

En plus des boîtes éparpillées sur la table, on trouve aussi des emballages de hamburgers de The Palm et des restes de salade Quality Italian. Lors d'une négociation comme celle-ci, la nourriture est une nécessité constante.

Aussitôt, les quinze avocats lèvent la tête et battent des paupières. Sherry, l'associée principale chargée du dossier, répond au nom de tous :

— C'est bon, Miles.

— Mitch !

Aldridge appelle son assistant, qui n'est jamais à plus de trois mètres.

— Nous avons tout ce qu'il nous faut, vraiment, insiste Sherry.

— Commandez chez Levain, s'entête mon supérieur. Il faut de la caféine et un peu de sucre à ces braves gens. Ils semblent avoir faim.

Il ressort en trombe de la salle de réunion. Sherry plisse les paupières avant de se replonger dans le document qu'elle lisait. Parfois, sous une pression pareille, la gentillesse peut faire l'effet d'un affront. Elle n'a pas le temps de nous consoler avec des cookies : c'est le privilège des très hauts.

Beaucoup de gens n'ont pas conscience que les avocats d'affaires n'ont rien à voir avec ce qu'on voit dans les séries télévisées. Sherry, Aldridge et moi ne mettrons jamais les pieds dans une salle d'audience. Nous ne sommes pas des plaideurs : nous effectuons des transactions. Nous préparons des documents et passons en revue le moindre papier pour une fusion ou une acquisition. Ou nous faisons entrer en Bourse une société. Dans *Suits*, en plus de briller au tribunal, Harvey s'occupe de l'administratif. Dans la réalité, les avocats de notre cabinet qui plaident des affaires n'ont pas la moindre idée de ce que nous faisons dans ces salles de réunion. La plupart d'entre eux n'ont pas préparé un document depuis une décennie.

Les gens pensent que le droit que nous exerçons est le moins ambitieux. Pourtant, même s'il est aussi moins glamour par bien des aspects (pas de plaidoiries finales, pas d'interviews avec les médias), le pouvoir du papier est incomparable. Au bout du compte, la loi se résume à ce qui est écrit, et c'est nous qui le rédigeons.

J'aime l'ordre que suit une transaction, la clarté du langage : l'interprétation y a peu de place, et l'erreur n'en a aucune. J'adore ce qui est écrit noir sur blanc. J'adore qu'au cours des dernières étapes d'un passage de transaction (notamment lorsqu'elles ont l'ampleur de celles que gère Wachtell) surgissent des obstacles en apparence insurmontables. Des scénarios apocalyptiques, des désaccords, des détails qui menacent de tout faire s'écrouler. Il semble impossible d'amener les deux parties à se mettre d'accord et, pourtant, nous y parvenons. D'une manière ou d'une autre, les contrats sont validés et signés. D'une manière ou d'une autre, les transactions ont lieu. Et, lorsque cela se produit enfin, c'est enivrant. Mieux que le plus beau plaidoyer dans une salle d'audience. N'importe qui peut influencer la volonté d'un juge ou d'un jury par bravade, mais le faire sur papier, noir sur blanc, voilà qui requiert un certain type de talent. C'est écrit. Cela lie les parties. C'est la vérité en poésie.

Le samedi, je passe en coup de vent à la maison pour me doucher et me changer. Le dimanche, il est bien plus de minuit lorsque je rentre chez nous. David dort déjà, mais il y a un mot sur le plan de travail et des pâtes dans le réfrigérateur : cacio e pepe de l'Artusi, mes préférées. David est toujours très attentionné : il commande mes pâtes favorites pour qu'elles soient là à mon arrivée, laisse le chocolat que j'aime sur le comptoir… Lui aussi a passé le week-end au bureau, mais depuis qu'il travaille au fonds il a plus d'autonomie que moi pour la gestion de son temps, alors que je suis toujours à la merci des associés, des clients et des caprices du marché. Pour David, c'est surtout le marché qui prévaut, et, puisque la plus grande partie de l'argent que gère sa société est de l'investissement sur le long terme, cela soulage son quotidien de beaucoup de pression. Comme David se plaît à le dire : « Personne ne court jamais dans mon bureau. »

J'ai deux appels en absence et trois messages de Bella. Je l'ai ignorée tout le week-end, et toute la semaine à vrai dire. Elle ne sait pas que David et moi nous sommes à nouveau fiancés sur le sol du salon, et que nous organisons officiellement un mariage pour décembre (du moins, c'est ce que nous ferons dès que nous aurons une seconde de libre).

Je lui envoie un message :

Je rentre à l'instant, j'ai passé tout le week-end au bureau. Je t'appelle demain.

Quoique je n'aie pas dormi depuis près de soixante-douze heures, je ne me sens pas fatiguée. Nous avons les signatures. Demain (enfin, aujourd'hui, en réalité), nos clients annonceront l'acquisition d'une compagnie qui vaut des milliards. Ils étendent leur présence globale et vont révolutionner la façon de faire les courses.

J'éprouve la sensation habituelle qui succède à la conclusion d'un gros dossier : je plane. Je n'ai pris de la cocaïne qu'une seule fois (une idée fort peu judicieuse lors d'une soirée à la fac), mais c'est la même sensation. Mon cœur bat la chamade, j'ai les pupilles dilatées. J'ai le sentiment que je pourrais courir un marathon. Nous avons gagné.

Il y a une bouteille de chianti entamée sur le comptoir. Je m'en sers un verre, m'assieds à la table de la cuisine et regarde par la grande fenêtre qui donne sur Gramercy Park. Il fait nuit, mais les lumières de la ville illuminent les arbres et les trottoirs. Lorsque j'ai emménagé à New York, je longeais souvent le parc en pensant qu'un jour je vivrais à côté. À présent, David et moi en avons la clé. Nous pouvons aller dans le parc chaque fois que nous le désirons. Mais nous ne le faisons pas. Nous sommes occupés. Nous y sommes descendus avec une bouteille de champagne le jour où on nous a remis la clé, mais nous n'y sommes pas retournés depuis. C'est joli à regarder par la fenêtre, néanmoins. Et l'emplacement est pratique. Très central. Je me fais la promesse que David et moi irons bientôt y boire des cafés glacés et discuter des préparatifs du mariage.

C'est un bel appartement. Deux chambres, de hauts plafonds, une grande cuisine et une salle à manger, une alcôve pour la télévision et le canapé. Nous l'avons décoré dans des tons gris et blancs. C'est apaisant, serein. On dirait un appartement de magazine. C'est ce que j'ai toujours voulu.

Je baisse les yeux sur ma bague de fiançailles. Une alliance la rejoindra bientôt. Je finis mon verre de vin, me brosse les dents, me nettoie le visage et me glisse dans le lit. Je retire ma bague et la pose dans la petite soucoupe sur ma table de chevet. Elle brille comme une promesse. Je me jure d'appeler des organisateurs de mariage à la première heure demain matin.

CHAPITRE 12

Je quitte le bureau à 19 heures le lundi, une heure plus tôt que je ne le devrais, pour retrouver Bella au Snack Taverna dans le West Village. C'est un petit bistrot qui sert la meilleure nourriture grecque de la ville, et nous y venons depuis que nous sommes arrivées à New York, bien avant que je puisse me le permettre.

Bella a repris son habitude des quinze minutes de retard. Je nous commande des fèves marinées dans de l'huile d'olive et de l'ail, son plat préféré. Elles sont déjà sur la table lorsqu'elle me rejoint.

Elle m'a renvoyé un message ce matin dans lequel elle exigeait que nous dînions ensemble ce soir.

Ça fait trop longtemps. J'ai l'impression que tu m'évites.

Je quitte rarement (voire jamais) le bureau aussi tôt. Lorsque David et moi faisons une réservation pour dîner, c'est toujours pour 20 h 30 ou 21 heures.

Mais aujourd'hui il est 19 h 30 et il fait encore jour. Bella est la seule personne capable de me faire sortir de ma routine.

— Qu'est-ce qu'il fait chaud ici ! s'exclame-t-elle en arrivant.

Elle porte une robe blanche en dentelle Zimmermann et des sandales dorées à lanières montantes. Ses cheveux sont ramenés en un chignon haut, avec des mèches qui s'en échappent et pendent dans son cou.

— C'est une étuve. L'été a débarqué d'un seul coup.

Je me penche au-dessus de la table pour l'embrasser sur la joue. Je transpire dans mon chemisier en soie et ma jupe crayon. Je n'ai pas mis de vêtements d'été. Heureusement, la climatisation tourne à plein régime.

— Comment s'est passé ton week-end ? Tu as pu dormir un peu, au moins ?

Je souris.

— Non.

Elle secoue la tête.

— Et tu as adoré ça.

— C'est possible.

Je vole des fèves dans son assiette avant de passer à l'offensive. Il faut que je sache.

— Vous avez des nouvelles au sujet de l'appartement ?

Elle fronce les sourcils, puis comprend de quoi je parle.

— Ah oui ! Il y en a un autre que je voudrais, je pense. Un endroit complètement sauvage dans le quartier des abattoirs. Jamais je n'aurais cru qu'il restait des trucs de ce genre dans le coin. Tout est si standardisé de nos jours.

— Alors tu n'aimes plus le loft de Dumbo ?

Elle hausse les épaules.

— Je ne suis pas sûre d'avoir envie d'y vivre. Il n'y a qu'un seul magasin d'alimentation et il doit faire un froid de canard en hiver. Toutes ces rues larges si près de la rivière… Ça m'a l'air un peu isolé.

— C'est près du métro et la vue est spectaculaire. Toute cette lumière, Bella… Je t'imagine parfaitement peindre là-bas.

Elle plisse les yeux.

— Qu'est-ce qui t'arrive ? Tu détestais le loft. Tu m'as dit que ce n'était même pas la peine d'y penser.

Je balaie son argument d'un revers de main. Elle a raison, cependant. À quoi je joue ? Pourtant, les mots continuent à sortir de ma bouche en cascade, comme si je n'avais pas le moindre contrôle sur eux.

— Je ne sais pas. Qu'est-ce que j'y connais ? J'ai passé les dix dernières années dans le même quartier.

Bella se penche vers moi et un grand sourire illumine son visage.

— Tu adores cet endroit.

C'est brut, mais je dois admettre que c'est magnifique. Industriel, énergique et paisible à la fois.

— Non, dis-je avec fermeté sur un ton sans appel. C'est un tas de placoplatre. Je me fais juste l'avocat du diable.

Bella croise les bras sur sa poitrine.

— Tu adores, insiste-t-elle.

Je ne sais pas pourquoi je ne parviens pas à nier. À lui dire qu'elle a raison (oui, il y fait un froid glacial, oui, c'est trop loin). Je devrais être enchantée qu'elle n'y pense plus. Je ne veux plus qu'elle y pense. Je veux que cet appartement se désintègre dans l'atmosphère. Jusque-là j'ai fait tout ce qu'il fallait pour empêcher ce coup du sort. Si l'appartement disparaît, ce qui s'y est passé disparaît également.

— Non, c'est vrai, finis-je par dire. Dumbo est loin de tout. Et Aaron a dit que ça nécessiterait un milliard de travaux.

La dernière partie est un pieux mensonge.

Bella ouvre la bouche pour dire quelque chose, puis la referme.

— Bella, tout va bien entre vous ?

Elle soupire.

— Il m'a raconté que vous aviez passé un bon moment à l'appartement. Que tu l'appréciais peut-être un petit peu plus ? Il m'a dit que tu avais semblé aimable, ce qui ne te ressemble absolument pas.

— Eh ! Doucement !

— Tu es beaucoup de choses, mais aimable n'est pas le premier qualificatif qui vient à l'esprit.

J'ai un flash : Bella et moi, fraîchement débarquées à New York, faisant la queue pour entrer dans une boîte ridiculement chère dans le quartier des abattoirs. Bella m'avait prêté une de ses robes, courte et colorée. Je ne me rappelle pas en quelle saison c'était, mais il faisait froid. Fin d'automne, début d'hiver ? Nous n'avions pas de manteau, comme souvent quand nous sortions à cet âge-là.

Dans cette tranche de souvenir, Bella flirtait avec le RP, prénommé Scoot ou Hinds. Un type qui aimait bien voir arriver des filles sexy, et qui donc aimait bien quand Bella arrivait. Elle lui disait qu'elle avait des amies qu'elle aimerait bien faire entrer avec elle.

— Elles te ressemblent ? avait-il demandé.

— Personne ne me ressemble, avait-elle répondu en dégageant ses cheveux de son cou.

— Elle ?

Scoot m'avait montrée du doigt, loin d'être impressionné, je m'en rendais bien compte. Être l'amie de Bella m'a toujours donné l'impression d'être dans son ombre. Avant, cela me rendait peu sûre de moi. Peut-être que c'est encore le cas de temps à autre, d'ailleurs. Mais avec le temps chacune a trouvé sa place, son domaine. Nous avons bâti un terrain d'entente, un équilibre de forces complémentaires. Mais, plantées devant cette boîte, nous n'en étions pas encore là.

Bella s'était penchée sur Scoot et lui avait murmuré quelque chose à l'oreille. Je n'avais pas entendu, mais je pouvais aisément imaginer : « C'est une princesse, tu sais. Une tête couronnée. Cinquième dans l'ordre de succession au trône des Pays-Bas. C'est une Vanderbilt. »

Avant, qu'elle ait à faire ça me mettait mal à l'aise. Et ce soir-là ça m'avait mise mal à l'aise. Mais je ne le lui avais pas dit. Je ne le dis jamais. Elle m'offre sa présence, je lui offre mon silence. J'apaise et solidifie sa vie ; elle rend la mienne éclatante. Ça me paraît équitable. Un marché honnête.

— Entrez, mesdames, avait lancé Scoot.

Nous étions entrées au Twitch ou au Slice ou au Markd. Qu'importe son nom, l'endroit n'existe plus aujourd'hui. Nous avions dansé. Des hommes nous avaient payé des verres. Je me sentais jolie dans sa robe, même si elle était un peu trop courte pour moi et un peu trop large au niveau de la poitrine. Elle me serrait aux mauvais endroits.

À un moment, deux types nous avaient draguées. Je n'étais pas intéressée. J'avais un petit ami. Il était en fac de droit à Yale. Nous étions ensemble depuis huit mois. Je lui étais fidèle. Je pensais que peut-être je l'épouserais.

Partout où nous allions, Bella flirtait, et n'aimait pas que je n'en fasse pas autant. Elle croyait que je me retenais, que je ne savais pas m'amuser. C'est en partie vrai. Cette façon de s'amuser ne me venait pas naturellement et, par conséquent, il m'était impossible de jouer le jeu. J'essayais constamment d'apprendre les règles, pour en arriver toujours au même constat : les gens qui gagnaient semblaient n'en suivre aucune.

L'un des types avait fait un commentaire que j'avais trouvé minable. J'avais levé les yeux au ciel.

— Ce que tu es aimable, m'avait-il alors assené.

C'est resté.

Je me sers d'un cracker pour prendre des fèves. Le goût de l'ail se révèle dans ma bouche.

— Morgan et Ariel ont rencontré Greg samedi, m'indique Bella. Ils l'ont adoré, eux.

Morgan et Ariel sont un couple que Bella a rencontré par le biais de la galerie il y a quatre ans environ. Depuis, elles sont davantage devenues nos amies que celles de Bella, notamment parce que David et moi sommes plus doués qu'elle pour organiser un dîner ou rester dans un pays. Morgan est photographe et réalise des paysages urbains qui rencontrent beaucoup de succès. Elle a également publié l'an dernier un beau livre qui a fait grand bruit. Quant à Ariel, elle travaille pour un fonds de placement privé.

— Ah oui ?

— Oui. Et, sincèrement, je pensais que tu l'aimerais bien, toi aussi. Je ne suis pas fâchée, mais… tu veux toujours que je sois plus sérieuse, et que je fréquente quelqu'un qui tient à moi. Tu répètes ça à longueur de temps. Là, c'est le cas, et on dirait que ça t'est égal.

— Ce n'est pas vrai.

Je n'ai pas envie de continuer à parler de ça.

— Vraiment ? Tu as une drôle de façon de le montrer, alors.

Elle est agacée. Sa voix est tendue, sa posture raide. Je me redresse sur ma chaise et déglutis.

— Je vois qu'il tient à toi. Et je suis ravie pour toi.

— Tu es sincère ?

— Bien sûr. Ça a l'air d'être un mec bien.

— Un mec bien ? Je t'en prie, Dannie, c'est pathétique.

Elle est en colère, irascible. Je ne peux pas lui en vouloir. Je ne lui donne rien.

— Je suis folle de lui. Je n'ai jamais ressenti ça, et je sais que j'ai souvent dit ça et je sais que tu ne me crois pas, mais…

— Je te crois.

Elle pose ses coudes sur la table et se penche en avant.

— Qu'est-ce qui se passe, Dannie ? Tu peux tout me dire, tu le sais. Qu'est-ce qui ne te plaît pas chez lui ?

Tout à coup, mes yeux se remplissent de larmes. C'est une réaction très inhabituelle chez moi et je bats des paupières, plus par surprise que pour les retenir. Elle semble si pleine d'espoir… Naïve, même. Emplie de la possibilité qu'elle prétend ressentir. Et moi, j'ai cet énorme secret que je ne peux pas lui confier. Cette chose grave, terrible et étrange qui s'est produite dans ma vie et qu'elle n'apprendra jamais.

— Je t'ai eue pour moi toute seule pendant longtemps. Je sais que ce n'est pas juste, mais l'idée que tu sois réellement avec quelqu'un me rend… comment dire…

J'avale à nouveau ma salive.

— Jalouse, peut-être ?

Elle se laisse aller contre son dossier, satisfaite. Heureusement que j'ai trouvé quelque chose à répondre. Je bénis ma chance d'être avocate. Elle y croit. Cela a du sens à ses yeux. Elle sait que j'ai toujours voulu la première place auprès d'elle, le premier rang, et elle me l'a toujours donnée jusqu'à présent.

— Mais tu as David et ça ne pose aucun problème, fait-elle remarquer.

— Oui. Simplement, ç'a toujours été comme ça, alors là, c'est différent.

Elle hoche la tête.

— Mais tu as raison, je continue. C'est idiot. Les émotions ne sont pas toujours rationnelles.

— Honnêtement, dit Bella en riant, je n'aurais jamais cru t'entendre dire une chose pareille un jour.

Elle tend le bras par-dessus la table et serre ma main.

— Rien ne va changer, je te le promets. Ou si les choses changent ce sera en mieux. Tu me verras encore plus. Tu me verras tellement que tu en auras marre de moi.

— Dans ce cas… santé ! J'ai hâte d'en avoir marre de toi.

Bella sourit. Nous trinquons. Elle agite la main devant son visage.

— Donc tu l'apprécies. Plus ou moins. Peut-être. Tu es jalouse. On en reste là. D'accord ?

Je hoche la tête.

— Pas de problème.

— Mais il est vraiment…

Elle ne finit pas sa phrase et son regard se perd dans le vide.

— Je ne sais pas comment expliquer, reprend-elle. C'est comme si je comprenais enfin, tu vois ? Comme si je comprenais ce truc dont tout le monde parle toujours.

— Bella, c'est merveilleux.

Elle plisse le nez.

— Qu'est-ce qui t'arrive, à la fin ?

J'inspire profondément. J'expire lentement.

— David et moi sommes fiancés.

— Dannie. Ton scoop est vieux de plusieurs décennies.

— De quatre ans et demi, pour être exacte.

— Si tu veux.

— Ce que je veux dire, c'est qu'on va se marier, cette fois. Vraiment. En décembre.

Elle écarquille les yeux. Puis son regard se pose sur ma bague de fiançailles avant de regagner mon visage.

— Putain de merde. C'est vrai ?

— Oui. Il est temps. On est tous les deux débordés et on trouve toujours une bonne raison de ne pas franchir le pas, mais je me suis rendu compte qu'il y a vraiment une excellente raison de le faire. Alors on va le faire.

Le serveur s'approche de notre table.

— Une bouteille de champagne et dix minutes de tranquillité, lui assène-t-elle abruptement.

Il tourne aussitôt les talons.

— Ça fait longtemps qu'il me demande de convenir d'une date.

— Je suis au courant. Sauf que tu refuses toujours.

— Je ne refuse pas. Simplement je n'ai encore jamais pris le temps de m'en occuper.

— Qu'est-ce qui a changé ?

Je la fixe. Bella. Ma Bella. Elle est si radieuse, si enivrée par l'amour… Comment puis-je lui dire que c'est elle ? Que c'est elle, la raison ?

— Je suppose que je sais enfin quel avenir je veux.

Elle hoche la tête.

— Est-ce que tu as prévenu Meryl et Alan ?

Mes parents.

— On les a appelés. Ils sont enchantés. Ils ont demandé si on voulait faire ça au Rittenhouse.

— Et ? Tu veux faire ça à Philly ? C'est tellement banal, commente-t-elle en faisant la grimace. Je t'ai toujours imaginée te marier dans un style très Manhattan.

— Sauf que je suis banale. Tu oublies toujours ce détail.

Elle sourit.

— Mais non, pas de mariage à Philadelphie. Ç'aurait été pratique, c'est tout. On verra ce qui est disponible en ville.

Le champagne arrive, on remplit nos verres. Bella lève sa coupe et je l'imite.

— Aux hommes bien. Qu'on les connaisse, qu'on les aime, et qu'on continue à s'aimer, toi et moi.

J'avale une gorgée de bulles avant d'annoncer :

— Je meurs de faim. Je vais commander.

Bella me laisse les rênes. Je prends une salade grecque, de l'agneau souvlaki, de la quiche aux épinards et de l'aubergine grillée avec du tahini.

Nous plongeons dans nos plats comme nous plongerions dans un bain.

— Tu te rappelles la première fois qu'on est venues ici ? demande Bella.

Il est rare qu'un repas se déroule sans que Bella évoque une anecdote ou une autre. Elle est terriblement sentimentale. Parfois, je me dis qu'à notre âge, il est intolérable de passer au crible autant de souvenirs. Nous en sommes à vingt-cinq ans d'amitié, et il y a déjà trop de matière, trop de choses susceptibles de la faire pleurnicher. La vieillesse va être terrible.

— Non. C'est un restaurant. On y est venues un nombre incalculable de fois.

Bella lève les yeux au ciel.

— Tu venais juste de quitter Columbia et d'emménager à New York, et on fêtait ton embauche chez Clarknell.

Je secoue la tête.

— On a fêté Clarknell au Daddy-O.

Le bar en marge de la 7e Rue qu'on fréquentait à toute heure de la nuit pendant nos trois premières années à New York.

— Non, proteste Bella. On a rencontré Carl et Berg juste avant de venir ici rien que toi et moi.

C'est vrai, elle a raison. Je me souviens que toutes les tables étaient décorées de bougies, et qu'il y avait un saladier rempli de dragées près de la porte. J'en avais glissé deux poignées dans mon sac en sortant.

Ils n'en proposent plus, probablement à cause des clients dans mon genre.

— Peut-être bien.

Bella secoue la tête.

— Tu es vraiment incapable d'avoir tort.

— Ça fait partie de ma fiche de poste. Mais il me semble me souvenir d'une soirée fin 2014.

— Avant David.

— En effet.

— Est-ce que tu l'aimes ?

Il est incongru de demander une chose pareille, et cela ne nous échappe ni à l'une ni à l'autre. L'étrangeté de sa question, et le fait qu'elle l'ait posée.

— Oui. Nous voulons les mêmes choses, nous avons les mêmes projets. Ça colle, tu comprends ?

Bella découpe un morceau de feta qu'elle rehausse d'une tomate.

— Alors tu sais ce que ça fait.

— Quoi ?

— D'avoir le sentiment d'avoir rencontré la bonne personne.

Bella soutient mon regard et j'ai l'impression qu'un pic me transperce l'estomac. Comme si elle venait de l'enfoncer à un endroit bien précis.

— Excuse-moi. Je suis désolée si j'ai été bizarre avec Aaron. Je l'apprécie vraiment, et si tu l'aimes, alors je l'aimerai aussi. Simplement, prends ton temps.

Elle fourre la feta et la tomate dans sa bouche et mâche avec délice.

— Impossible, affirme-t-elle.

— Je sais. Mais je suis ta meilleure amie. C'est mon devoir de te le dire.

CHAPITRE 13

La chaleur étouffante de marécage de juillet s'accompagne d'une désagréable et inéluctable certitude : la météo va empirer avant de s'améliorer. Il nous faudra encore endurer août. La fin du mois approche et David m'a demandé de le retrouver pour le déjeuner à Bryant Park.

Pendant la période estivale, le parc voit éclore des tables sur son périmètre, et des employés en costume déjeunent dehors. Le bureau de David se trouve dans la zone des 30es Rues et le mien dans celle des 50es, alors la 42e et la 6e Avenue constituent un point de rencontre idéal. Nous déjeunons rarement ensemble, mais, lorsque c'est le cas, c'est généralement à Bryant Park.

David m'attend avec deux salades niçoises en provenance de Prêt et mon thé glacé préféré du Pain Quotidien. Les deux établissements sont à proximité à pied. Nous ne sommes pas des snobs pour ce qui est du déjeuner. La plupart du temps, sur les trois repas que compte une journée, je serais ravie que deux soient une salade. D'ailleurs, l'un de nos premiers rendez-vous a eu lieu dans ce parc, autour du même menu. Nous nous sommes installés dehors malgré le froid, et, lorsque David a remarqué que je frissonnais, il a ôté son écharpe pour m'envelopper dedans puis s'est empressé d'aller me chercher un café au stand situé au coin de la rue. C'était un petit geste, mais profondément révélateur de sa personne d'alors et encore d'aujourd'hui. Il a toujours fait passer mon bonheur avant son confort.

Je prends un taxi pour le rejoindre, mais je suis tout de même trempée de sueur à l'arrivée.

— Quelle fournaise ! Il doit faire 40 °C, dis-je en m'asseyant face à lui.

Je sens des ampoules au niveau de mes talons. J'ai besoin de talc et d'une pédicure, tout de suite. Je ne me rappelle pas quand j'ai pris le temps de me faire faire les ongles pour la dernière fois.

— En réalité, il fait 36 °C, mais le ressenti est de 39, corrige David après avoir consulté son portable.

— Pourquoi mange-t-on dehors ?

Je m'empare de ma boisson. Par miracle, elle est encore froide, même si presque tous les glaçons ont déjà fondu.

— Parce qu'on ne prend jamais l'air.

— Je n'appellerais pas ça prendre l'air. Les étés sont de pire en pire, non ?

— Oui.

— J'ai tellement chaud que je n'ai même pas envie de manger.

— Tant mieux. Parce que le déjeuner était un prétexte.

Il pose un calendrier sur la table.

— Qu'est-ce que c'est que ça ?

— Un agenda. Dates, heures, numéros. Il faut qu'on commence à s'organiser pour ce truc.

— Le mariage ?

— Absolument. Le mariage. Si on ne passe pas des coups de fil, tout va être réservé. C'est déjà plus ou moins le cas. Le soir, nous sommes trop fatigués pour en parler, et c'est comme ça que quatre ans viennent de filer.

— Quatre ans et demi.

— Encore pire.

Il se mord la lèvre inférieure et secoue la tête.

— Ce qu'il nous faut, c'est un organisateur humain.

— Oui, mais même pour trouver un organisateur il faut qu'on s'organise. Pour les meilleurs, il faut s'y prendre jusqu'à deux ans en avance.

— Je sais. Je le sais bien.

— Je ne dis pas que ce n'est pas ton… domaine, mais je pense qu'on devrait faire ça ensemble. En tout cas, j'aimerais bien. Si tu es d'accord.

— Bien sûr. J'adorerais ça.

Voilà à quel point David veut m'épouser : il est disposé à sacrifier sa pause déjeuner pour éplucher des magazines de mariage.

— Pas de niaiseries, annonce-t-il d'emblée.

— Je suis vexée que tu trouves nécessaire de le préciser.

— Et je crois qu'on devrait faire l'impasse sur la fête de fiançailles. C'est trop de boulot. Pas d'enterrement de vie de garçon non plus.

Celui de Pat en Arizona ne s'est pas déroulé exactement comme prévu. Ils se sont mal organisés et ont fini par devoir attendre neuf heures et demie à l'aéroport. Tout le monde s'est saoulé à la bière et au Bloody Mary, et David a eu la gueule de bois tout le week-end.

— Pareil. Bella peut s'occuper des alliances.

— Parfait.

— Et fleurs blanches uniquement.

— Ça me va.

— On charge le vin d'honneur et on s'économise un repas à table ?

— Exactement.

— Et open bar.

— Mais pas de shooters.

David sourit.

— Pas de shooters spécial mariage ? Comme tu voudras.

Il consulte sa montre.

— Bon boulot. Il faut que je file.

— Alors c'est tout ? Une réunion et tu te sauves ?

— Tu veux qu'on déjeune ?

Je jette un œil à mon portable. Sept appels manqués et trente-deux nouveaux e-mails.

— Non. J'étais déjà en retard en arrivant.

David se lève et me tend ma salade.

— On va gérer, lui dis-je.

— Je sais qu'on va gérer.

J'imagine David vêtu d'un sweat, un anneau en or au doigt, ouvrant une bouteille de vin dans notre cuisine par un soir d'hiver. Un sentiment de confort durable. Les bases d'une vie douillette.

— Je suis heureuse, tu sais ?

— Tant mieux. Parce que d'une façon ou d'une autre tu es coincée avec moi.

CHAPITRE 14

Nous voici à la fin du mois d'août. En janvier, autant dire il y a une éternité, David et moi avions réservé une maison de vacances pour le week-end de la fête du travail, avec Bella et nos amies Morgan et Ariel.

Bella et Aaron sont toujours ensemble et, curieusement, Aaron se joint à nous, ce qui fait de ce week-end un séjour à trois couples. Ça ne me pose pas de problème. Bella et moi avons toujours eu un rythme radicalement différent pour ce qui est des vacances en bord de mer. Elle veille tard et se lève tard. Je me réveille à l'aube, je vais courir, je nous prépare le petit déjeuner et je cale quelques heures de travail avant d'aller à la plage.

David a loué un Zipcar, qui s'avère problématique au moment de transporter nos petites personnes, nos bagages, et Morgan, supposée partir avec nous. Ariel doit prendre le minibus plus tard après le travail.

— Cette voiture aurait davantage sa place sur un plateau de Monopoly, lance Morgan.

Elle a la quarantaine, et personne ne soupçonnerait son âge si elle n'avait pas de cheveux gris : elle a une tête de poupon, aucune ride, pas même des ridules autour des yeux. C'est hallucinant. Même moi j'ai l'air plus âgée qu'elle, alors que je me fais injecter du Botox depuis mes vingt-neuf ans. David me tuerait s'il l'apprenait, d'ailleurs.

— Ils ont dit que ça pouvait accueillir quatre personnes.

David appuie sur mon sac pour le faire entrer au-dessus de notre valise et cogne son épaule contre le coffre.

— Quatre nains avec leurs sacs de nains, oui.

Je ris. Nous n'avons même pas encore essayé de faire entrer le sac à dos de Morgan ni sa valise.

Deux heures plus tard, nous sommes en route à bord d'un SUV que David a loué chez Hertz à la dernière minute. Nous avons laissé le Zipcar en stationnement interdit, un responsable nous ayant promis de venir le récupérer immédiatement.

Morgan s'assoit à l'avant avec David, moi sur la banquette arrière, l'ordinateur en équilibre sur les genoux. On est jeudi et, même si mes congés ont été validés, il y a du travail à abattre.

Ils chantent en chœur *Endless Love*, de Lionel Richie.

« And I want to share all my love with you. No one else will do. »[1]

Je crie pour qu'ils m'entendent :

— Ça me rappelle qu'on doit dresser une liste de chansons interdites pour le mariage.

1. « Et je veux partager tout mon amour avec toi. Personne d'autre que toi ne conviendra » (NdT).

Morgan baisse la musique.

— Comment avance l'organisation ?

— Nous sommes prudemment optimistes, répond David en haussant les épaules.

— Il ment. On est complètement à la bourre.

— Comment vous avez fait, vous ? demande David.

Morgan et Ariel se sont mariées il y a trois ans, au cours d'un week-end d'anthologie dans les montagnes Catskill. Elles avaient loué une auberge à thème, le Roxbury, et le mariage avait eu lieu dans une ferme voisine. Elles avaient tout fait venir : les tables, les chaises, les lustres. Elles avaient disposé des meules de foin astucieusement afin de séparer le coin détente de la piste de danse. Il y avait un bar à fromage et à whisky, et des bouquets des plus belles fleurs sauvages ornaient chaque table. Des photos de leur mariage ont fini sur le site de *The Cut* et *Vogue*.

— C'était facile, répond Morgan.

— On n'est pas à votre niveau, chérie, fais-je remarquer. Tout notre appartement est blanc et gris.

Morgan éclate de rire.

— C'est différent. Tu sais que j'adore faire ça. Ça nous a amusées, ajoute-t-elle en tripotant les boutons de la radio. Alors comme ça, Greg vient aussi ?

— Je crois. C'est confirmé ?

— Oui, intervient David.

— Il a l'air top, non ? reprend Morgan.

— Très sympa, dit David. On ne l'a rencontré qu'une fois, cela dit. Quel été de dingue ! Je n'en reviens pas qu'il soit déjà fini.

Il me lance un regard dans le rétroviseur.

— Presque fini, tempère Morgan.

Je fais un bruit évasif depuis ma place à l'arrière.

— Il a l'air stable, en tout cas. Il a un vrai travail et il ne passe pas son temps à tenter de la convaincre de quitter le pays grâce à la carte de crédit de ses parents, continue David.

— Contrairement à nous, sales artistes profiteurs, plaisante Morgan.

— Arrête, tu as plus de succès que nous tous réunis, rectifie David.

C'est la vérité. Les expositions de Morgan attirent des kyrielles de visiteurs. Ses photos se vendent 50 000 dollars le cliché. Elle gagne davantage en vingt-quatre heures d'exposition que moi en deux mois.

— On a passé une super soirée lors d'un dîner avec eux il y a quelques semaines, raconte Morgan. J'ai trouvé Bella différente, et je me suis à nouveau fait la réflexion quand je suis passée à la galerie la semaine dernière. Comme si elle avait davantage les pieds sur terre, ou quelque chose comme ça.

— C'est vrai, je suis d'accord avec toi, dis-je.

La vérité, c'est que depuis ce « déjeuner » au parc, depuis que David et moi avons commencé à parler sérieusement du mariage, je pense de moins en moins à ma vision. Nous construisons l'avenir en ce moment, cet avenir pour lequel nous avons tant travaillé. Et tout tend à démontrer que cette version sera celle que nous connaîtrons en décembre. Je ne suis pas inquiète.

— C'est sa relation la plus longue, et de loin, fait remarquer Morgan. Vous pensez que ça va durer ?

— On dirait bien.

Je sauvegarde le brouillon de mon e-mail et ferme mon ordinateur alors que nous quittons l'autoroute. Nous sommes presque arrivés.

Nous avons loué la même maison que les cinq dernières années. Elle est située à Amagansett, au bout de Beach Road. C'est une vieille bâtisse : les bardeaux du toit se détachent et la moisissure s'attaque à certains meubles. Néanmoins, la maison est parfaite car elle est sur la plage. Seule une dune nous sépare de l'océan. J'adore. Dès que nous dépassons la statue du Stargazer et que nous nous engageons sur la route 27, je baisse la vitre pour laisser entrer l'air iodé. Cela me détend aussitôt. J'adore les vieux arbres énormes qui longent la route et filent jusqu'à la plage immense. Le ciel, l'océan, l'air. L'espace.

L'après-midi est déjà bien entamé quand nous nous garons devant la maison. Bella et Aaron sont déjà là. Bells a loué une décapotable jaune qui semble nous saluer joyeusement. La porte d'entrée est grande ouverte, comme s'ils venaient juste d'arriver, alors que je sais que non. Bella m'a envoyé un message il y a trois heures pour me dire qu'ils y étaient.

Ma première réaction est l'agacement. Combien de fois, pendant combien d'étés, lui ai-je dit de fermer les portes afin qu'on ne soit pas envahis par les insectes ? Mais je me reprends. C'est notre maison, après tout. Pas seulement la mienne. Et je veux que tout le monde passe un bon week-end.

J'aide David à décharger le coffre et tends sa valise à Morgan au moment où Bella sort de la maison. Elle porte une robe en lin bleu pâle dont le bas est parsemé d'éclaboussures de peinture. Cette vision me remplit d'une joie toute particulière.

À ma connaissance, elle n'a pas peint de l'année, et c'est merveilleux de la voir ainsi, cheveux au vent, enveloppée d'une sorte de brume créative.

— Vous êtes là !

Elle prend Morgan dans ses bras et dépose sur ma tempe un gros baiser sonore.

— J'ai dit à Ariel qu'on irait la chercher à la gare dans vingt minutes. David, tu veux bien t'en charger ? Je n'arrive pas à remettre la capote, explique-t-elle en montrant du doigt la voiture jaune.

— Je peux m'en occuper, propose Morgan.

— Non, j'y vais, dit David alors que la circulation était infernale et que nous venons de passer près de cinq heures à rouler. Laisse-moi juste rentrer nos affaires.

— Entrez, propose Bella. J'ai fait la distribution des chambres.

David me regarde et hausse les sourcils tandis que nous suivons Bella et Morgan à l'intérieur.

La maison est décorée dans un style mi-ferme, mi-appartement shabby chic d'étudiante. De vieux meubles en bois y côtoient de gigantesques canapés blancs et des coussins Laura Ashley.

— Vous deux, vous êtes encore en bas.

David et moi occupons la chambre du bas depuis notre premier séjour, l'été où Francesco est venu. Lui et Bella se sont disputés à grands cris dans la cuisine pendant trente-six heures jusqu'à ce qu'il parte en pleine nuit. Au volant de l'unique voiture que nous avions louée pour le week-end.

— Morgan et Ariel sont avec nous à l'étage.

— Tu sais qu'on ne pratique pas l'échangisme avec des hétéros, plaisante Morgan en montant les marches.

— Je ne suis pas hétéro.

— Toi peut-être pas, mais ton petit ami si.

David et moi posons nos bagages dans la chambre. Je m'assois sur le lit, fait du même osier que la commode et le fauteuil à bascule, et je suis soudain frappée par une nostalgie que je ne ressens ni n'entretiens jamais en temps normal.

— Ils ont acheté de nouveaux draps.

Je baisse les yeux. Il a raison. Le linge de lit est blanc, au lieu des impressions à motif cachemire habituelles.

David m'embrasse sur le front.

— Je file. As-tu besoin de quelque chose ?

— Non. Je vais défaire nos valises.

Il s'étire et se penche en avant, les coudes dans les mains. Je me lève et frotte le bas de son dos, à l'endroit où je sais qu'il a mal ; il grimace.

— Est-ce que tu veux que j'y aille ? Ça ne me dérange pas. Tu viens de conduire cinq heures d'affilée.

— Non, répond-il, toujours plié en deux. J'ai oublié de te mettre en second conducteur.

Il se redresse et j'entends ses vertèbres craquer.

— À tout à l'heure.

Il me donne un baiser et quitte la pièce. J'ouvre le placard et y trouve une tringle, mais pas de cintres. Comme d'habitude, Bella les a tous piqués pour les emmener dans sa chambre. D'un pas lourd, je m'aventure dans le couloir pour aller en chercher dans l'armoire de l'entrée et tombe sur Aaron dans la cuisine.

— Salut. Vous êtes arrivés ! Désolé, j'étais parti nager.

Il est en short de bain, avec une serviette enroulée autour des épaules comme une cape.

— David est allé chercher Ariel à la gare.

— C'est vraiment gentil de sa part. J'aurais très bien pu m'en occuper.

— Pas de problème. Il adore conduire.

Il me sourit. Je fais un geste en direction du plafond.

— Morgan est en haut avec Bella.

On entend leurs pas sur le plancher.

— Tu as faim ? demande Aaron.

Il se dirige vers le réfrigérateur et en sort trois avocats. Je suis frappée par son aisance. À croire qu'il est toujours venu ici.

— C'est vrai que tu cuisines.

Il me dévisage, la tête penchée sur le côté.

— C'est Bella qui me l'a dit.

Ce que Bella m'a dit, en réalité, c'est qu'il avait préparé un risotto au butternut et à la sauge, mais qu'ils ont fait l'amour sur le plan de travail avant qu'elle ait le temps de le goûter. Je secoue la tête pour chasser l'image de mon esprit.

— Tu ne veux pas de guacamole, alors ?

— Quoi ? Euh, si, avec plaisir. Je meurs de faim.

— Vos manières sont particulières, miss Kohan.

Il entreprend de réunir le reste des ingrédients : oignons, coriandre, piments jalapeños et un assortiment de légumes.

— Je peux t'aider ?

— Tu peux ouvrir la bouteille de tequila.

Il hoche la tête en direction du plan de travail, où est disposée avec soin notre réserve d'alcool pour le week-end.

— Glaçons ?

— Oui, merci.

Je m'empare de deux verres et verse un doigt d'alcool dans chaque, puis je sors le bac à glaçons, en tenant bien le tiroir du congélateur afin qu'il ne me tombe pas sur les pieds. Une des petites excentricités de la maison.

— Attrape !

Aaron me lance un citron vert. Je n'arrive pas à le rattraper et il roule sur le sol. Je le cherche à quatre pattes lorsque Bella redescend gracieusement, toujours dans sa tunique bleue, les cheveux attachés à présent.

— Citron vert en cavale ! j'annonce.

Je parviens à le rattraper sous un meuble.

— Je meurs de faim, déclare Bella. Qu'est-ce qu'on a ?

— Aaron prépare du guacamole.

— Qui ça ?

Je secoue la tête.

— Greg. Désolée.

— Qu'est-ce que vous voulez faire pour le dîner ? demande Bella.

Elle passe ses bras autour de la taille d'Aaron et dépose un baiser sur sa nuque. Il lui offre son verre de tequila. Elle secoue la tête.

Je sais qu'ils se sont rapprochés, bien sûr. Que pendant que je passais l'été noyée sous le travail, Bella tombait de plus en plus amoureuse. Je sais qu'ils sont allés dans des musées, qu'ils ont assisté à des concerts en plein air, bu des verres dans de petits bars à vin branchés. Qu'ils ont remonté West Side Highway au crépuscule et Highline à l'aube et qu'ils ont fait l'amour sur absolument toutes les surfaces de l'appartement de Bella, ou presque. Elle m'a tout raconté. Mais, en les voyant à cet instant, je ressens dans la poitrine un pincement que je n'arrive pas bien à identifier.

Je m'assois sur un tabouret haut près du comptoir et prends un nacho dans le sachet qu'Aaron a ouvert. Du dos de son couteau, il ramasse les oignons qu'il a découpés en dés et les jette dans le saladier.

Quiconque sait manier un couteau m'impressionne. J'aime me dire que ma maladresse est la seule chose qui m'empêche d'être bonne cuisinière, mais au fond je n'en suis pas si sûre.

— Où as-tu appris à cuisiner ?

— J'ai plus ou moins appris tout seul. Enfin, j'ai plus ou moins baigné dedans.

Il donne un petit coup de hanche à Bella pour qu'elle se pousse et ouvre le four afin de mettre à cuire une plaque de poivrons en lamelles, d'oignons et de pommes de terre.

— Ma mère était cuisinière, précise-t-il.

Je sais ce que ça signifie. Ce ne sont pas tant les mots, bien qu'ils soient également un indicateur, mais sa façon de les dire. Comme si ça le déroutait encore. Comme s'il n'arrivait pas vraiment à y croire.

— Je suis désolée.

Il tourne la tête vers moi.

— Merci. C'était il y a longtemps.

— Et donc, le dîner ? insiste Bella, les mains sur les hanches.

Aaron l'attire à lui et l'embrasse sur la joue.

— Comme tu voudras, dit-il. On a ce qu'il faut pour l'apéro, en tout cas.

— On a réservé au Grill pour ce soir, mais on peut aussi marcher jusqu'au Hampton Chutney si on préfère quelque chose de plus informel.

C'est toujours moi qui suis chargée de faire les réservations. Bella, quant à elle, choisit celles que nous honorerons.

— Je croyais qu'on allait au Grill demain soir ? s'étonne Bella.

Je sors mon portable de ma poche pour vérifier. Hum.

— Tu as raison. C'est demain soir.

— Tant mieux, tranche Bella. J'avais envie de rester à la maison, de toute façon.

Elle se blottit contre Aaron, qui passe un bras autour de ses épaules.

— On peut appeler David pour lui demander de s'arrêter au supermarché ?

— Pas la peine, me répond Aaron. On a fait le plein avant de venir. J'ai de quoi cuisiner pour un régiment.

Il ouvre la porte du réfrigérateur et j'aperçois un arc-en-ciel de fruits et de légumes, des fromages enveloppés dans du papier, du persil et de la menthe, des olives baignant dans différentes marinades, des citrons et des citrons verts, et un gros morceau de parmesan. Effectivement, nous avons de sacrées réserves.

— C'est vous qui avez apporté tout ça ? je m'étonne.

Les années précédentes, je me serais estimée heureuse de trouver un morceau de beurre dans le réfrigérateur. Il n'y a jamais rien dans celui de Bella, à part des citrons moisis et de la vodka.

— Qu'est-ce que tu crois ? demande-t-elle.

— Ce que je n'arrive pas à croire, c'est que tu sois allée faire des courses, ça c'est sûr.

Elle rayonne.

Je gagne le patio à l'arrière de la maison ; il donne sur l'océan. Des nuages obstruent le ciel et je frissonne dans mon short et mon tee-shirt. En fermant les yeux, j'inspire profondément l'air frais, iodé et acidulé, et expire le trajet, la semaine, Aaron dans la cuisine.

Je rouvre les yeux au son d'une douce mélodie de Frank Sinatra. Des notes de *All the Way* flottent jusqu'à moi et je repense aussitôt au Rainbow Room, à David et moi dansant lentement sur la piste.

De l'autre côté de la fenêtre, Aaron enlace Bella et la fait onduler au rythme de la musique. Elle a la tête sur son épaule et un léger sourire sur les lèvres. Je regrette de ne pas pouvoir la prendre en photo. Je la connais depuis vingt-cinq ans et ne l'ai jamais vue aussi détendue, aussi naturelle avec quelqu'un. Et je ne l'ai jamais vue fermer les yeux dans les bras d'un homme.

Le soleil est presque couché. La lumière faiblit et le bleu du ciel se mélange à la ligne d'horizon, qui disparaît peu à peu. J'attends que les pneus de la voiture de David crissent sur le gravier pour rentrer.

CHAPITRE 15

Lorsque Bella et moi étions au lycée, nous jouions à un jeu que nous appelions Stop. Nous décrivions le truc le plus répugnant et immonde qui soit jusqu'à ce que l'autre soit tellement dégoûtée qu'elle crie « Stop ! ». Tout a commencé par un malheureux morceau de viande décongelé et oublié. Il y a ensuite eu des fourmilières, les boutons allergiques de la dermatite au sumac grimpant, les intestins d'une vache et le microhabitat au fond d'une piscine municipale.

Ce jeu me revient le lendemain matin, au moment où, pendant mon jogging, je tombe sur une mouette morte. Sa tête fait un angle impossible et ses ailes sont déchiquetées. Des mouches festoient sur la partie charnue de son abdomen, ou plutôt de ce qu'il en reste. Un morceau d'épine dorsale sectionné traîne à côté de son corps.

Je me rappelle avoir lu un jour que, lorsqu'une mouette meurt, elle tombe tout simplement du ciel. Vous pouvez être tranquillement assis sur la plage, à manger une glace, et d'un coup, *bim*, mouette sur la tête.

Le brouillard est dense, une brume trouble qui plane au-dessus du sable comme une couverture. Si j'avais une quelconque visibilité, je verrais sans doute un autre coureur matinal s'entraîner pour un marathon. Mais, aussi loin que je puisse voir, il n'y a personne à part moi.

Je me penche sur la mouette. Elle n'a pas l'air morte depuis bien longtemps, mais les choses évoluent rapidement dans la nature.

Je prends une photo pour la montrer à Bella.

Personne n'était réveillé quand je suis sortie du lit. David dormait comme une souche et il n'y avait pas un bruit à l'étage. Cela dit, il était à peine 6 heures. Parfois, Ariel se lève tôt pour travailler. L'été dernier, j'ai tenté de la convaincre de courir avec moi, mais elle trouvait tellement d'excuses et ça prenait si longtemps que cette année j'ai décidé de n'inviter personne.

Je n'ai jamais été une grosse dormeuse, mais ces temps-ci c'est de pire en pire. Quand je me réveille après 7 heures, j'ai l'impression qu'il est midi. J'ai besoin du matin. Être la première à me lever revêt un caractère rare, précieux. Cela me donne le sentiment d'avoir accompli quelque chose avant même ma première tasse de café. Toute la journée se déroule mieux.

Le trajet du retour est court, pas plus de trois kilomètres. Lorsque je reviens à la maison, tout le monde dort encore. J'emprunte l'escalier en bardeaux gris menant à la cuisine et fais glisser la porte coulissante. Mon tee-shirt est humide, un mélange de transpiration et de brume marine. Je le retire, le balance sur le dossier d'une chaise et me dirige vers la cafetière, simplement vêtue de mon short et de ma brassière de sport.

Couvercle soulevé, filtre inséré, quatre énormes cuillerées, et une en plus pour la cafetière. Penchée en avant, les coudes sur le comptoir, j'attends que les premières gouttes s'écoulent lorsque j'entends Bella descendre les marches. Je reconnais sa façon de marcher, une capacité affûtée par des années de soirées pyjama, à entendre ses pieds traverser sans bruit la cuisine à la recherche d'un casse-croûte nocturne. Si j'étais aveugle, je pense que je parviendrais à l'identifier chaque fois qu'elle entre dans une pièce.

— Tu es drôlement matinale, fais-je remarquer.

Elle se hisse sur un tabouret et j'attrape une seconde tasse dans le placard. Le café commence à passer en crachotant.

— Je n'ai pas bu hier soir. Tu as bien dormi ?

— Très bien.

David est un dormeur exemplaire. Pas de ronflement, pas de mouvement. Partager un lit avec lui revient à dormir seule.

— J'adore me réveiller au bruit de l'océan. Ça me rappelle quand tes parents avaient cette maison sur le rivage, tu te souviens, Dannie ?

Je me tourne vers elle. Ses cheveux détachés tombent sur ses épaules et elle porte une nuisette blanche en dentelle sous un long peignoir ouvert.

— Tu es venue là-bas ?

Elle me dévisage comme si j'étais folle.

— Bien sûr. Vous avez gardé cette maison jusqu'à nos quatorze ans, je dirais.

Je secoue la tête.

— Non. Nous nous en sommes débarrassés quand Michael est…

Je n'achève pas ma phrase. Après toutes ces années, je n'arrive toujours pas à me résoudre à prononcer ce mot.

— Non. Vous l'avez gardée encore plusieurs étés, il me semble. La maison de Margate. Celle avec l'auvent bleu.

J'attrape la cafetière, qui fume avec colère (l'eau n'avait pas fini de couler), et je lui sers une demi-tasse que je pose devant elle.

— Tu dois confondre.

— Non. C'était le pâté de maisons du front de mer. La petite maison blanche avec l'auvent bleu !

— Il n'y avait pas d'auvent.

J'ouvre le réfrigérateur pour m'emparer du lait d'amande et de la crème à la noisette. Bella a pensé à m'en acheter.

— Mais si, insiste-t-elle. C'était à deux pâtés de maisons du Wawa. Vous aviez des vélos et on les garait toujours au niveau des immeubles avec les auvents bleus !

Je lui tends la bouteille de lait d'amande, qu'elle secoue avant d'en verser dans son café.

— J'ai vu une mouette morte sur la plage ce matin, dis-je pour changer de sujet.

— Dégoûtant. Carcasse en décomposition ? Épine dorsale sectionnée et morceaux d'os déchiquetés ? Yeux mangés par des mouches et orbites vides ?

— Stop.

Je lui tends mon portable pour lui montrer la photo.

— J'ai vu pire.

— Tu savais qu'elles tombent du ciel quand elles meurent ?

— Oui. Qu'est-ce que tu voudrais qu'elles fassent d'autre ?

Je me sers un café à mon tour, ajoutant une bonne dose de crème avant de prendre place à côté de Bella, qui pivote sur son tabouret pour regarder dehors.

— Ce n'est pas un temps à aller à la plage.

— Ça va se dégager.

Elle hausse les épaules, boit et fait la grimace.

— Je ne sais pas comment tu peux boire cette eau à l'amande, lui dis-je. Pourquoi tu te fais du mal ?

— C'est du lait.

— C'est tout sauf du lait.

— Ce n'est pas le lait, le problème. Je me suis sentie bizarre toute la semaine.

— Tu es malade ?

Elle avale sa salive et je sens ma gorge se nouer.

— Je suis enceinte, lâche-t-elle. Enfin, j'en suis quasiment sûre.

Je la fixe. Son visage rayonne. C'est comme si je regardais le soleil.

— Tu crois ou tu sais ?

— Les deux ?

— Bella.

— Oui, je sais, ça paraît dingue. Mais j'ai vraiment commencé à me sentir bizarre la semaine dernière.

— Est-ce que tu as fait un test ?

Elle secoue la tête.

Bella est déjà tombée enceinte une fois. Un type qui s'appelait Markus et qu'elle aimait autant que lui aimait la cocaïne. Elle ne le lui a jamais dit.

On avait vingt-deux ans, peut-être vingt-trois. Notre première année balbutiante et éblouissante à New York.

— Je n'ai pas eu mes règles. J'ai pensé qu'elles finiraient peut-être par arriver, mais elles ne viennent pas. J'ai une drôle de sensation au niveau du ventre, et de la poitrine aussi. J'ai fait comme si de rien n'était, mais…

— Est-ce que tu l'as dit à Aaron ?

Elle secoue la tête.

— Je n'étais pas sûre qu'il y ait quelque chose à dire.

— Quand aurais-tu dû avoir tes règles ?

Elle boit une autre gorgée de café et plonge son regard dans le mien.

— Il y a onze jours.

***

Nous allons à la pharmacie sans nous changer, elle dans sa nuisette avec un sweat enfilé à la hâte par-dessus, et moi dans ma tenue de sport. Il n'y a personne à part l'employée, qui sourit lorsque nous posons le test sur le comptoir. Ça me surprend toujours que nous recevions des sourires, désormais. Nous sommes maintenant assez grandes pour que ces moments soient des bénédictions, et non pas une calamité honteuse.

À notre retour, la maison est toujours silencieuse, plongée dans le sommeil. Nous nous réfugions dans la salle de bains du rez-de-chaussée. Assises sur le bord de la baignoire, nous échangeons des regards nerveux.

Le minuteur sonne.

— Je ne peux pas. Regarde, toi, et tu me dis.

Je regarde. Deux lignes roses.

— C'est positif.

Un soulagement si grand se lit sur son visage que je n'ai pas le choix : mes yeux se remplissent de larmes.

— Bella…

Je suis abasourdie.

— Un bébé, articule-t-elle sans bruit.

Je la serre dans mes bras. Ma Bella, qui sent le talc et la lavande et toutes ces choses naïves, jeunes et précieuses. Je me sens si protectrice envers ces deux cœurs qui battent contre moi que j'arrive à peine à respirer.

Nous nous écartons, les yeux brillants, incrédules, rieuses.

— Tu penses qu'il sera fâché ? me demande-t-elle soudain.

Tout à coup, je la revois au volant de son Range Rover gris métallisé. Nous écoutons *Anna Begins*, les vitres baissées. C'est l'été et il est tard. Nous aurions dû rentrer depuis des heures, mais il n'y a personne chez Bella. Sa mère est à New York pour l'inauguration d'un restaurant et son père est en voyage d'affaires.

Nous revenons de chez Josh (ou Trey ? Ils ont tous les deux une piscine). Nous portons encore nos maillots de bain, mais ils ont séché. Il règne une chaleur poisseuse et la jeunesse, la vodka et les Counting Crows me donnent le sentiment que nous sommes invincibles. Je regarde Bella, qui conduit en chantant à tue-tête, et je songe que jamais je ne veux vivre sans elle. Que je ne veux pas la partager. Qu'elle m'appartient. Que nous nous appartenons.

— Je ne sais pas. Mais ça n'a pas d'importance. C'est notre bébé.

Elle rit.

— Je l'aime, déclare-t-elle. Je sais que ça paraît dingue. Je sais que tu penses que je suis folle. Mais je l'aime vraiment.

Elle pose une main sur son ventre.

— Je ne pense pas que tu sois folle. Je te fais confiance.

— C'est une première.

Sa main est toujours au même endroit. Je l'imagine grossir, je visualise son ventre gonfler comme un ballon.

— Il était temps.

CHAPITRE 16

Bella ne veut le dire à personne. Pas ce week-end, pas avant de rentrer à New York avec Aaron. « Profitons simplement de la plage », dit-elle. Et c'est ce que nous faisons.

Nous amenons des glacières, des chaises et des couvertures au bord de l'eau et nous passons notre temps à nager, manger des chips et de la pastèque, et boire de la bière et de la limonade jusqu'à ce que le soleil disparaisse à l'horizon.

Ariel et Morgan vont marcher entre deux baignades. Je les vois au bout de la plage, vêtues de shorts assortis, main dans la main. David et Aaron jouent au frisbee. Bella et moi nous prélassons sous un parasol. C'est idyllique. J'ai un flash : je nous vois dans quelques années, tous ensemble, avec son bébé qui crapahute au bord de l'eau.

Une fois sa partie de frisbee terminée, David me rejoint et se laisse tomber sur la serviette à côté de moi. Son tee-shirt est mouillé au niveau du torse et ses lunettes ont glissé sur le bout de son nez. Je les lui retire et constate qu'il a pris un coup de soleil.

On adore venir ici, mais ni lui ni moi ne sommes faits pour le soleil.

— Est-ce que tu as envie d'aller te promener ?

— J'ambitionnais plutôt de faire une sieste, avoue-t-il.

Il m'embrasse sur la joue. Une pellicule de sueur couvre son visage. Je lui tends de la crème solaire.

— Moi, je veux bien t'accompagner.

Je lève le nez et vois Aaron penché au-dessus de moi. Il est trempé et a jeté une serviette de bain sur son épaule droite.

— Oh.

Je tourne la tête vers Bella. Elle est profondément endormie, la main pendant dans le sable telle une marionnette inerte. Je consulte David du regard.

— Problème résolu, conclut-il.

— Alors d'accord, dis-je à Aaron.

Je me lève et époussette les grains de sable sur ma peau. Aaron passe sa serviette autour de son cou.

— Vers l'est ou vers l'ouest ? demande-t-il.

— Je crois que c'est plutôt vers le nord ou vers le sud.

Il n'a pas de lunettes et plisse les yeux, le visage grimaçant face au soleil. Je finis par trancher.

— À gauche.

Une des nombreuses raisons qui font que j'aime autant la plage d'Amagansett, c'est qu'elle est large et longue. On peut marcher sur des kilomètres sans interruption, et de nombreuses portions sont quasiment désertes, y compris les mois d'été.

Nous nous mettons en route. Aucun de nous deux ne parle pendant une bonne minute. Je suis envoûtée par le bruit de l'océan. Ici, la nature me donne un sentiment de paix et de tranquillité. Je crois que je ne me rends pas compte à quel point la pollution lumineuse et sonore affecte mon quotidien à New York. Je partage mes réflexions avec Aaron.

— Je comprends. Le Colorado me manque vraiment beaucoup à ce niveau-là.

— C'est de là que tu viens ?

Il secoue la tête.

— Non, mais c'est là que j'ai vécu après la fac. J'ai emménagé à New York il y a dix mois seulement.

— C'est vrai ?

Il rit.

— Quoi ? J'ai déjà l'air blasé à ce point ?

— Non. Je suis simplement surprise chaque fois que je rencontre quelqu'un qui a passé une grande partie de sa vie d'adulte ailleurs. C'est bizarre, je sais.

— Ce n'est pas bizarre. Je vois ce que tu veux dire. New York a tendance à donner l'impression que c'est la seule ville du monde.

Je pousse un coquillage du bout du pied.

— Parce que c'est le cas. Comme le disent ses habitants incroyablement biaisés.

Aaron s'étire. Je garde les yeux rivés sur le sable.

— David est super. C'est sympa d'avoir pu passer du temps avec lui ce week-end.

Mon regard se pose sur ma main gauche. La bague accroche la lumière estivale dans des explosions soudaines de brillance. J'aurais dû la retirer aujourd'hui. Je pourrais la perdre dans l'eau.

— Oui. Il est formidable.

— Tu sais, je suis jaloux de ta relation avec Bella. Je n'ai pas beaucoup d'amis du lycée dont je sois encore aussi proche.

— Nous sommes amies depuis nos sept ans. Elle fait partie de presque tous mes souvenirs d'enfance.

— Tu es très protectrice envers elle.

Ce n'est pas une question.

— Oui. Elle fait partie de ma famille.

— Je suis content que quelqu'un fasse attention à elle. Enfin, quelqu'un d'autre que moi.

Il esquisse un sourire.

— Je sais que tu tiens à elle, Aaron. Ça n'avait rien à voir avec toi. Simplement, elle peut tomber rapidement amoureuse, et parfois d'hommes pour qui elle n'est pas une priorité.

— Je ne tombe pas amoureux facilement.

Il s'éclaircit la gorge. Le silence s'étire.

— Enfin, pas jusqu'à maintenant, finit-il par ajouter.

Je sais ce qu'il veut dire par là. Ce qu'il hésite à avouer, même à moi. Il est amoureux de ma meilleure amie. Je le regarde. Il a les yeux rivés sur l'océan.

— Est-ce que tu surfes ? demande-t-il soudain.

— Sérieusement ?

— J'ai cru que je te mettais mal à l'aise avec ma crise de sentimentalisme, confesse-t-il d'un air penaud.

— Pas du tout. C'est moi qui ai abordé le sujet, dis-je en faisant quelques pas en direction du bord de l'eau, suivie par Aaron. Et non, je ne surfe pas. Et toi ?

Il n'y a pas de surfeurs dans les vagues, mais il est déjà tard. En général, les vrais ont déjà fini leur session à 9 heures du matin.

— Non, mais j'ai toujours eu envie d'essayer. Je n'ai pas grandi près de la mer. J'avais seize ans la première fois que je suis allé à la plage.

— Vraiment ? D'où viens-tu ?

— Du Wisconsin. Mes parents n'étaient pas de grands voyageurs et, lorsqu'on partait en vacances, c'était toujours au lac Michigan. On louait la même maison au bord du lac. On y restait une semaine et on passait tout notre temps sur l'eau.

— Ça donne envie.

— J'essaie de convaincre Bella de m'y accompagner à l'automne. C'est resté un de mes endroits préférés.

— Les lacs, ce n'est pas trop son truc.

— J'ai cru comprendre, mais je pense que ça lui plairait. Au fait… merci pour tout à l'heure. Je ne parle jamais vraiment de ma mère.

— De rien. Je comprends.

L'eau monte brusquement et l'écume vient nous caresser les pieds. Aaron bondit en arrière.

— La vache, c'est froid !

— Ça va encore. Mais au mois de mai, crois-moi, tu n'as pas envie de savoir ce que ça donne.

Il sautille un instant dans le sable puis s'arrête et me dévisage, et donne soudain un coup de pied dans l'eau pour m'éclabousser. Une cascade de gouttes glacées me tombe dessus, comme autant de piqûres d'ortie disséminées sur ma peau.

— Ça, c'est méchant.

Je l'éclabousse en retour et il brandit sa serviette en guise de bouclier pour se protéger. Nous nous enfonçons de plus en plus dans l'eau pour augmenter l'impact de nos attaques et finissons par être trempés, si bien que sa serviette n'est plus qu'un poids mort dégoulinant sur ses épaules.

Je mets la tête sous l'eau, sans prendre la peine d'ôter mon chapeau. Le choc du froid me rafraîchit. Lorsque je refais surface, Aaron n'est qu'à quelques dizaines de centimètres de moi. Il me dévisage avec une telle intensité que je dois résister à l'envie de baisser les yeux.

— Quoi ?

— Rien. Je…

Il hausse les épaules.

— Je t'aime bien, c'est tout.

Aussitôt, je ne suis plus dans l'Atlantique et nous ne sommes plus sur cette plage. À la place, nous sommes dans ce fameux appartement, dans ce lit. Ses mains, débarrassées de la serviette, sont sur moi. Sa bouche est dans mon cou, son corps bouge au-dessus du mien, exigeant, pressant, avec une lenteur délibérée. Le sang pulse dans mes veines à un rythme qui rime avec *oui.*

Je ferme les yeux. *Stop. Stop. Stop.*

Soudain, je crie :

— Le dernier arrivé !

Je lui balance de l'eau et me mets à courir. Je sais que je suis plus rapide que lui. Je cours plus vite que la plupart des gens, et il est ralenti par des kilos de serviette mouillée. Je vais le battre à plate couture. Quand j'atteins la serviette de Bella, elle est réveillée. Elle roule mollement sur le côté et lève une main pour protéger ses yeux du soleil.

— Où est-ce que tu étais ?

Je suis trop essoufflée pour répondre.

CHAPITRE 17

Le mois de septembre est une période chargée au cabinet. Si tout le monde est d'accord quant à la nécessité de reprendre son souffle en août, la rentrée est un véritable sprint. À mon retour de la plage, une immense pile de documents m'attend sur mon bureau et j'ai la tête dans le guidon. Le mercredi, Bella m'appelle, le souffle coupé à force de rire.

— Je lui ai dit ! m'annonce-t-elle d'une voix suraiguë.

J'entends Aaron à côté d'elle et je l'imagine les bras enroulés autour de Bella, délicat, prudent avec cette vie qui grandit désormais entre eux.

— Et ?

— Dannie demande « et » ?

J'entends un bruit de friture, puis la voix d'Aaron.

— Salut, Dannie.

— Bonjour. Félicitations.

— Merci.

— Tu es content ?

Il marque une pause et mon ventre se noue. Mais, ensuite, lorsqu'il reprend la parole, sa voix est la joie personnifiée. Un bonheur pur qui semble déborder du téléphone.

— Tu sais quoi ? Je suis vraiment, vraiment heureux.

Le samedi, Bella et moi allons chercher un café au Pain Quotidien sur Broadway, car elle veut faire les boutiques. Je m'attends que nous écumions les magasins du bas de la 5e, peut-être même que nous passions chez Anthropologie, J.Crew ou Zara. À la place, je me retrouve devant Jacadi.

— Il faut absolument qu'on entre. Tout est trop adorable, là-dedans.

Je fronce les sourcils. Ce n'est pas que je ne veux pas d'enfants. Simplement, la maternité ne m'a jamais particulièrement attirée. Je ne m'extasie pas devant un bébé et je n'ai jamais ressenti la présence d'une horloge biologique m'incitant à me reproduire. Je pense que David serait un bon père et nous aurons sûrement des enfants un jour mais, pour l'instant, lorsque je tente de me représenter cette image de nous avec un enfant, c'est un échec.

Je suis Bella dans la boutique et me retrouve cernée par des rangées entières de bodies et chapeaux en coton assortis, de pulls en tricot, de salopettes minuscules, de petites ballerines à brides, le tout dans des tailles lilliputiennes. On se croirait dans un grand magasin miniature.

— Quand as-tu rendez-vous chez le médecin ?

Bella ne m'écoute pas. Elle brandit un petit pull à pois jaune et blanc. Elle est radieuse, rayonnante, telle une déesse.

— C'est neutre, à ton avis ?

Je hausse les épaules.

— Le bébé sera là au printemps, alors il nous faut des trucs à manches longues.

Elle me tend le pull et en attrape deux autres en tricot blanc cassé dans deux tailles différentes.

— Comment va Aaron ?

Elle sourit béatement.

— Très bien. Il est surexcité. C'est soudain, bien sûr, mais il semble vraiment heureux. On n'a plus vingt ans.

— Bien. Est-ce que vous allez vous marier ?

Bella lève les yeux au ciel et me tend une paire de chaussettes avec de petites ancres imprimées dessus.

— Ce que tu peux être conventionnelle.

— Vous allez avoir un bébé, c'est une question tout ce qu'il y a de plus légitime.

Elle se tourne vers moi, le regard perçant.

— Nous n'en avons même pas discuté. Je crois qu'on en a déjà bien assez avec la grossesse pour le moment.

Je change de sujet.

— Et donc, ton rendez-vous ? Je veux absolument voir l'échographie.

Elle sourit. Ma manœuvre a fonctionné.

— La semaine prochaine. Ils ont dit qu'il n'y avait pas d'urgence. Il est encore tôt. À ce stade, il n'y a pas grand-chose à faire de toute façon.

— À part les boutiques.

J'ai les bras remplis de petits articles à présent. Je me dirige vers la caisse.

— Je crois que c'est une fille, confie Bella.

Je l'imagine assise dans un fauteuil à bascule, avec dans les bras un bébé emmailloté dans une douce couverture rose.

— Ce serait génial.

Elle m'attire contre elle.

— Maintenant, il faut que tu t'y mettes, toi aussi.

Je m'imagine enceinte, à faire des achats dans ce magasin pour ma propre création miniature. Ça me donne envie de boire un verre d'alcool.

***

Le dimanche, je vais lui rendre visite chez elle. J'appuie sur la sonnette, deux fois. Lorsque la porte s'ouvre enfin, c'est Aaron que je trouve sur le seuil. Derrière lui, j'aperçois au moins une dizaine de paquets qui jonchent le sol de l'entrée.

— Vous avez braqué un grand magasin ?

Aaron hausse les épaules.

— Elle est contente, alors elle fait les boutiques.

Je scrute son visage, à la recherche du moindre signe de critique ou d'hésitation, mais je n'en vois aucun. Rien d'autre qu'un léger amusement. Il est en jean et en tee-shirt, pieds nus. Je me demande s'il a déjà des affaires ici. S'il va en apporter. Ils vont devoir vivre ensemble, non ?

Il pousse un paquet du pied et s'écarte pour me laisser entrer.

— Félicitations.

— Merci, répond-il en empilant un sac de vêtements au-dessus d'un colis Amazon.

Il se redresse et met les mains dans les poches.

— C'est rapide, je sais…

— Bella a toujours été de nature impatiente, alors ça ne me surprend pas vraiment.

Il rit, mais j'ai le sentiment que c'est pour me faire plaisir.

— Je veux juste que tu saches que je suis vraiment heureux. Bella est la meilleure chose qui me soit jamais arrivée.

Il me regarde droit dans les yeux en le disant, comme il l'a fait à la plage. Je détourne le regard.

— Tant mieux. Je suis ravie.

La voix de Bella arrive jusqu'à nous.

— Dannie ? Tu es là ?

Aaron sourit et tend le bras pour m'inviter à avancer.

Je suis le son de la voix de Bella dans le couloir, passant devant la cuisine et sa chambre jusqu'à arriver dans la chambre d'amis. Le lit et la commode sont au centre de la pièce. En salopette et avec un foulard noué autour de la tête, Bella peint des nuages blancs sur un mur.

— Bells, qu'est-ce que tu fais ?

— Je prépare la chambre d'enfant. Qu'est-ce que tu en penses ?

Elle recule et inspecte son travail, les mains sur les hanches.

— Je pense que tu es en avance pour la première fois de ta vie, et ça m'angoisse. Ce n'est pas à sept mois qu'on prépare la chambre d'enfant, normalement ?

Elle rit.

— C'est marrant. Ça fait longtemps que je n'ai pas vraiment peint.

— Je sais.

Je la rejoins et passe un bras autour de ses épaules. Elle s'appuie contre moi. Les nuages sont blanc cassé sur un fond d'un corail pastel, avec des touches de bleu layette et de lavande. C'est magnifique. Je chuchote :

— C'est vraiment ce que tu veux.

Ce n'est pas réellement à elle que je le dis. C'est au mur. À ce qui se trouve au-delà et qui a donné naissance à cette réalité. Un instant, je ne me rappelle pas l'avenir que j'ai un jour entrevu. Je suis submergée par celui qui est solidement et indéniablement présent là.

CHAPITRE 18

David et moi sommes censés rencontrer l'organisateur de mariage samedi matin. Nous sommes à la mi-septembre et on m'a fait comprendre de manière fort peu équivoque que si je ne choisissais pas les fleurs maintenant, je devrais faire mes compositions avec des feuilles mortes.

C'est de la folie au cabinet. Le lundi, nous recevons une tonne de diligence raisonnable afférente à deux dossiers très sensibles, et toute la semaine c'est à peine si je parviens à rentrer à la maison, à part pour dormir. Le vendredi soir, alors que je me dirige vers les ascenseurs, je sors mon portable pour appeler David et lui dire qu'il nous faut peut-être repousser le rendez-vous (j'ai désespérément besoin de sommeil). Je constate alors que j'ai quatre appels en absence d'un numéro inconnu.

Les appels frauduleux sont monnaie courante, mais normalement une de mes applications les identifie. Et, surtout, j'ai un message vocal. Il n'y a pas de réseau dans l'ascenseur. Je consulte mon répondeur alors que je traverse le hall d'entrée de l'immeuble.

— Dannie, c'est Aaron. Nous sommes allés chez le médecin aujourd'hui et… est-ce que tu peux me rappeler ? Je pense qu'il faut que tu viennes.

Mon cœur s'arrête. Je le rappelle aussitôt, les mains tremblantes. Il y a un problème. Il y a un problème avec le bébé. Bella avait rendez-vous aujourd'hui. Ils allaient entendre le cœur pour la première fois. J'aurais dû la protéger. J'aurais dû l'empêcher d'acheter tous ces vêtements, de faire tous ces projets. C'était trop tôt.

— Dannie ? répond la voix rauque d'Aaron.

— Allô. Bonjour. Désolée, j'étais… Où est-elle ?

— Ici, à l'appartement. Dannie, ça ne va pas du tout.

— Il y a un souci avec le bébé ?

Un silence. Quand la voix d'Aaron retentit à nouveau, elle se brise dès la première syllabe.

— Il n'y a pas de bébé.

***

Je fourre mes talons dans mon sac pour enfiler mes sandales et prendre le métro direction Tribeca. Je me suis toujours demandé comment s'y prenaient les gens qui sautaient dans un avion juste après avoir appris une mauvaise nouvelle. Chaque avion doit transporter quelqu'un qui va au chevet de sa mère mourante, rejoindre son ami qui a eu un grave accident de voiture, retrouver sa maison en cendres. Ces minutes dans le métro sont les plus longues de ma vie.

Aaron ouvre la porte, les yeux rouges, l'air abasourdi. Mon cœur s'arrête à nouveau. Plus longtemps, cette fois.

— Où est-elle ?

Il ne répond pas et se contente de tendre le bras en direction de la chambre. Bella est sur son lit au milieu d'une montagne d'oreillers, recroquevillée en position fœtale dans son sweat à capuche et son bas de jogging. Je retire mes chaussures et la rejoins pour la prendre dans mes bras.

— Bella. Je suis là.

J'embrasse le sommet de sa tête à travers sa capuche. Elle ne bouge pas. Je regarde Aaron, debout sur le seuil. Les bras ballants, il est désespérément immobile.

— Bella, je tente à nouveau en lui frottant le dos. C'est moi.

Elle remue. Me regarde. Semble confuse, effrayée. Elle arbore la même expression que dans mon littiroir il y a des décennies, lorsqu'elle se réveillait après avoir fait un cauchemar.

— Est-ce que Aaron t'a dit ?

Je hoche la tête.

— Il m'a dit que tu avais perdu le bébé.

Prononcer ces mots me rend malade. Je repense à elle la semaine précédente, en train de peindre, de préparer…

Elle s'assoit. Plaque une main sur sa bouche. Je me demande si elle va vomir.

— Bells, je suis tellement désolée… Je…

— Non. Je me suis trompée. Je n'étais pas enceinte.

Je scrute son visage, puis celui d'Aaron, toujours planté au même endroit.

— Qu'est-ce que tu racontes ?

— Dannie.

Elle plonge son regard dans le mien. Elle a les yeux écarquillés, remplis de larmes. J'y lis quelque chose que je n'ai lu qu'une seule fois il y a très longtemps, devant une porte de clinique, à Philadelphie.

— Ils pensent que j'ai un cancer des ovaires.

CHAPITRE 19

Elle me dit tout un tas de choses. Explique que, dans certains cas très rares, le cancer des ovaires peut provoquer un résultat positif erroné. Que les symptômes peuvent faire penser à une grossesse. Retard de règles, ventre gonflé, nausées, baisse d'énergie. Mais tout ce que j'entends c'est un vrombissement, un bourdonnement dans les oreilles qui se fait de plus en plus fort à mesure qu'elle parle, si bien qu'il me devient impossible de l'entendre. Elle ouvre la bouche et tout ce qui en sort ce sont des milliers d'abeilles, qui volettent autour de ma tête et me piquent jusqu'à ce que je n'arrive plus à garder les yeux ouverts.

— Qui t'a dit ça ?

— Le médecin. On avait rendez-vous pour une échographie aujourd'hui.

— Ils ont fait un scanner. Et des analyses de sang, ajoute Aaron.

— Il nous faut un autre avis.

— C'est exactement ce que j'ai dit, intervient Aaron. Je sais qu'il y a un super…

Je l'interromps d'un geste de la main.

— Où sont tes parents ?

Le regard de Bella passe d'Aaron à moi.

— Mon père est en France, je crois. Ma mère est à la maison.

— Tu les as prévenus ?

Elle secoue la tête.

— D'accord. Je vais appeler Frederick et lui demander la liste de ses collègues à l'hôpital Mont Sinaï. Il fait partie du conseil d'administration du service de cardiologie, c'est bien ça ?

Bella hoche la tête.

— D'accord. On va prendre rendez-vous avec le meilleur oncologue.

Je déglutis péniblement le mot. Il a un goût d'obscurité.

Mais plus je parle, plus le bourdonnement se dissipe. Ça, je sais faire. C'est pour ça que je suis douée. Des faits. Des documents. Qui sait quel genre de charlatan les aura reçus. Un gynécologue n'est pas un oncologue. Nous ne savons encore rien. Il s'est probablement trompé. C'est sûr. Je prends la main de mon amie.

— Bella. Ça va aller, d'accord ? Quoi que ça puisse être, on va s'en occuper. Tout va bien se passer.

***

Le lundi matin, nous nous rendons au cabinet du docteur Finky, le meilleur oncologue de New York. Je retrouve Bella sur la 98e, devant l'entrée du Mont Sinaï. Elle sort du taxi vêtue d'un jean et d'un pull orange alors qu'il fait une chaleur torride (l'été persiste, même si nous sommes fin septembre), accompagnée d'Aaron. Je suis surprise de le voir ici. Je ne pensais pas qu'il l'accompagnerait. Puisqu'elle n'est pas enceinte, puisque nous sommes face à cette nouvelle cataclysmique, je ne m'attendais pas à ce qu'il reste dans les parages. Ils n'ont passé qu'un été ensemble, après tout.

Le cabinet est situé au quatrième étage. Dans l'ascenseur, nous nous retrouvons avec une jeune femme enceinte, rayonnante. Derrière moi, je sens Bella se tourner vers Aaron afin de ne plus la voir. J'appuie avec brusquerie sur le bouton.

La salle d'attente est agréable. Chaleureuse et joyeuse. Du papier à rayures jaunes, des tournesols en pot et des magazines divers et variés. Les bons. *Vanity Fair, The New Yorker, Vogue.* Seules deux personnes attendent, un couple âgé en plein FaceTime, vraisemblablement avec son petit-fils. Chacun fait signe à la caméra en poussant des « ohhh » et des « ahhh ». Bella se crispe.

— Nous avons rendez-vous à 9 heures. Bella Gold.

La réceptionniste hoche la tête et me tend plusieurs imprimés.

— Êtes-vous la patiente ?

Je regarde Bella par-dessus mon épaule.

— Non, intervient-elle. C'est moi.

La femme lui sourit. Deux longues tresses lui tombent dans le dos et un badge indique le nom de Brenda.

— Bonjour, Bella. Puis-je vous demander de remplir ces formulaires ?

Elle parle sur un ton apaisant, maternel, et je comprends que c'est pour cette raison qu'elle est là.

Pour apporter un peu de douceur avant le coup violent que les patients encaissent une fois qu'ils ont passé ces portes.

— Oui. Merci.

— J'aurais également besoin de votre carte d'assurance maladie afin d'en faire une copie.

Bella fouille dans son sac et en sort son portefeuille. Elle tend une carte Blue Cross. Je n'étais pas certaine qu'elle ait une assurance ni une carte sur elle. La connaissant, le nombre d'étapes qu'elle a dû franchir pour en arriver là m'impressionne. A-t-elle souscrit à une assurance par le biais de la galerie ? Ou quelqu'un s'en est-il occupé pour elle ?

— Blue Cross ? je demande alors que nous nous dirigeons vers les fauteuils.

— Oui. Ils ont un bel éventail de spécialités non prises en charge, plaisante-t-elle.

Je hausse les sourcils et elle sourit. C'est notre premier moment de légèreté depuis vendredi.

J'ai appelé son père ce jour-là. Il n'a pas décroché. Le samedi, il ne répondait toujours pas, alors je lui ai laissé un message vocal : « C'est à propos de la santé de Bella. Il faut que vous me rappeliez immédiatement. »

Bella a souvent répété que ses parents étaient trop jeunes à l'époque pour avoir un enfant. Même si je comprends ce qu'elle entend par là, je ne pense pas que ce soit l'origine du problème, en tout cas pas entièrement. Ils ont eu Bella parce que c'était la norme d'avoir des enfants, mais ils ne voulaient pas l'élever, pas vraiment. Ils n'ont jamais montré le moindre intérêt à jouer leur rôle de parents.

Les miens étaient toujours là pour Michael et moi. Ils nous ont inscrits à divers sports et sont venus à tous les matchs et toutes les compétitions. Ils ne se sont jamais soustraits à leurs devoirs de préparer des cupcakes ou de raccommoder nos tenues. Ils étaient aimants, protecteurs. Stricts, aussi. Ils avaient des attentes me concernant : de bonnes notes, de bonnes manières. Et je leur ai donné tout ça, particulièrement après la mort de Michael, car c'est ce qu'il avait toujours fait, et ce qu'il aurait continué à faire s'il l'avait pu. Je ne voulais pas qu'ils perdent plus que ce qu'ils avaient déjà perdu. Mais ils m'aimaient aussi à travers les baisses de régime : les mauvaises notes en calcul, la lettre de non-acceptation à Brown… Je savais qu'à leurs yeux j'étais davantage qu'un dossier scolaire.

Bella était brillante en classe, mais désintéressée. Elle survolait les cours de littérature et d'histoire avec l'aisance de quelqu'un qui sait que ça n'a pas vraiment d'importance. Et ça n'en avait pas réellement. Elle avait, elle a toujours, une excellente plume. Mais c'est dans l'art qu'elle a trouvé un véritable épanouissement. Nous étions scolarisées dans une école publique ; les subventions étaient inexistantes, mais l'implication des parents était totale, tant et si bien que nous disposions d'un atelier pourvu de peinture à l'huile, de toiles, et d'un professeur voué corps et âme à l'expression de notre créativité.

Quand nous étions enfants, déjà, Bella passait son temps à dessiner. Ses croquis étaient bons. Prodigieusement bons, même. Mais, dans le cocon de l'atelier, le travail qu'elle a commencé à produire était tout bonnement extraordinaire. Élèves et professeurs s'échappaient de leur salle de classe pour venir admirer ses œuvres. Un paysage, un autoportrait, un saladier de fruits pourris sur un plan de travail. Un jour, elle a réalisé le portrait d'Irving, un geek qui était en seconde au lycée de Cherry Hill. Après ça, sa réputation a changé du tout au tout. Soudain, il était mystérieux, insaisissable, captivant. Les gens le voyaient tel qu'elle l'avait dessiné. C'était comme si elle avait la capacité de mettre à nu ce que les gens dissimulent en eux et de le faire jaillir dans la joie, l'excès et le désordre.

Frederick a fini par me rappeler le samedi après-midi. Il était à Paris. Je lui ai rapporté ce que nous savions : Bella avait cru être enceinte, elle avait fait une échographie pour confirmer sa grossesse, les médecins avaient procédé à des examens, et elle était repartie avec un diagnostic de cancer des ovaires.

Il m'a opposé un silence hébété. Puis un cri de ralliement.

— J'appelle tout de suite le docteur Finky pour lui dire que nous avons besoin d'un rendez-vous lundi à la première heure. Ne quitte pas.

— Merci.

Mes remerciements m'ont paru normaux, alors que cela n'aurait pas dû être le cas.

— Peux-tu prévenir sa mère ?

— D'accord.

Comme je l'avais imaginé, la mère de Bella s'est aussitôt mise à sangloter. Jill a toujours eu un faible pour le mélodrame.

— Je prends le prochain avion, a-t-elle déclaré alors qu'elle était à Philadelphie et que venir en voiture lui aurait pris deux fois moins de temps.

— Nous allons prendre rendez-vous pour lundi matin. Est-ce que vous souhaitez que je vous envoie les informations ?

— J'appelle Bella, a-t-elle répondu avant de raccrocher.

Aux dernières nouvelles, Jill avait un petit ami de notre âge. Elle s'est remariée après avoir divorcé du père de Bella, avec un riche héritier, fils d'armateur grec, qui la trompait aussi frénétiquement que publiquement. Elle n'a jamais fait les bons choix et, pour être honnête, je pense que son exemple a contribué à (mal) modeler la vie sentimentale de sa fille. Mais, avec un peu de chance, ce n'est plus le cas maintenant que Bella a rencontré Aaron.

En ce lundi matin, alors que nous remplissons les papiers, je ne demande pas où est Jill, car ce n'est pas la peine. Je sais ce qui s'est passé. Elle a perdu le papier où était notée l'heure du rendez-vous, ou alors elle avait réservé un massage qu'elle ne pouvait pas annuler, ou encore elle a oublié d'acheter un billet d'avion et décrété que ce n'était pas grave, qu'elle viendrait demain. Elle a toujours un million d'excuses à donner, mais elles signifient toutes la même chose.

Bella complète son dossier, flanquée d'Aaron et moi qui restons immobiles comme des statues.

— Mademoiselle Gold ?

Un jeune infirmier aux lunettes à monture métallique apparaît. Bella se tortille nerveusement.

— Je n'ai pas fini.

— Aucun problème, assure Brenda avec un sourire depuis son poste à la réception. Nous pouvons terminer la partie administrative après votre consultation.

Elle se tourne vers Aaron et moi.

— L'accompagnez-vous tous les deux ?

— Oui, répond Aaron.

Benji l'infirmier devise joyeusement avec nous tandis que nous traversons la salle d'attente. Toujours cette joie. On se croirait en route pour le marchand de glaces ou en train de faire la queue pour la grande roue.

— C'est par ici.

Il tend le bras et ouvre une porte donnant sur une pièce blanche. Nous entrons en formation : moi, Bella, Aaron. Il y a deux sièges dans un coin et une table d'examen. Je reste debout.

— Nous allons procéder à quelques examens rapides en attendant le docteur Finky.

Benji prend les constantes de Bella (sa tension, sa température) et inspecte sa gorge et ses oreilles. Il la mesure et la pèse. Aaron ne s'assied pas non plus et avec nous deux debout, la pièce semble petite au point de rendre claustrophobe. Je ne sais pas comment nous tiendrons avec une personne en plus.

Enfin, la porte s'ouvre.

— Bella ! Bonjour. La dernière fois que je t'ai vue, tu avais dix ans.

Le docteur Finky est un homme de petite taille, rondelet, qui se déplace avec vitesse et précision. Il me fait penser à une fléchette.

— Bonjour, répond Bella.

Ils échangent une poignée de main.

— Qui sont ces personnes ?

— Mon petit ami Greg, et ma meilleure amie Dannie.

Il nous serre la main à nous aussi.

— Tu es bien entourée. Tant mieux.

Mon estomac se noue. Il n'aurait pas dû dire ça. Ça ne me plaît pas.

— Alors comme ça, tu es allée chez le médecin car tu croyais être enceinte ?

— C'est ça.

— D'accord. Et qu'est-ce qui t'amène dans mon cabinet ce matin ?

Finky chausse ses lunettes, attrape son carnet et commence à prendre des notes en hochant la tête tandis que Bella lui raconte toute l'histoire. Le retard de règles. Les ballonnements. Le résultat positif du test de grossesse. Le rendez-vous chez le gynécologue. Le scanner. Les résultats des analyses de sang.

— Nous allons procéder à des examens complémentaires, annonce-t-il.

— Peut-on faire ça aujourd'hui ? je demande.

J'ai noté compulsivement tout ce qui sort de sa bouche dans mon agenda. Celui qui est supposé me servir à organiser le mariage.

— Oui. Je vais rappeler l'infirmier.

— Quel est votre avis ?

Il retire ses lunettes. Regarde Bella.

— Je pense que nous devons effectuer des examens complémentaires.

Il n'a pas besoin d'ajouter quoi que ce soit. Je suis avocate. Je sais ce que les mots signifient, ce que les silences signifient, mais aussi ce que les répétitions signifient. Et je sais ce qu'il pense à cet instant. Ce qu'il soupçonne. Peut-être même ce qu'il sait déjà. Le gynécologue avait raison.

CHAPITRE 20

Il y a une chose qu'on ne vous dit jamais sur le cancer : c'est qu'on vous y installe tout en douceur. Après le choc initial, le diagnostic et la terreur, on vous place sur un tapis roulant à vitesse réduite. Vous commencez gentiment, tranquillement. Est-ce que vous souhaiterez un petit rafraîchissement avec votre chimio ? Pas de problème. Des rayons ? Aucun souci, tout le monde le fait, c'est pratiquement comme fumer de l'herbe. Nous vous servirons ces produits chimiques avec le sourire. Vous allez adorer, vous verrez.

Bella a bel et bien un cancer des ovaires. Ils la soupçonnent d'être au stade trois, ce qui signifie qu'il se serait étendu aux ganglions lymphatiques voisins, mais pas aux organes qui les entourent. C'est traitable, nous a-t-on dit. Il y a des ressources. Bien souvent, avec le cancer des ovaires, ce n'est pas le cas. On le détecte trop tard. Là, ce n'est pas trop tard.

Je veux connaître les statistiques, mais Bella ne veut rien entendre.

— Ce genre d'info, ça déstabilise. Ça risque de me contrarier et d'affecter le résultat du traitement. Je ne veux pas savoir.

— Ce sont des chiffres. Ça affectera le résultat de toute façon. Les données concrètes ne bougent pas. Il faut qu'on sache à quoi on a affaire.

— C'est nous qui déterminons ce à quoi on a affaire.

Elle met un embargo sur Google, mais j'effectue quand même des recherches. Quarante-sept pour cent. C'est le taux de survie après cinq ans pour les patientes atteintes d'un cancer des ovaires. Moins d'une chance sur deux.

David me trouve assise par terre dans la douche.

Il s'accroupit et me prend la main.

— La moitié. C'est un bon pronostic.

Sauf que c'est un très mauvais menteur. Il ne parierait jamais sur des probabilités pareilles, même saoul à Las Vegas.

***

Cinq jours plus tard, j'accompagne Bella à un autre rendez-vous. On nous a référées à un gynécologue-oncologue afin de déterminer quels types d'opération et de traitement seront nécessaires. Cette fois, nous ne sommes que toutes les deux. Bella a demandé à Aaron de ne pas venir. Je n'ai pas assisté à cette conversation, j'ignore donc comment elle s'est déroulée. S'il a protesté. Ou s'il s'est senti soulagé.

Nous rencontrons le docteur Shaw dans son cabinet sur Park Avenue, entre la 62e et la 63e. C'est si civilisé que je me demande si on nous a donné la bonne adresse. Allons-nous le retrouver pour un rendez-vous médical ou pour un brunch ?

L'endroit est subtil, feutré. Les patients qui viennent ici souffrent. On voit que le cabinet du docteur Finky était la première étape, l'antichambre toute neuve et pimpante du cauchemar. Celui du docteur Shaw est la grande salle où se retrouvent ceux qui ont perdu la première manche.

Une fois que l'infirmière nous a accueillies, le médecin vient rapidement nous chercher. Son abord aimable me plaît. Il semble honnête, et a un petit air sérieux. Il sourit souvent. Je sens que Bella l'apprécie également.

— D'où venez-vous ? lui demande-t-elle.

— De Floride. L'État ensoleillé.

— J'ai toujours trouvé ça bizarre d'appeler la Floride comme ça. Pour moi, ça devrait être la Californie.

— Vous savez quoi ? Je suis entièrement d'accord avec vous.

Il est très grand et, lorsqu'il s'installe sur son petit tabouret à roulettes, ses genoux remontent quasiment jusqu'à ses coudes.

— Bien. Voilà ce que nous allons faire.

Il nous expose son plan. Une opération pour « déloger » la tumeur, suivie de quatre traitements de chimiothérapie étalés sur deux mois. Il nous avertit que ce sera brutal. À plusieurs reprises, je me surprends à regretter de ne pas pouvoir échanger ma place contre celle de Bella. Ça devrait être moi. Je suis forte. Je peux encaisser. Alors qu'elle… Je ne suis pas sûre que ce soit son cas.

L'opération est programmée pour le mardi suivant, à l'hôpital du Mont Sinaï. Le protocole comprend une hystérectomie, ainsi que l'ablation des ovaires et des trompes de Fallope. Apparemment, cela s'appelle une salpingo-ovariectomie bilatérale. Je note les termes médicaux dans mon agenda pour les googler ensuite en voiture, dans le métro, dans les toilettes du cabinet. Ses ovules n'auront plus nulle part où se développer un jour. Elle n'en produira plus, de toute façon.

À cette annonce, Bella se met à pleurer.

— Est-ce que je peux congeler mes ovules d'abord ?

— Plusieurs options existent. Mais je vous les déconseille, tout comme je vous déconseille d'attendre, lui répond gentiment le docteur Shaw. Parfois, les traitements hormonaux prescrits dans le cadre d'une congélation d'ovocytes peuvent aggraver le cancer, et il me semble crucial de vous opérer dans les meilleurs délais.

Elle prend son visage dans ses mains.

— Comment est-ce possible ? murmure-t-elle.

J'ai la nausée. De la bile remonte dans ma gorge et menace d'atterrir sur le sol de ce beau cabinet de Park Avenue.

Le docteur Shaw fait rouler son tabouret jusqu'à elle et pose une main sur son genou.

— Je sais que c'est dur. Mais vous êtes entre les meilleures mains qui soient. Et nous allons faire tout ce qui est en notre pouvoir pour vous aider.

— Ce n'est pas juste, souffle Bella.

Le docteur Shaw me regarde. Pour la première fois, je suis sans voix. Un cancer. Pas d'enfants. Je dois me concentrer pour réussir à respirer.

— Vous avez raison. C'est injuste. Mais votre attitude est très importante. Je vais me battre pour vous, mais j'ai besoin que vous livriez bataille avec moi.

Elle lève la tête vers lui, le visage brouillé de larmes.

— Est-ce que vous serez là pour l'opération ?

— Plutôt deux fois qu'une. C'est moi qui vais vous opérer.

Bella se tourne vers moi.

— Qu'est-ce que tu en penses ?

Je repense à la plage d'Amagansett. Au fait qu'il y a seulement trois semaines elle rougissait face au résultat d'un test de grossesse. Rayonnante d'impatience.

— Je pense qu'il faut t'opérer tout de suite.

Elle hoche la tête.

— D'accord.

— C'est la bonne décision, affirme le docteur Shaw.

Il glisse jusqu'à son ordinateur pour s'emparer d'une carte de visite, qu'il nous tend.

— Si vous avez la moindre question, voici ma ligne directe.

Je recopie le numéro.

— À présent, parlons de ce qui vous attend.

La discussion se prolonge. Ganglions lymphatiques, cellules cancéreuses, incisions abdominales. Je prends des notes précises, mais c'est difficile, voire impossible, de tout assimiler, même pour moi. C'est comme si le docteur Shaw parlait une autre langue. Une langue dure, le russe, peut-être le tchèque. J'ai le sentiment de ne pas réellement vouloir comprendre ; tout ce que je veux, c'est qu'il se taise. S'il arrête de parler, alors rien de tout cela n'est vrai.

Nous quittons le cabinet et atterrissons au coin de la 63e et de Park Avenue. Aussi inexplicable et impossible que cela puisse paraître, c'est une journée magnifique, une de plus en ce mois de septembre superbe. Le vent est doux, le soleil torride. Partout où mes yeux se posent, les gens sourient, discutent.

Je regarde Bella. Je n'ai pas la moindre idée de quoi lui dire.

Il est incroyable que quelque chose de mortel grandisse en elle à cet instant. Ça me semble impossible. Il n'y a qu'à la voir pour être intimement convaincu qu'elle respire la santé. Elle a les pommettes rebondies, roses, radieuses. C'est une peinture impressionniste. La vie incarnée.

Avons-nous le pouvoir de modifier le cours des choses ? Qu'est-ce qui se passerait si nous faisions comme si nous n'avions rien entendu ? Est-ce que le cancer la rattraperait ? Ou comprendrait-il le message et foutrait-il le camp ? Est-ce qu'il est réceptif ? Est-ce qu'il nous écoute ?

— Il faut que j'appelle Greg, déclare Bella.

— D'accord.

Pour la énième fois depuis ce matin, je sens mon portable vibrer férocement dans mon sac. Il est 10 heures passées et j'aurais dû arriver au bureau il y a plus de deux heures. Je parie que j'ai une centaine d'e-mails qui attendent d'être lus.

— Est-ce que tu veux que je te commande une voiture ?

— Non. J'aime mieux marcher.

— D'accord. Marchons, alors.

Elle sort son portable de son sac.

— Je préfère être seule, m'informe-t-elle sans lever les yeux.

Quand nous étions au lycée, Bella dormait plus souvent chez moi que chez elle. Ses parents voyageaient sans arrêt et elle détestait être seule. Ils étaient absents deux semaines sur trois environ, alors elle vivait pour ainsi dire avec nous. J'avais un lit-tiroir. Le soir, nous roulions de mon lit jusqu'au sien, puis nous remontions sur le mien et nous recommencions. Nous essayions de compter les étoiles fluorescentes collées au plafond. C'était mission impossible, bien sûr, et nous finissions par nous endormir sans jamais tomber sur le même résultat.

— Bells…

— S'il te plaît. Je te promets de t'appeler plus tard.

Ses mots me font l'effet d'une gifle. C'est déjà assez dur comme ça, et en plus, il faudrait faire face chacune dans son coin ? Nous devons faire une pause. Prendre un café. Discuter de tout cela à tête reposée.

Elle commence à s'éloigner. Mon instinct me pousse à la suivre, mais elle pivote sur elle-même et fait un geste de la main. *File.*

Mon portable vibre à nouveau. Cette fois, je le sors de mon sac pour répondre.

— Allô ?

— Dannie, où es-tu passée, bon sang ?

C'est Sanji, mon associée sur une affaire en cours. Âgée de vingt-neuf ans, elle a été diplômée de MIT quand elle n'en avait que seize et travaille depuis dix ans. Jamais je ne l'ai entendue utiliser un mot qui ne soit pas absolument nécessaire. Le fait qu'elle ait ajouté « bon sang » à sa question en dit long.

— Désolée, j'ai été retardée. Je suis en chemin.

— On a un problème avec CIT. Il manque des éléments concernant leur bilan comptable. Huit mois de déclarations fiscales et de relevés d'impôts, pour être exacte.

Nous étions supposées compléter la diligence raisonnable concernant CIT, une entreprise spécialisée dans le codage de sites Internet que notre client Epson, géant de la haute technologique, est sur le point d'acquérir. Si nous ne disposons pas d'un rapport financier complet, l'associé qui supervise le dossier va péter les plombs.

— J'y vais tout de suite.

Sanji raccroche sans me dire au revoir. Je saute dans un taxi direction le Financial District, où se trouve le siège de CIT, avec le sentiment de leur avoir rendu trop souvent visite à mon goût ces derniers temps.

Depuis six mois, nous sommes constamment en contact avec leur service juridique, ce qui fait que je connais extrêmement bien leur travail désormais. Avec un peu de chance, ce n'est qu'un oubli.

À mon arrivée, on me laisse monter immédiatement et Darlene, la réceptionniste, me conduit jusqu'au bureau de Beth, leur avocate-conseil.

En m'entendant arriver, elle lève la tête et bat des paupières. Âgée d'une bonne cinquantaine d'années, elle officie dans l'entreprise depuis sa création il y a douze ans. Son espace de travail lui ressemble : stoïque, sans la moindre photo. Elle ne porte pas d'alliance. Nous sommes cordiales l'une avec l'autre, aimables même, mais nous n'évoquons jamais nos vies privées. Impossible donc de savoir ce qui l'attend à la maison lorsqu'elle quitte ces murs.

— Dannie, quel déplaisir de vous revoir si vite.

Je hoche la tête. J'étais ici pas plus tard qu'hier.

— Que se passe-t-il ?

J'explique le motif de ma venue.

Elle ne se lève pas et ne me fait pas signe de m'asseoir.

— Je vais demander à mon équipe de vérifier.

Son « équipe » se compose d'un seul autre avocat, David Brewster. J'étais à Columbia avec lui. Il est brillant. Je ne m'explique pas comment il a atterri au service juridique d'une PME.

— Il me faut une réponse cet après-midi.

Beth secoue la tête d'un air presque amusé.

— Vous devez vraiment adorer votre métier.

— Ni plus ni moins que n'importe qui.

Cette fois, elle rit carrément et reporte son attention sur son ordinateur.

— Permettez-moi d'en douter.

***

À 17 heures, CIT nous fait parvenir de nouveaux documents. Le temps de tout examiner, j'en ai au moins jusqu'à 21 heures. Sanji fait les cent pas dans la salle de réunion, comme si elle élaborait un plan d'attaque. J'envoie un message à Bella.

Donne-moi de tes nouvelles.

Pas de réponse.

Il est 22 heures quand je quitte le cabinet. Toujours aucune nouvelle de Bella. J'ai l'impression que tout mon corps est comme écrasé, que cette journée l'a broyé. Toutefois, à mesure que je marche, j'ai la sensation de recouvrer ma consistance normale. Je n'ai pas de chaussures de rechange et, après cinq pâtés de maisons, mes escarpins commencent à me faire mal, mais je continue à marcher. Je dépasse la 5e Avenue, traverse la succession des 40es Rues en accélérant la cadence. Lorsque j'atteins la 38e, je cours.

J'arrive à l'appartement en sueur et à bout de souffle. Mon haut est trempé et j'ai des palpitations dans les pieds. J'ai peur de baisser les yeux et de voir des flaques de sang se former sous les semelles.

J'ouvre la porte. David est installé à la table de la cuisine, son ordinateur ouvert, un verre de vin à portée de main.

— Salut.

Il m'inspecte des pieds à la tête et plisse les yeux.

— Qu'est-ce qui t'est arrivé ?

Je me penche pour retirer mes chaussures, mais je n'y arrive pas. Elles sont comme cousues au bout de mes jambes. Je pousse un cri de douleur.

— Waouh. D'accord. Assieds-toi.

Je me laisse tomber sur le petit banc dans l'entrée et il s'accroupit devant moi.

— Bon sang, Dannie, qu'est-ce que tu as fait ? Tu as couru jusqu'à la maison ?

Il plonge son regard dans le mien et je me sens basculer. Je ne sais pas si je vais m'évanouir ou prendre feu. L'incendie qui ravage mes pieds gagne en intensité et menace de m'engloutir tout entière.

— Elle est vraiment malade. Elle doit se faire opérer la semaine prochaine. Stade trois. Quatre traitements de chimio.

David me serre contre lui. Je veux sentir le réconfort de ses bras, me réfugier en lui, mais je ne peux pas. La douleur est trop grande. Rien ne peut l'adoucir, rien ne peut la contenir.

— Qu'a dit le médecin exactement ? demande-t-il sans relâcher son étreinte.

Je secoue la tête.

— Elle ne pourra jamais avoir d'enfants. Ils vont lui enlever l'utérus, les ovaires…

Il s'écarte et pose une main sur mon genou.

— Bon sang. Je suis vraiment désolé, Dannie.

Je ferme les yeux. Une nouvelle vague de douleur me submerge. J'ai l'impression qu'on m'enfonce des couteaux dans les talons. J'ai du mal à respirer.

— Enlève-les-moi.

— D'accord. Ne bouge pas.

Il file à la salle de bains et revient avec du talc. Il secoue le flacon et un nuage de poussière blanche se dépose sur mes escarpins. Il tire délicatement sur le talon et j'ai envie de vomir.

Il tire à nouveau et parvient à me l'enlever. Je saigne, la peau est à vif, mais mon pied est dans un meilleur état que ce que je croyais. David le saupoudre d'un peu plus de talc.

— Donne-moi l'autre.

Je m'exécute. Il procède au même rituel.

— Il te faut un bain de pieds. Viens.

Il passe un bras autour de moi et m'accompagne jusqu'à la salle de bains, entre grimaces et grognements de douleur. Nous avons une baignoire, mais ce n'est pas une baignoire sur pieds. J'ai toujours rêvé d'en avoir une, sauf que la salle de bains était déjà équipée lorsque nous avons acheté l'appartement. Ça me paraît ridicule, surréaliste même, que mon cerveau me fasse parvenir ce genre d'information dans un moment pareil, qu'il remarque des pieds manquants sur une baignoire. Comme si cela avait une quelconque importance.

David fait couler de l'eau.

— Je vais chercher des sels d'Epsom. Ça va te faire du bien.

Alors qu'il tourne les talons, j'agrippe son bras, m'y accroche, le serre contre ma poitrine comme le ferait une enfant avec son doudou.

— Ça va aller, m'assure-t-il.

Mais ces mots ne veulent rien dire. Car personne n'en sait rien. Ni lui. Ni le docteur Shaw. Ni même moi.

CHAPITRE 21

Bella ne répond ni à mes messages ni à mes appels. Le samedi soir, en désespoir de cause, je contacte Aaron.

Il décroche à la deuxième sonnerie.

— Salut, Dannie, murmure-t-il.

— Bonsoir.

Je suis dans notre chambre, les pieds bandés, les orteils triturant la moquette.

— Est-ce que Bella est là ?

Silence à l'autre bout du fil.

— Aaron, je t'en prie…

— Elle dort.

— Oh.

Il est à peine 20 heures.

— Qu'est-ce que tu fais ?

Je regarde mon bas de jogging.

— Rien. Je devrais sans doute me remettre au travail. Tu lui diras que j'ai appelé ?

— Bien sûr.

Tout à coup, une colère irrationnelle m'envahit à l'idée qu'Aaron se trouve avec elle dans son appartement. C'est vers cet étranger, cet homme rencontré il y a quatre mois à peine qu'elle se tourne, alors qu'il ne la connaît même pas. Et moi, qui suis sa meilleure amie, sa famille, je…

— Il faut qu'elle m'appelle.

Mon intonation a changé.

— Je sais, répond Aaron à voix basse. La semaine a été…

Je durcis encore le ton, influencée par mes pensées qui s'emportent.

— Peu importe comment la semaine a été. Avec tout le respect que je te dois, je ne te connais pas. Ma meilleure amie doit se faire opérer mardi prochain. Il faut qu'elle m'appelle.

Aaron s'éclaircit la gorge.

— Tu veux aller marcher un peu ?

— Quoi ?

— Ça ne me ferait pas de mal de prendre l'air. Et quelque chose me dit qu'à toi non plus.

J'ai envie de rétorquer que j'ai trop de travail, ce qui est la vérité. J'ai été distraite toute la semaine alors que je tentais de préparer les documents dont nous avons besoin pour la signature. Nous n'avons pas encore reçu tous les papiers nécessaires de la part de CIT, et l'anxiété augmente chez Epson, qui veut annoncer l'acquisition la semaine prochaine. Mais, dans le fond, je sens que j'ai besoin de parler à Aaron. De lui expliquer que je gère, qu'il peut reprendre le cours de sa vie telle qu'elle était au printemps dernier.

— D'accord. Je te retrouve à l'intersection de Perry et Washington dans vingt minutes.

***

Il est déjà là lorsque mon taxi arrive. Il fait encore jour, mais plus pour longtemps. Le mois d'octobre guette, avec la promesse d'apporter davantage d'obscurité. Aaron porte un jean et un pull vert. Comme moi. Un instant, tandis que je paie le chauffeur et sors de la voiture, l'image de ces deux personnes assorties qui se retrouvent me ferait presque rire.

Il montre du doigt le sac à bandoulière Tod's que Bella m'a offert pour mes vingt-cinq ans.

— Et dire que j'ai failli apporter mon sac à main orange, tente-t-il de plaisanter.

Nous commençons à marcher. Lentement. Mes pieds me font mal. Nous empruntons Perry en direction de West Side Highway.

— J'ai vécu ici avant d'emménager à Midtown, explique-t-il pour combler le silence. C'était mon premier appartement, à un pâté de maisons d'ici, sur l'Hudson. J'adorais le West Village, mais c'était quasiment impossible d'aller où que ce soit en transports en commun, alors je n'y suis resté que six mois.

— Il y a la station de West Fourth.

Il acquiesce.

— On vivait au-dessus d'une pizzeria qui a fermé depuis. Toutes mes affaires empestaient la nourriture italienne. Mes vêtements, mes draps, tout.

Je me surprends à rire.

— Quand je suis arrivée à New York, je vivais dans le quartier de Hell's Kitchen. Tout mon appartement sentait le curry. Je ne peux plus voir de curry en peinture.

— Alors que moi, tu vois, j'ai toujours envie de me gaver de pizza.

— Quand as-tu su que tu voulais être architecte ?

— Je crois que je l'ai toujours su. Voire que je suis né comme ça. J'ai étudié toute ma vie avec cet objectif à l'esprit. Pendant un temps, j'ai hésité à devenir ingénieur, mais je n'étais pas assez intelligent.

— J'en doute fort.

— Tu as tort. C'est la vérité.

Nous marchons en silence pendant quelques instants.

— Tu as déjà songé à être plaideuse ?

Sa question est si inattendue qu'elle me prend totalement au dépourvu.

— Pardon ?

— Tu exerces le droit des affaires. Je me demande simplement si tu n'as jamais pensé à être un de ces avocats qui plaident au tribunal. Je parie que tu casserais la baraque. Tu m'as l'air douée quand il s'agit d'argumenter, ajoute-t-il avec un demi-sourire.

— Non. Plaider, ce n'est pas pour moi.

— Pourquoi ?

Je fais un pas de côté pour esquiver une flaque de nature indéterminée. À New York, on ne sait jamais si c'est de l'eau ou de l'urine.

— Parce que ça équivaut à manipuler la loi et la déformer à son avantage. C'est un jeu de dupes, une question de perception. On doit convaincre un jury, influer sur les sentiments des gens. Alors que dans le droit des affaires rien n'est au-dessus des lois. Ce qui importe, ce sont les mots tels qu'ils sont écrits. Tout est là, noir sur blanc.

— Fascinant.

— Je trouve, oui.

— Et sinon… Comment vas-tu ?

J'arrête de marcher. Lui aussi. Je me tourne légèrement vers lui. Il m'imite.

— Pas bien, pour être honnête.

— Je n'imagine pas à quel point ça doit être dur pour toi.

Nos regards se croisent.

— Elle…

Je n'arrive pas à finir ma phrase. Une rafale soulève les feuilles mortes et leur fait danser un véritable ballet. Je commence à pleurer.

— Ça va aller.

Il fait un pas vers moi et j'en fais un en arrière. Nous restons comme ça sur le trottoir, jusqu'à ce que le flot de mes larmes se tarisse.

— Non.

— Je sais.

Je ravale ce qui me reste de pleurs et le dévisage. La colère court soudain dans mes veines.

— Non, tu ne sais pas. Tu n'en as pas la moindre idée.

— Dannie, je…

— Tu n'es pas obligé de faire ça, tu sais. Personne ne t'en voudrait.

— Qu'est-ce que tu veux dire par là ?

À en juger par son expression, il semble vraiment ne pas comprendre.

— Rien ne t'oblige à rester. Tu n'as pas signé pour ça. Tu as rencontré une jolie fille, elle était en bonne santé, elle ne l'est plus.

— Dannie, dit-il du ton de quelqu'un qui choisit très soigneusement ses mots. Il faut que tu comprennes quelque chose de très important : je ne vais nulle part.

— Pourquoi ?

— Parce que je l'aime.

J'ignore son aveu.

— Tu ne la connais même pas.

Je me remets en route. Un joggeur nous dépasse. Un coup de klaxon retentit au loin. Une sirène hurle quelque part au bord de l'Hudson. Un enfant passe à côté de nous avec un ballon de basket, suivi de sa mère, qui court derrière lui. La ville vibre comme de coutume, sans savoir que, quelque part, quinze pâtés de maisons plus au sud, de petites cellules se multiplient dans un complot pour détruire le monde.

— Dannie. Arrête-toi.

Je ne m'arrête pas. Il m'attrape alors par le bras et me force à faire volte-face.

— Aïe ! Tu es malade !

Je me frotte le bras et suis tout à coup submergée par une furieuse envie de le gifler, de le cogner et de le laisser en boule, sanguinolent sur le trottoir, au coin de Perry Street.

— Désolé. Mais il faut que tu m'écoutes.

Il a les sourcils froncés, ce qui fait apparaître une fossette au-dessus de son nez.

— Je l'aime. Point. Je serais incapable de me regarder en face si je partais maintenant, mais ce n'est même pas la question, puisque, comme je l'ai déjà dit, je l'aime. C'est totalement différent de tout ce que j'ai connu avant. C'est réel. Je suis là et je ne vais nulle part.

Sa poitrine monte et descend, comme si se tenir debout, parler, exister exigeait de lui un immense effort physique. Là-dessus, au moins, on se comprend.

— Ça fera plus mal si tu pars plus tard.

Ma lèvre recommence à trembler. Je lui ordonne intérieurement d'arrêter tout de suite.

Aaron s'approche de moi. Il me prend délicatement les bras. Il est si près que je sens son parfum.

— Je ne vais pas partir. Je reste. Promis.

Il faut que je m'en aille. Il faut que j'appelle un taxi. Il faut que je rentre à la maison et que je parle à David. Il faut que je dorme. Mais j'oublie tout ça. La seule chose que j'ai en tête, c'est sa promesse. Je la prends et la garde dans mon cœur comme une preuve.

CHAPITRE 22

Le mardi 7 octobre, je me présente à l'hôpital une heure avant l'opération. Je n'ai toujours pas parlé à Bella. Lorsque j'arrive devant sa chambre, je constate que son père et sa mère sont là. Cela doit bien faire plus de dix ans qu'ils ne se sont pas retrouvés dans la même pièce.

L'atmosphère est bruyante, agitée même. Jill, avec son tailleur Saint Laurent impeccable et son brushing, discute avec les infirmières comme si elles organisaient un déjeuner mondain et non pas l'ablation des organes reproducteurs de sa fille.

Frederick, quant à lui, échange avec le docteur Shaw. Ils se tiennent tous deux au pied du lit de Bella, les bras croisés, devisant aimablement.

Je rêve.

— Bonjour, dis-je en frappant à la porte ouverte.

— Bonjour. Regarde qui est là.

Bella fait un geste en direction de ses parents.

— J'ai vu, oui.

Son père se tourne vers moi et me salue brièvement. Je pose mon sac sur une chaise et m'approche de son lit.

— Comment vas-tu ?

— Bien.

Soudain, je le vois. Cet entêtement indigné qui m'évite depuis une semaine. Elle a déjà une charlotte sur la tête et porte une chemise de nuit de l'hôpital. Depuis combien de temps est-elle ici ?

— Qu'a dit le docteur Shaw ?

Bella hausse les épaules.

— Demande-lui toi-même.

Je franchis les quelques pas qui me séparent du médecin.

— Docteur Shaw.

— Dannie. La femme au bloc-notes. Bonjour.

— C'est ça. Bonjour. Alors, comment ça se présente ?

Il m'offre un petit sourire.

— Bien. J'étais justement en train d'expliquer à Bella et à ses parents que l'opération pouvait prendre cinq à six heures.

— Je croyais que c'était une intervention de trois heures environ ?

J'ai passé tout mon temps à faire des recherches approfondies sur Google. À étudier des statistiques. À me renseigner sur les durées de convalescence, sur les avantages que présente l'ablation des deux ovaires plutôt que d'un seul.

— Cela dépendra de ce que nous trouverons en opérant. En temps normal, une hystérectomie totale prend effectivement trois heures, mais puisque nous retirons également les trompes de Fallope, nous aurons peut-être besoin de plus de temps.

— Allez-vous également procéder à une omentectomie ?

Le docteur Shaw me dévisage avec un mélange de respect et d'étonnement.

— Nous ne retirerons pas l'omentum aujourd'hui. En revanche, nous allons effectuer une biopsie pour déterminer à quel stade en est la maladie.

— J'ai lu qu'une ablation complète augmentait les chances de survie.

Le docteur Shaw a au moins l'aplomb de ne pas détourner le regard. Il ne s'éclaircit pas la gorge et ne reporte pas son attention sur Jill ou Bella. Au lieu de ça, il répond :

— C'est vraiment du cas par cas.

L'estomac retourné, je me tourne vers Jill, qui est à côté de Bella et lui caresse les cheveux à travers sa charlotte.

Un souvenir. Bella. À onze ans. Qui sort de son lit-tiroir pour grimper dans le mien après un cauchemar.

« Il neigeait et je ne te trouvais plus.

— Où est-ce que tu étais ?

— En Alaska, peut-être.

— Pourquoi en Alaska ?

— Je ne sais pas. »

Moi, je savais. Sa mère était en Alaska depuis un mois. Une croisière de deux semaines et demie suivie d'un séjour dans un spa. « Je suis là. Et tu me trouveras toujours, même s'il neige. »

Comment Jill ose-t-elle débarquer ici ? Comment ose-t-elle prendre cette place et lui offrir du réconfort ? C'est trop tard. Ça fait vingt ans que c'est trop tard. J'ai bien conscience que je détesterais encore plus ses parents s'ils n'étaient pas venus aujourd'hui, mais j'ai tout de même envie qu'ils s'en aillent. Cette place auprès de Bella ne leur revient pas, surtout maintenant.

À cet instant, Aaron fait son entrée. Il apporte plusieurs gobelets Starbucks qu'il entreprend de distribuer.

— Pas pour vous, intervient le docteur Shaw en désignant Bella.

Elle rit.

— C'est le pire dans tout ça. Ne pas avoir le droit de boire du café.

Le médecin sourit.

— Je vous retrouve en salle d'opération. Soyez tranquille, vous êtes entre d'excellentes mains.

— Je sais.

Frederick salue le docteur Shaw.

— Merci pour tout. Finky vous estime énormément. Il dit beaucoup de bien de vous.

— Il m'a appris presque tout ce que je sais. Si vous voulez bien m'excuser.

Shaw se dirige vers la porte et marque une pause en arrivant à mon niveau.

— Puis-je vous parler dans le couloir ?

— Bien sûr.

Personne ne remarque sa requête au milieu du chaos caféiné qui règne dans la chambre.

— Nous allons faire de notre mieux pour retirer toute la tumeur. Nous avons catégorisé le cancer de Bella comme étant au stade trois, mais nous ne le saurons vraiment que lorsque nous aurons prélevé des échantillons de tissu au niveau des organes qui entourent son système reproducteur. Je comprends vos inquiétudes quant à l'omentectomie. Simplement, nous ignorons encore à quel point la maladie s'est étendue.

— Je comprends.

— Il est possible que nous soyons obligés de lui retirer également une partie du côlon.

Je sens un froid glacial remonter le long de mes jambes et se loger dans mon ventre.

Le docteur Shaw jette un regard en direction de la porte de la chambre de Bella, puis reporte son attention sur moi.

— Vous êtes au courant que Bella vous a désignée comme personne à contacter en cas d'urgence ?

— Vraiment ?

— Oui. J'ai pensé que vous aimeriez le savoir.

— Merci.

Il hoche la tête. Fait volte-face.

— C'est grave comment, docteur ? Je sais que vous ne pouvez pas me répondre, mais si vous le pouviez… C'est grave comment ?

Il me regarde avec l'air de quelqu'un qui aimerait vraiment avoir une réponse à me donner.

— Nous allons faire tout ce qui est en notre pouvoir, finit-il par me dire.

Puis il s'éloigne à grands pas.

***

Stoïque, Bella part au bloc sans tambour ni trompette. Elle embrasse Jill, Frederick, et Aaron, pour qui Jill s'est clairement prise d'affection. Un peu trop. Elle trouve sans cesse des excuses pour lui parler, lui toucher le bras. À un moment, Bella m'a même regardée et a levé les yeux au ciel. Ça m'a fait l'effet d'une lueur de bougie dans l'obscurité.

— Tu vas assurer, lui dis-je.

Je me penche sur elle pour l'embrasser sur le front. Elle tend le bras pour attraper ma main, puis la relâche abruptement.

Après son départ, on nous envoie dans la grande salle d'attente. Elle est pleine de monde. Il y a des magazines, des jeux de société. Quelques couvertures. Certaines personnes passent des coups de fil. On entend des rires. Néanmoins, chaque fois que les doubles portes s'ouvrent, tout se fige dans la pièce.

— Je suis désolé de ne pas t'avoir apporté de café, me dit Aaron.

Nous jetons notre dévolu sur deux fauteuils près de la fenêtre. Jill et Frederick font les cent pas à quelques mètres de nous, chacun au téléphone.

— Ça ne fait rien. Je descendrai à la cafétéria tout à l'heure.

— D'accord. On risque d'en avoir pour un moment.

— Oui. Est-ce que tu avais déjà rencontré ses parents ?

— Non. C'est Jill qui est venue nous chercher ce matin. Ils ont l'air un peu spéciaux.

Je ricane.

— À ce point-là ? demande-t-il.

— Tu n'imagines même pas.

Jill nous rejoint d'un pas flâneur. Elle porte des talons.

— Je vais nous commander à manger chez Scarpetta. Je pense que ça nous réconfortera tous de manger un bon petit plat. Qu'est-ce que je prends pour vous deux ?

Il est à peine 9 heures.

— Merci, mais j'irai chercher un sandwich à la cafétéria tout à l'heure.

— N'importe quoi. Je te prends des pâtes et de la salade. Greg, vous aimez les pâtes ?

Il me regarde, comme si la réponse était écrite sur mon front. Mon portable sonne. David.

— Excusez-moi, dis-je à notre petit groupe.

Frederick nous a rejoints et regarde par-dessus l'épaule de Jill l'écran de son portable. Je m'éloigne pour décrocher.

— Mon Dieu, David, c'est un cauchemar.

— J'imagine. Comment allait-elle ce matin ?

— Bien. Ses parents sont ici.

— Jill et Maurice ?

— Frederick, mais oui.

— Waouh. Tant mieux, j'imagine. Il vaut mieux qu'ils soient là, non, tu ne crois pas ?

Je ne réponds pas. David relance la conversation.

— Est-ce que tu veux que je vienne attendre avec toi ?

— Non. Autant que l'un de nous conserve son emploi.

— Je suis sûr que le cabinet comprend, m'assure-t-il, même si nous savons tous deux que c'est faux.

Je n'ai parlé à personne de la maladie de Bella. Wachtell n'est pas une organisation caritative, et ils me renverraient sans hésiter si jamais la situation nuisait à mes performances.

— J'ai apporté des dossiers et je leur ai dit que je télétravaillerais aujourd'hui.

— Je passerai à l'heure du déjeuner.

— Appelle-moi avant.

Nous raccrochons et je retourne m'asseoir.

— Il reste un *latte*, finalement, m'indique Aaron en me tendant un Starbucks. J'ai oublié de demander du lait écrémé pour celui de Jill.

Je feins d'être horrifiée et m'indigne :

— Comment as-tu osé ?

Aaron rit doucement. Dans cet endroit, ce son joyeux résonne comme quelque chose de mal.

— Je devais être un peu obnubilé par le cancer de ma petite amie, répond-il en secouant exagérément la tête. Quelle impudence !

Je ris à mon tour.

— Tu crois que ça veut dire que j'ai tout gâché avec ses parents ?

— Attends un peu, tu pourras peut-être te rattraper au moment de la chimio.

À présent, nous sommes hilares tous les deux. Une femme qui tricote quelques fauteuils plus loin lève les yeux et nous fixe, agacée. Mais je ne peux pas m'en empêcher. Nous rions tellement que j'ai du mal à reprendre mon souffle.

— Ou de la radiothérapie.

— Tu vois ? Il ne faut pas désespérer.

C'est le regard sévère et réprobateur de Frederick qui nous pousse à nous lever et quitter précipitamment la salle d'attente.

Une fois dans le couloir, je prends de grandes bouffées d'air. J'ai l'impression de ne pas avoir respiré depuis des semaines.

— Viens, on va dehors, dit Aaron. Tu as ton portable ?

Je hoche la tête.

— D'accord. C'est toi qu'ils appelleront, je me suis assuré que c'était bien ton numéro sur le formulaire.

Nous prenons l'ascenseur et sortons de l'hôpital. Il y a un parc de l'autre côté de la rue. De jeunes enfants font de la balançoire au milieu des arbres.

Des nounous et des parents aboient dans leurs téléphones.

Depuis le trottoir, nous voyons la 5e Avenue se déployer sous nos yeux. La ville inspire, inspire et inspire encore.

— Où va-t-on ?

J'ai le sentiment que mon squelette est fatigué. Je plie un genou, comme pour tester que ma jambe fonctionne encore.

— C'est une surprise, répond Aaron.

— Je n'aime pas les surprises.

Aaron rit.

— Ça va aller.

Il me prend par le bras et nous remontons la 5e Avenue.

CHAPITRE 23

— On ne peut pas trop s'éloigner ! Il avance si vite que je dois presque courir pour rester à sa hauteur.

— On ne va pas loin. C'est juste là.

Nous sommes derrière un grand immeuble de la 101e Rue. Il sort un badge de son portefeuille et l'utilise pour ouvrir la porte de service.

— On est en train d'entrer par effraction ?

— Non, on entre seulement, m'assure-t-il en riant.

Nous arrivons dans un sous-sol vraisemblablement utilisé comme remise. Je suis Aaron à travers des rangées de vélos et d'énormes conteneurs en plastique orange, jusqu'à un ascenseur.

Je consulte mon portable pour m'assurer que j'ai encore du réseau : quatre barres.

Le vieux monte-charge essoufflé nous amène péniblement jusqu'à un rooftop. Nous sommes accueillis par une petite bande de pelouse au centre d'une terrasse en béton. La ville s'étend à nos pieds et un dôme en verre se dresse derrière nous, sans doute une salle événementielle.

— J'ai pensé que tu avais peut-être besoin d'un peu d'espace.

J'avance à pas hésitants.

— Comment as-tu accès à cet endroit ?

— J'ai un chantier en cours ici, explique-t-il. J'aime le fait que ce soit aussi haut. Normalement, les bâtiments de l'East Side sont plutôt bas.

J'observe l'hôpital, qui paraît tout petit. J'imagine Bella allongée sur une table d'opération, les entrailles à l'air. Je serre les poings.

— Ça m'arrive de venir ici pour crier. Si ça te tente, vas-y, je ne te jugerai pas.

— Ça va aller, merci.

Je me tourne vers lui : il fixe quelque chose en contrebas et je me demande à quoi il pense, si comme moi il visualise Bella.

— Qu'est-ce que tu aimes chez elle ?

Ma question le fait aussitôt sourire.

— Sa chaleur. Elle est tellement chaleureuse… Tu vois ce que je veux dire ?

— Oui.

— Je la trouve très belle, naturellement.

— Très original.

Il sourit.

— Elle est têtue. Je crois que vous avez ça en commun.

Je ris.

— Tu n'as sans doute pas tort.

— Elle est spontanée, aussi, une spontanéité que les gens n'ont plus. Elle vit pour l'instant présent.

Tout à coup, on dirait qu'il vient de comprendre ce que cela signifie vraiment. La possibilité future. *Ding, ding, ding !* Puis je me rends compte que c'est mon téléphone qui vibre et sonne dans ma main.

— Allô ?

— Mademoiselle Kohan, ici le docteur Jeffries, l'associé du docteur Shaw.

Je mets le haut-parleur.

— Mon collègue souhaitait que je vous appelle pour vous tenir informée de l'évolution de l'opération.

Je retiens mon souffle. Le temps se fige. J'ai vaguement conscience qu'Aaron me prend la main.

— Tout se déroule comme prévu. Nous nous apprêtons à effectuer une biopsie du côlon ainsi que des tissus abdominaux. Nous en avons encore pour quelques heures, mais il veut que vous sachiez que pour l'instant tout va bien.

— Merci. Merci beaucoup.

Il raccroche et je me tourne vers Aaron. Je lis dans ses yeux l'amour qu'il porte à Bella. Comme un reflet du mien. Il soupire. Me lâche la main.

— On ferait mieux d'y retourner.

— Oui.

Nous faisons demi-tour. Monte-charge, porte, rue. Lorsque nous arrivons dans le hall de l'hôpital, quelqu'un crie mon nom.

— Dannie !

Je pivote sur moi-même et j'aperçois David qui vient vers nous à petites foulées.

— Je suis passé pour prendre des nouvelles. Comment ça se passe ? Salut, mec.

Il échange une poignée de main avec Aaron.

— Je remonte, me prévient ce dernier.

Il effleure mon bras, puis me laisse seule avec David.

— Ça va, toi ?

David me prend dans ses bras et je l'enlace.

— Ils disent que tout va bien.

Ce n'est pas tout à fait vrai. Ils disent que ça se passe bien. Pas que tout va bien.

— Bien. C'est bon signe, non ? Et toi, comment vas-tu ?

— Je m'accroche.

— Tu as mangé ?

Je secoue la tête.

Il sort de sa sacoche un sac en papier avec le logo de Sarge. Mon bagel au poisson blanc.

— C'est mon petit déjeuner des grands jours, fais-je remarquer avec tristesse.

— Ça va aller, Dannie. Elle va s'en sortir.

— Il vaudrait mieux que je remonte.

— Je t'accompagne.

— Tu ne devrais pas être au bureau ?

— C'est ici que je dois être.

Il pose sa main au bas de mon dos et nous montons. Dans la salle d'attente, Jill et Frederick sont toujours sur leur portable. Des sacs Scarpetta trônent sur un fauteuil près d'eux. Je me demande comment ils ont pu se faire livrer si tôt. Je ne suis même pas sûre que Scarpetta soit ouvert à l'heure du déjeuner.

Je sors mon ordinateur de ma sacoche. Le seul point positif de l'hôpital : une bonne connexion wifi.

Bella a prévenu très peu de gens : nous, Ariel et Morgan, et les filles de la galerie pour d'évidentes raisons logistiques. Je leur envoie un e-mail pour les tenir au courant. J'imagine ces jeunes femmes se débattre avec l'idée que leur patronne ait un cancer. Est-ce que ça leur paraît vieux, trente-trois ans ? Elles n'ont même pas encore franchi la barre des vingt-cinq.

Je travaille deux heures, répondant à des e-mails, redirigeant des appels, effectuant des recherches. Une brume enveloppe mon cerveau, un mélange de concentration et de paranoïa, de peur et de bruit. À un moment, David me force à manger mon sandwich. Je le dévore avec un appétit qui me surprend. Il part peu après, me promettant de revenir plus tard. Je lui réponds que je le retrouverai à la maison. Jill sort de la salle, puis revient. Frederick se met en quête d'un chargeur. Aaron reste sagement assis. Parfois il lit, parfois il ne fait rien, sinon fixer l'horloge et le grand tableau indiquant où se trouvent les patients. Patiente 487B, encore en salle d'opération.

La fin de l'après-midi approche lorsque le docteur Shaw passe la porte à double battant. Mon cœur bondit dans ma poitrine. Il cogne, un gong à chaque battement.

Je me lève, poussée par l'envie de traverser la pièce en courant pour le rejoindre, mais me contiens. C'est étrange d'avoir conscience à ce point des normes sociales dans des circonstances aussi extraordinaires. On ne veut pas enfreindre les règles.

Le docteur Shaw semble fatigué. À cet instant, il fait bien plus vieux que son âge, que j'aurais estimé aux alentours de la quarantaine.

— Tout s'est bien passé, annonce-t-il.

J'éprouve un grand soulagement.

— Elle est en salle de réveil. Nous sommes parvenus à retirer la tumeur et les cellules cancéreuses au mieux de nos capacités.

— Dieu merci, dit Jill.

— Il reste un long chemin à parcourir, mais l'opération s'est bien déroulée.

— Peut-on la voir ? je demande.

— Un seul visiteur pour l'instant. Elle est très fatiguée. Quelqu'un de mon équipe va venir pour répondre à vos questions et accompagner l'un d'entre vous.

— Merci.

Je lui serre la main. Frederick et Jill m'imitent. Aaron est toujours assis et je me rends compte qu'il pleure, mais tente de retenir ses larmes en silence.

— Tu devrais y aller, lui dis-je.

Jill me dévisage mais se tait. Je sais que l'idée d'être seule avec sa fille en salle de réveil, sans chaperon, lui fait peur. Je connais les parents de Bella. Ils n'ont pas envie de prendre de décisions à son sujet, pas vraiment. Alors c'est moi qui les prendrai. Comme je l'ai toujours fait.

— Non, vas-y, toi, répond-il en s'essuyant le visage de sa manche.

— C'est toi qu'elle a envie de voir.

J'imagine Bella se réveillant dans son lit, percluse de douleurs, perdue. Et je sais que c'est le visage d'Aaron qu'elle désirerait voir apparaître au-dessus du sien. Que c'est sa main qu'elle voudrait tenir.

Une infirmière arrive. Un petit koala en peluche est accroché à la poche de poitrine de sa blouse rose.

— Vous êtes bien la famille de Bella Gold ?

Je hoche la tête et désigne Aaron.

— C'est son mari. Est-ce qu'il peut la voir ?

Le mensonge est sorti tout seul. Je ne sais pas quelle est leur politique concernant les « simples » petits amis.

— Bien sûr. Suivez-moi.

Je les suis des yeux tandis qu'ils s'engagent dans le couloir. Une fois qu'ils ont disparu de mon champ de vision, Jill et Frederick m'acculent et me harcèlent de questions, exigeant le retour de l'infirmière. Et, pour la première fois, je suis heureuse pour Bella. Ça, là, c'est ce qu'elle a toujours voulu : de l'amour.

CHAPITRE 24

Bella est supposée passer une semaine complète à l'hôpital, mais étant donné son âge et son état de santé général, on l'autorise à sortir au bout de cinq jours et je passe la voir chez elle. Le week-end suivant sa sortie, Jill repart à Philadelphie pour quelques jours afin de « régler quelques affaires ». Elle a néanmoins pris le temps d'engager une infirmière, qui régente les lieux comme s'il s'agissait d'une caserne. L'appartement est impeccable. Je ne l'ai jamais vu aussi bien rangé.

— Elle ne me laisse même pas me lever, me souffle Bella lorsque j'arrive le samedi matin.

Elle est assise dans son lit, en train de déguster des œufs brouillés et des toasts à l'avocat accompagnés d'une tasse de café. Elle a les joues roses, sa peau a repris des couleurs. Chaque jour, elle a meilleure mine que la veille. Il est inimaginable de songer qu'elle est peut-être encore malade, que des cellules cancéreuses sont peut-être encore logées dans son organisme.

— C'est comme avoir un room service, je la taquine. Toi qui as toujours voulu vivre à l'hôtel, ça tombe bien.

Je pose sur sa table de nuit les tournesols que j'ai apportés. Ce sont ses fleurs préférées.

— Où est Aaron ?

— Je l'ai renvoyé chez lui. Il n'a pas dormi depuis une semaine, le pauvre. Tu verrais sa tête. J'ai l'air bien plus en forme que lui.

Je suis passée chaque matin en allant au bureau et chaque soir en rentrant. Il était à son chevet à chaque instant, refusant systématiquement de quitter le navire. Il a gardé un œil sur tout, s'assurant qu'aucun faux pas n'était commis.

— Et ton père ?

— Il est reparti à Paris. Il faut que tout le monde comprenne que je vais bien. Ça crève les yeux. Regarde-moi.

Elle sourit de toutes ses dents en guise de preuve.

La chimio ne commence pas avant trois semaines. Une convalescence assez longue pour qu'elle se remette de l'opération, mais aussi assez courte pour que les cellules ne se développent pas de manière significative. Du moins, c'est ce que nous espérons, car nous n'avons aucune certitude. Alors on s'accroche. On fait comme si. Comme si le plus dur était passé. Comme si c'était fini, comme si tout était derrière nous. À cet instant, assises dans sa chambre ensoleillée, bercées par l'odeur du café, il est facile de croire en ce joli mensonge bien déguisé.

— Alors ? Tu l'as ?

— Bien sûr.

Je sors de mon sac l'intégrale de *Grosse Pointe*, une série Warner Bros. du début des années 2000 que nous adorions quand nous étions gamines, mais qui a si mal marché qu'elle n'est disponible sur aucune plate-forme de streaming. C'est une sitcom sur les coulisses d'une série WB fictive. Ce que nous pouvions être méta...

J'ai commandé les DVD et apporté mon vieil ordinateur. Celui qui a dix ans et est encore équipé d'un lecteur.

— Décidément, tu as pensé à tout.

J'envoie valser mes chaussures pour grimper dans le lit avec Bella. Mon jean est trop serré. J'abhorre les gens qui se promènent en tenue de sport. Jamais je ne pourrais vivre à Los Angeles : trop de Lycra. Néanmoins, alors que je m'assois en tailleur, je dois bien admettre que ce serait plus confortable si le tissu s'étirait un peu. Bella porte un pyjama en soie sur lequel sont brodées ses initiales. Elle entreprend de se lever, ce qui me met aussitôt en état d'alerte.

— Qu'est-ce que tu fais ?

— Tout va bien. Je veux juste un verre d'eau.

— Je m'en occupe.

Elle lève les yeux au ciel, mais se remet sous la couette. Dans la cuisine, Svedka, l'infirmière, lave rageusement la vaisselle. Elle lève les yeux sur moi et me lance un regard presque assassin.

— Qu'est-ce que vous voulez ? aboie-t-elle.

— De l'eau.

Elle sort du placard un verre issu d'un set que Bella a acheté à Venise et le remplit tandis que je balaie du regard le salon aux couleurs joyeuses, aux touches vives de bleu, de pourpre et de vert forêt. Les rideaux forment des cascades délicates de soie violette et des œuvres d'art, collectionnées au fil des années dans tous les endroits que Bella a visités, ornent les murs. « Il faut acheter uniquement ce qu'on aime, se plaît-elle à répéter. Ce sont des investissements pour notre bonheur à venir. »

Mais je n'ai pas l'œil pour ça. Toutes les œuvres que je possède, Bella les a choisies pour moi. La plupart sont des cadeaux qu'elle m'a offerts.

Svedka me tend le verre d'eau et fait un geste du menton en direction de la chambre.

Je me surprends à lui faire une petite révérence de la tête avant de filer sans demander mon reste.

Je donne son verre à Bella, reprends ma place à côté d'elle et lui avoue :

— Elle me fait peur.

Elle rit. Le son tintinnabule comme un mobile dans le vent.

— On peut compter sur Jill pour trouver un moyen de rendre cette situation encore plus anxiogène. Comment tu as fait pour dégoter ça ? demande Bella en arrachant le film plastique qui emballe le coffret.

— Amazon.

— J'espère qu'il fonctionne encore, dis-je en ouvrant l'ordinateur, qui ne s'allume pas tout de suite. Je ne l'ai pas utilisé depuis des siècles.

L'engin crachote et grogne. Une lumière bleue apparaît et se fige. Puis l'écran d'accueil s'éclaire en fanfare, comme pour se vanter. *Toujours au top.*

Lorsque je mets un DVD dans le lecteur, un vrombissement retentit et nous retrouvons nos vieux amis. Un agréable et réconfortant sentiment de nostalgie envahit la pièce. Bella s'installe confortablement et pose sa tête sur mon épaule.

— Tu te souvins de *Stone* ? murmure-t-elle. Mon Dieu, j'adorais cette série.

Je laisse le début des années 2000 nous emporter pendant les deux heures et demie suivantes. À un moment, Bella s'endort. Je mets la série sur pause et me glisse hors du lit pour aller consulter mes e-mails au salon. J'en ai un de la part d'Aldridge :

Peut-on se voir lundi matin ? À 9 heures dans mon bureau.

Et merde.

Aldridge ne m'écrit jamais, et encore moins le week-end. Il va me renvoyer, c'est sûr. J'ai à peine mis les pieds au bureau ces jours-ci. Je suis à la traîne sur la diligence raisonnable d'un dossier et je tarde à répondre à mes e-mails.

— Dannie ? appelle Bella depuis la chambre.

Je me lève et la rejoins. Elle s'étire paresseusement avant de grimacer.

— J'avais oublié les points de suture.

— Qu'est-ce que je peux faire ?

— Rien. Ça va passer.

Elle se redresse lentement pour s'asseoir et plisse les yeux sous le coup de la douleur.

— Tu devrais manger quelque chose.

Comme si elle nous espionnait, Svedka apparaît sur le seuil.

— Je vous apporte à manger ?

Bella hoche la tête.

— Je veux bien un sandwich. Est-ce qu'on a du fromage ?

Svedka acquiesce et tourne les talons.

— Tu crois qu'elle a planqué un Babyphone dans ma chambre ? souffle Bella.

— C'est fort possible.

Soudain, je vois qu'une tache pourpre est en train de se former sur son pyjama gris. Elle saigne.

Je montre la tache du doigt et ordonne d'une voix forte :

— Bella. Ne bouge pas.

Toujours sur le qui-vive, Svedka revient aussitôt.

— Ça va. Ça ne fait rien, assure Bella.

Néanmoins, elle bat des paupières et semble soudain nerveuse et fatiguée.

Svedka se précipite vers elle, soulève son pyjama et sort de sa poche de la gaze et de la pommade, à la manière de Mary Poppins. En un instant, elle change le pansement. Comme neuf.

— Merci, dit Bella. Tout va bien. Vraiment.

En fin d'après-midi, la porte s'ouvre et Aaron entre dans la chambre. Il a des sacs plein les bras. Des courses, des cadeaux. Le visage de Bella s'illumine.

— Désolé, impossible de t'abandonner plus longtemps. Tu aimes mieux que je nous prépare quoi ? Thaï, italien ou sushi ?

Il pose ses sacs et se penche pour l'embrasser en prenant son visage dans ses mains.

— Greg cuisine, me dit Bella sans le lâcher des yeux.

— Je sais.

— Tu veux rester dîner ? propose-t-elle en souriant.

Je pense à la liasse de dossiers que je dois traiter. À l'e-mail d'Aldridge.

— C'est gentil, mais je crois que je vais rentrer. Amusez-vous bien tous les deux. Et enfilez une armure avant d'entrer dans la cuisine, j'ajoute en lançant un regard à Svedka, qui garde la porte en fronçant les sourcils.

Pendant que je rassemble mes affaires, Aaron monte sur le lit. Tout habillé, il s'installe de façon qu'elle puisse se nicher dans ses bras. La dernière chose que je vois avant de partir, c'est sa main effleurant délicatement le ventre de Bella, et ce qui se cache dessous.

CHAPITRE 25

Nous sommes lundi matin. Il est 8 h 58 et je suis dans le bureau d'Aldridge.

Assise dans un fauteuil, j'attends qu'il revienne d'une réunion d'associés. Je porte un nouveau tailleur Theory avec un chemisier en soie. Rien de frivole. La rigueur incarnée. Je tapote mon dossier du bout de mon stylo. J'ai apporté tous nos contrats récents, les succès auxquels j'ai contribué, voire dans certains cas que j'ai supervisés.

— Mademoiselle Kohan, lance-t-il en entrant dans son bureau. Merci d'être venue.

Je me lève et lui serre la main. Il porte un costume trois-pièces Armani sur mesure, une chemise rose et bleu et une pochette assortie. Aldridge adore la mode. J'aurais dû m'en souvenir, je n'aurais pas opté pour une tenue aussi banale.

— Comment allez-vous ? s'enquiert-il.

— Bien. Merci.

Il hoche la tête.

— J'ai observé votre travail dernièrement. Et je dois dire que…

Je ne résiste pas. Je l'interromps.

— Je suis désolée si j'ai été distraite. Ma meilleure amie est très malade, mais rien n'a changé. Mon travail est tout pour moi et je ferai tout ce qui est en mon pouvoir pour vous le prouver. J'ai passé en revue tous mes dossiers en cours ce weekend, et nous sommes dans les temps avec la fusion Karbinger.

Aldridge me fixe, perplexe.

— Votre amie est malade ? Que lui arrive-t-il ?

— Elle a un cancer des ovaires.

Les mots sont à peine sortis de ma bouche que je les vois posés sur la table entre nous, diaboliques, sanglants. Ils suintent et débordent sur tout. Ma pile de contrats, les documents d'Aldridge, son superbe costume Armani.

— Je suis sincèrement désolé de l'apprendre. Ça semble sérieux.

— Ça l'est.

Il secoue la tête.

— Bénéficie-t-elle d'un bon suivi ?

— Par chance, oui. Les meilleurs médecins s'occupent d'elle.

— Bien. Tant mieux. Écoutez, Dannie, si je vous ai convoquée ce matin, ce n'est pas pour vous réprimander quant à votre travail, au contraire. J'ai été très impressionné par vos initiatives ces derniers temps.

— Je ne vous suis pas.

Il laisse échapper un petit rire.

— Je vois ça. Connaissez-vous QuTe ?

— Bien sûr.

C'est l'un de nos clients, une entreprise de hightech connue surtout pour sa fonction de recherche, un moteur dans le genre de Google. Elle est relativement nouvelle dans l'industrie et sa politique de développement est intéressante et créative.

— Les fondatrices sont prêtes à ouvrir leur capital.

J'écarquille les yeux.

— Vraiment ?

Ce sont deux femmes, Jordi Hills et Anya Cho, qui ont donné naissance à QuTe dans une chambre de résidence universitaire à Syracuse. La fonction de recherche est dotée d'une terminologie et de résultats plus modernes que les moteurs traditionnels. Par exemple, une recherche sur « Audrey Hepburn » va d'abord vous donner le documentaire Netflix réalisé sur elle, puis *E! True Hollywood Story*, suivi de sa présence dans les programmes modernes du réseau CW et de conseils pour reproduire son style vestimentaire. Plus bas dans la liste, des biographies et sa filmographie. Le concept est génial. Une véritable mine de culture populaire.

— À ma connaissance, elles n'avaient pas la moindre intention de vendre.

— Elles ont changé d'avis. Nous avons besoin de quelqu'un pour superviser la procédure…

Je retiens mon souffle et mon cœur se met à battre la chamade. Le sang pulse dans mes tempes, l'adrénaline court dans mes veines, accélère, décolle…

— … et j'ai pensé à vous en tant que collaboratrice principale sur ce dossier.

— Oui ! m'exclamé-je en criant presque. J'en serais honorée.

— Pas si vite. Avant d'accepter, vous devez savoir que cela impliquera d'aller en Californie et de partager votre temps entre la Silicon Valley et

Los Angeles. C'est là que vivent Jordi et Anya et elles tiennent à travailler autant que possible depuis leurs bureaux de L.A.

— Pas de problème.

— En outre, il faudrait commencer rapidement. Au début du mois prochain, je dirais.

— Puis-je vous demander qui est l'associé chargé du dossier ?

— C'est moi, répond-il avec un sourire qui dévoile ses dents d'une blancheur surréaliste. Vous savez, Dannie, je me suis toujours retrouvé en vous. Vous êtes dure avec vous-même. Je l'étais aussi.

— C'est parce que j'adore mon métier.

— Je le sais. Mais il est important de vous assurer que ce métier ne vous malmène pas.

— Nous sommes avocats d'affaires. Ça fait partie de la fiche de poste.

Aldridge rit.

— C'est possible. Néanmoins, je pense que je n'aurais pas tenu aussi longtemps si nous n'étions pas parvenus à une sorte d'accord.

— Nous, c'est-à-dire ? Vous et votre métier ?

Aldridge retire ses lunettes et me regarde droit dans les yeux.

— Moi et mon ambition. Loin de moi l'idée de vous dire comment gérer votre vie. Je continue à travailler quatre-vingts heures par semaine et mon mari a envie de me tuer, le pauvre. Mais…

— … vous connaissez les règles du jeu.

Il sourit et remet ses lunettes.

— Exactement. Je connais les règles.

***

L'évaluation de l'introduction en Bourse de QuTe doit commencer mi-novembre, et le mois d'octobre est déjà bien avancé. J'appelle Bella pendant ma pause déjeuner, en mangeant une salade Sweetgreen. Elle semble reposée. Les filles de la galerie sont avec elle pour passer en revue une nouvelle exposition. Elle n'a pas vraiment le temps de discuter. Bien.

Je quitte le bureau relativement tôt et décide de passer chercher un des plats préférés de David (le teriyaki de chez Haru) et de lui faire la surprise de le retrouver à la maison. Nous n'avons fait que nous croiser ces temps-ci. Je crois que notre dernière véritable conversation a eu lieu à l'hôpital. Et nous avons à peine avancé sur les préparatifs du mariage.

Je décide de marcher. Il n'est pas encore 18 heures, David ne rentrera pas avant deux bonnes heures et il fait un temps magnifique. Un de ces premiers jours d'automne à la fraîcheur vivifiante : on pourrait porter un pull, mais le soleil brille encore de tous ses rayons alors un tee-shirt suffit. Une brise délicate et languide souffle sur la 5e Avenue et la ville est animée de sa joyeuse routine.

Je me sens d'humeur si festive qu'en passant devant un magasin de lingerie Intimissimi je décide d'y entrer.

Je pense à David et à notre vie sexuelle. À nos ébats agréables, fiables, satisfaisants. Je n'ai jamais été de ces personnes qui aiment qu'on leur tire les cheveux ou qu'on leur donne la fessée. Je n'apprécie pas vraiment d'être au-dessus. Est-ce que c'est un problème ? Peut-être que je ne suis pas très concernée par ma sexualité. Bella me l'a (trop) nonchalamment suggéré à plusieurs occasions.

Le magasin est rempli de jolies choses en dentelle. Des soutiens-gorge avec des petits nœuds et des culottes assorties. Des négligés à volants. Des peignoirs en soie.

Je choisis un caraco en dentelle noire et le shorty assorti. C'est très différent de ce que je porte d'habitude, tout en me ressemblant quand même. Je paie sans essayer puis me dirige vers Haru. J'appelle en chemin pour passer ma commande. Inutile d'attendre.

***

Je n'en reviens pas de ce que je suis en train de faire. Lorsque j'entends la clé de David dans la serrure, j'ai envie de courir me cacher dans notre chambre, mais il est trop tard. L'appartement est constellé de bougies et la voix de Barry Manilow résonne en fond sonore. On se croirait dans un cliché de comédie érotique des années 1990.

David entre, pose ses clés sur la table et son sac sur le comptoir de la cuisine. C'est seulement lorsqu'il se baisse pour retirer ses chaussures qu'il remarque le décor. Puis qu'il m'aperçoit.

— Waouh !

— Bienvenue à la maison.

Je porte l'ensemble que j'ai acheté, avec un peignoir en soie noire que l'on m'a offert pour mon anniversaire il y a des siècles. Je rejoins David et lui tends l'extrémité de la ceinture noire qui le ferme.

— Tire, dis-je comme si j'étais quelqu'un d'autre.

Il s'exécute. Le peignoir s'ouvre, et je le laisse glisser de mes épaules jusqu'à ce qu'il forme une flaque de soie sur le plancher.

— C'est pour moi, tout ça ? demande-t-il en effleurant la bretelle de mon caraco.

— Si ce n'était pas pour toi, ce serait vraiment louche.

— C'est vrai.

Il joue avec la bretelle, la fait glisser de mon épaule. Une brise se faufile par la fenêtre ouverte et fait danser la flamme des bougies.

— J'aime beaucoup, déclare-t-il.

— Tant mieux.

Je lui retire ses lunettes, les pose sur le canapé. Puis je commence à déboutonner sa chemise blanche Hugo Boss. Je la lui ai offerte pour Hanoukka il y a deux ans, avec une autre chemise rose et une troisième, bleue à rayures. Il ne porte jamais la bleue. C'était pourtant ma préférée.

— Tu es vraiment sexy. Tu ne t'habilles jamais comme ça.

— C'est mal vu au bureau, même le vendredi.

— Tu sais ce que je veux dire.

Je défais le dernier bouton et lui ôte sa chemise. D'abord une manche, puis l'autre. Je me colle à lui pour sentir les poils de son torse contre ma peau.

— On va dans la chambre ?

Je hoche la tête.

Tout à coup, il m'embrasse avec fougue au milieu du salon. Son geste me prend tellement par surprise que je recule d'un pas à la fin du baiser.

— Quoi ? demande-t-il d'un air inquiet.

— Rien. Recommence.

Il recommence. M'embrasse jusqu'à la chambre. M'embrasse tandis qu'il me déshabille. M'embrasse sous les draps. Et, lorsqu'il n'y a plus que nous, juste là, au bord du précipice, il relève la tête et…

— Quand est-ce qu'on se marie ?

J'ai le cerveau en miettes après cette journée, après ce dernier mois, après le verre et demi de vin que j'ai bu pour me donner le courage de préparer ma petite mise en scène.

— David, est-ce qu'on peut parler de ça plus tard ?

Il dépose un baiser dans mon cou, sur ma joue, sur le bout de mon nez.

— Oui.

Et il entre en moi. Il va et vient avec une lenteur délibérée et je vole en éclats avant même d'avoir commencé. Il continue à bouger au-dessus de moi longtemps après que j'ai repris mes esprits. Nous sommes deux constellations qui se frôlent : chacune voit la lumière de l'autre sans parvenir à l'atteindre. Qu'il puisse y avoir une telle distance dans un moment aussi intime paraît impossible. C'est peut-être ça, l'amour. Non pas l'absence de distance, mais l'acceptation de son existence, la prise de conscience qu'il y a quelque chose entre une personne et une autre, une chose qui permet de ne pas faire qu'un, mais d'être différents. D'être deux.

Pourtant je n'arrive pas à me défaire d'un pressentiment. Une sensation qui s'est infiltrée dans mon corps, jusque dans la moindre fibre de mon être et qui monte, grandit, m'envahit et menace de déborder : ce que j'ai gardé enterré, verrouillé au fond de moi depuis presque cinq ans, est exposé à cet instant de lumière.

Je ferme les yeux afin de ne plus le voir. Je garde les paupières closes. Et, quand je les rouvre enfin, David me dévisage avec une expression que je ne lui ai jamais vue. Il me regarde comme s'il était déjà parti.

CHAPITRE 26

Je vais chez Bella et lui prépare des dizaines de sandwichs au beurre de cacahuète et à la confiture. C'est la seule chose que je sais « cuisiner », à vrai dire. Les filles de la galerie passent la voir. Nous commandons à manger chez Buvette, et c'est le serveur préféré de Bella qui nous livre. Puis les résultats de l'opération arrivent. Les médecins avaient raison : stade trois.

C'est dans le système lymphatique, mais pas dans les organes voisins. Bonne nouvelle, mauvaise nouvelle. Bella commence la chimio et, aussi impossible et fou que ça puisse paraître, nous continuons à organiser le mariage pour dans deux mois. J'ai trouvé un nouvel organisateur, recommandé par une employée du cabinet (le dernier n'ayant pas apprécié notre absence à notre premier rendez-vous). Il a carrément écrit un livre sur le mariage : *Comment se marier. Style, menu et tradition*, de Nathaniel Trent. Bella me l'a acheté et je le feuillette au bureau, reconnaissante d'être dans ce cabinet féroce qui n'exige pas de moi que je m'extasie devant des pivoines.

Nous devons choisir une salle. Nathaniel nous parle d'un loft dans le centre qui, d'après lui, est « le top en termes d'espace brut à Manhattan ». Ce qu'il omet de dire, c'est que tous les beaux hôtels sont pris et que nous ne trouverons pas mieux. Un couple a annulé son mariage. Nous avons de la chance.

Un tel lieu implique davantage de décisions (puisque la salle est vide, il faut absolument tout apporter), mais les rares hôtels disponibles sont fades ou ont des airs de salle de réunion, alors nous décidons de suivre Nathaniel.

Au début, la chimio ne chamboule pas trop Bella. C'est une championne.

— Je me sens super bien, m'assure-t-elle sur le chemin du retour de sa deuxième séance. Pas de nausée, rien du tout.

J'ai lu que les débuts étaient trompeurs. Il y a une phase où tout est en suspens, avant que les produits chimiques n'atteignent les tissus, ne s'y infiltrent et ne commencent réellement à faire des dégâts. Mais je garde espoir, bien sûr. Je respire.

Je parcours les documents de l'introduction en Bourse de QuTe. Aldridge s'est déjà rendu en Californie pour rencontrer Jordi et Anya et je dois partir dans trois semaines. C'est le dossier rêvé. Deux jeunes entrepreneuses, un directeur associé qui chapeaute le tout, un accès complet à l'opération. Et, pourtant, j'ai des doutes.

— Évidemment qu'il faut que tu y ailles, me dit David au-dessus d'un verre de vin et d'une salade grecque.

— Je vais devoir passer un mois à Los Angeles. Qu'est-ce qu'on fait du mariage ? Et de Bella ? Je ne pourrai pas l'accompagner à ses rendez-vous.

— Bella va bien. Elle aussi trouve que c'est une excellente opportunité.

— Ça ne veut pas dire que je doive l'accepter pour autant.

David prend son verre et boit une gorgée de ce vin rouge que nous avons acheté lors d'une dégustation à Long Island, à l'automne dernier. C'était le préféré de David. Je me rappelle l'avoir bien aimé, sans plus. Comme ce soir. C'est du vin.

— Parfois, il faut prendre des décisions rien que pour toi. Ça ne fait pas de toi une mauvaise amie, ça signifie seulement que tu passes en priorité. Comme ça doit être le cas dans cette situation précise.

Je ne le lui dis pas, parce que je suppose, ou plutôt je sais qu'il me ferait la leçon, mais je ne passe pas en priorité. Je ne l'ai jamais fait. Pas quand il s'agit de Bella.

Alors je change de sujet.

— Nathaniel a dit que nous devrions opter pour les lys tigrés. Apparemment, les roses, c'est totalement dépassé.

— C'est vrai ? C'est un mariage, quand même.

Je hausse les épaules.

— Personnellement, ça m'est égal. Et toi ?

Il boit une autre gorgée et semble y réfléchir vraiment avant de déclarer :

— Pareil.

Nous gardons le silence un instant.

— Qu'est-ce que tu veux faire pour ton anniversaire ? me demande-t-il.

Mon anniversaire. La semaine prochaine. Le 21 octobre. Trente-trois ans. « Ton année magique », m'a dit Bella. « Ton année miraculeuse. »

— Rien. Ça n'a pas d'importance.

— Je nous réserverai une table quelque part.

Il se lève et va se resservir en tzatziki et en aubergine grillée. C'est dommage qu'aucun de nous ne cuisine. On aime tellement manger.

— Qui pourrait nous marier ? demande David. Tu veux que je demande les coordonnées du rabbin Shultz à mes parents ?

Je hausse les sourcils, vaguement agacée.

— Je croyais que tu les avais déjà.

— Non, répond-il sans se retourner.

C'est ça, le mariage, je le sais. Les prises de bec et le confort, les malentendus et les longs silences. Des années de soutien, d'affection et d'imperfection. J'ai toujours cru qu'arrivés à ce stade nous serions déjà mariés depuis longtemps. Et à cet instant, je me surprends à éprouver une pointe de soulagement à l'idée que David n'ait pas les coordonnées du rabbin. Peut-être qu'il n'est pas encore tout à fait prêt lui non plus.

***

Le samedi, j'accompagne Bella à sa séance de chimio. Elle devise amicalement avec Janine, une infirmière dont la blouse blanche est rehaussée d'un arc-en-ciel peint à la main. Les traitements sont administrés dans un centre sur la 102e Rue Est, à deux pâtés de maisons de la clinique où Bella a été opérée. Au deuxième étage du Centre de traitement Ruttenberg, les fauteuils sont confortables et les couvertures douces. Bella se couvre d'un plaid en cachemire avant que l'infirmière pose sa perfusion.

— Janine me garde des affaires dans un panier ici, me murmure-t-elle avec un air de conspiratrice.

Aaron nous rejoint et nous passons le temps en suçant des glaces à l'eau. Deux heures plus tard, nous sommes dans l'Uber qui nous ramène dans le centre quand, soudain, Bella agrippe mon bras.

— Est-ce qu'on peut s'arrêter ?

Puis, sur un ton plus pressant à l'adresse du chauffeur :

— Arrêtez-vous !

Il s'exécute, à l'intersection de Park Avenue et de la 39e. Bella enjambe Aaron, entrouvre la portière et vomit dans le caniveau. Les nausées sont féroces. Elle rend les restes de sa glace en même temps que de la bile.

— Aaron, tiens-lui les cheveux.

Il obéit, tout en lui massant doucement le dos.

Je me tourne vers le chauffeur qui, par chance, s'abstient de tout commentaire.

— Est-ce que vous avez des mouchoirs ?

— Tenez.

Il me tend une boîte, décorée de nuages. Bella en prend plusieurs et s'essuie la bouche.

— Bon, eh bien… c'était marrant.

Aaron et moi la fixons en silence.

— Je vais bien, affirme-t-elle en balayant nos inquiétudes d'un geste de la main.

Elle reprend sa place sur la banquette, mais quelque chose a changé en elle. À présent, elle a conscience de ce qui l'attend et sait qu'elle devra y faire face seule. Je ne peux pas la soulager. Je ne peux même pas partager ça avec elle. J'ai le réflexe de tendre la main vers elle, de tenter de continuer à la faire parler, mais elle serre les dents, la tête appuyée contre l'épaule d'Aaron. Sa poitrine monte et descend, au rythme de sa respiration. La première preuve est là et elle n'augure rien de bon.

Aaron l'aide à gravir l'escalier. Bella ne s'est pas encore tout à fait remise de son opération, et monter des marches ou se pencher en avant est encore difficile pour elle. Il lui faudra plusieurs mois pour récupérer complètement, et puis il y a aussi la chimio.

Svedka est toujours là, occupée à laver des assiettes déjà propres.

— Viens, dis-je à Bella une fois que nous sommes dans sa chambre. On va te mettre au lit.

Je l'aide à retirer sa veste en cuir chocolat et sa robe bleue à broderies Zimmermann. Lorsqu'elle est déshabillée, je vois ses cicatrices, ses pansements, son corps amaigri. Elle a dû perdre au moins sept kilos en quelques semaines.

Je ravale mes larmes et lui souris.

— Lève les bras.

Elle tend les bras au-dessus de sa tête comme une enfant et je lui enfile un tee-shirt en coton à manches longues, puis un pantalon de jogging molletonné. J'écarte la couette à la housse fraîchement repassée pour qu'elle s'allonge et je retape ses oreillers.

— Tu t'occupes bien de moi, me dit-elle.

Elle prend ma main et la serre. J'ai toujours trouvé qu'elle avait des mains minuscules, trop petites par rapport au reste de son corps.

— Ce n'est pas difficile, avec toi. Tu verras, tu iras mieux en un rien de temps.

On se dévisage pendant un moment. Assez longtemps pour lire dans le regard de l'autre la peur terrible qui nous vrille le cœur à toutes les deux.

— Je t'ai acheté quelque chose ! s'exclame-t-elle tout à coup.

Un sourire illumine son visage et elle ramène une mèche de cheveux derrière son oreille. Des cheveux qu'elle n'aura bientôt plus.

— Enfin, Bella… Ce n'était pas la peine de…

— Non ! proteste-t-elle en secouant la tête. C'est pour ton anniversaire !

— Mon anniversaire, c'est la semaine prochaine.

— Je suis en avance, et alors ? J'ai une excuse pour faire les choses quand ça me chante, tu ne crois pas ?

Je ne réponds pas.

— Greg ! Est-ce que tu peux venir m'aider ?

— Oui ? répond-il aussitôt, déjà dans la pièce.

Excitée, Bella se redresse et montre du doigt un paquet emballé dans du papier cadeau et appuyé contre le mur.

Aaron le soulève. Ça semble peser son poids.

— Je le mets où ? Sur le lit ? demanda-t-il.

— Oui. Là.

Elle s'assoit en tailleur et tapote le matelas pour que je m'asseye à côté d'elle.

— Ouvre.

Le papier est doré, orné d'un ruban en soie blanc et argenté. Bella est la grande spécialiste des paquets cadeaux et l'idée qu'elle ait emballé mon présent elle-même me réconforte. J'ai envie d'y voir un signe, une preuve de stabilité, d'ordre établi. En arrachant le papier, je découvre un grand cadre.

— Retourne-le.

Je m'exécute, avec l'aide d'Aaron.

— J'ai vu une photo sur Instagram et j'ai tout de suite su qu'il te fallait ce truc. Ça m'a pris une éternité pour trouver un original d'Allen Grubesic. Il n'en avait fait que douze, je crois. À la galerie, tout le monde a retourné ciel et terre pour mettre la main sur un exemplaire. On a fini par en dénicher un il y a deux mois, en Italie. Et on s'est jetés dessus. Pitié, dis-moi que ça te plaît…

J'examine la lithographie. C'est une échelle d'acuité visuelle qui dit : « J'étais jeune j'avais besoin d'argent. »

J'ai des fourmis dans les doigts.

— Ça te plaît ? demande tout bas Bella.

J'avale péniblement ma salive.

— Je l'adore.

— Je le savais.

Je me tourne vers Aaron. C'est fou qu'il ne sache pas. Impossible.

— Aaron, qu'est-ce qui est arrivé à l'appartement de Dumbo ?

Bella laisse échapper un petit rire.

— Pourquoi tu l'appelles comme ça ?

— Ça ne fait rien, intervient-il abruptement. Ça ne me dérange pas.

Je reporte mon attention sur le cadeau, effleurant le verre du bout des doigts.

— Je sais que ça ne te dérange pas, mais j'aimerais quand même savoir pourquoi, s'agace-t-elle.

— Ça ne répond pas à ma question, dis-je pour faire diversion. Et donc, l'appartement ?

Bella se tourne à nouveau vers moi, rayonnante.

— Je l'ai acheté.

Mon sang se glace dans mes veines : certes, le sujet houleux s'est dissipé aussi vite qu'il était arrivé, mais tout compte fait j'aurais préféré qu'on continue à en parler.

— Tu plaisantes ?

— Non. Quant au reste, ajoute-t-elle avec un sourire mystérieux, c'est moi que ça concerne pour le moment. Toi, tu le découvriras plus tard.

Je pose le cadre et lui prends les mains.

— Bella, écoute-moi. Tu ne peux pas rénover cet appartement. C'est un bon investissement à l'état brut. Tu l'as acheté, parfait, revends-le. Promets-moi que tu ne vas pas y emménager. Promets-le-moi.

Elle serre mes mains.

— Tu es cinglée. Mais d'accord. Je te promets de ne pas y emménager.

CHAPITRE 27

La chimio passe rapidement de bien à moins bien, puis à horrible. Trop rapidement. Bella passe de fatiguée à affaiblie, puis à épuisée. Elle se creuse. Elle est si maigre que son corps est pratiquement concave. La seule grâce salvatrice, c'est qu'elle ne perd pas ses cheveux. Séance après séance, semaine après semaine. Pas une mèche.

— Cela arrive parfois chez certains patients, m'explique le docteur Shaw.

Il passe la voir pendant ses séances de chimio, afin de s'informer de son état et de passer en revue ses examens sanguins. Aujourd'hui, Jill est là. Ce qui explique pourquoi le docteur Shaw et moi sommes dans le couloir, hors de la chambre où la mère de Bella joue le numéro de la maman dévouée.

— C'est rare, néanmoins. Elle a de la chance.

— De la chance.

L'expression me laisse un goût de pourriture dans la bouche.

— Le mot est mal choisi, en effet. Nous manquons parfois de sensibilité en tant que médecins. Excusez-moi.

— Ça ne fait rien. C'est vrai qu'elle a de beaux cheveux.

Il me sourit. Des Nike colorées dépassent de son jean et semblent indiquer qu'il existe une vie en dehors de ces murs. Retrouve-t-il ses enfants lorsqu'il rentre chez lui le soir ? Comment se défait-il de ce quotidien où des patients se font grignoter de l'intérieur ?

— Là où elle a réellement de la chance, c'est qu'elle est vraiment bien entourée et soutenue. Certains patients doivent affronter cette épreuve seuls.

Ce n'est pas la première fois qu'il me fait cette remarque.

— Elle a encore deux semaines de chimio, puis vous lui faites de nouveaux examens, c'est ça ?

— Oui. Nous avons besoin de vérifier que le cancer a régressé localement. Mais vous savez, Dannie, puisqu'il est dans le système lymphatique, il s'agit plutôt d'endiguer la propagation. Les probabilités de rémission dans le cas de cancer des ovaires…

Je l'interromps.

— Non. Elle est différente. La preuve, elle a encore ses cheveux !

Il pose une main sur mon épaule et la presse doucement. Mais il ne dit rien.

J'aimerais lui poser davantage de questions. Par exemple, lui demander s'il a déjà vu un cas comme celui-ci. Ou à quoi nous devons nous attendre. Je voudrais lui demander de me dire ce qui va se passer. De me donner des réponses. Mais il ne peut pas.

Il ne sait pas. Et les choses qu'il serait en mesure de me dire, je n'ai pas envie de les entendre.

Je retourne dans la chambre. Bella a la tête appuyée contre le dossier de son fauteuil, les yeux clos ; elle les ouvre quand j'arrive devant elle.

— Devine quoi ! me dit-elle d'une voix ensommeillée. Maman va m'emmener dîner et voir la comédie musicale de Barbra Streisand. Tu veux venir ?

Jill s'approche de moi dans son élégant pantalon en crêpe noir et son chemisier en soie fleuri à lavallière.

— Ça va être amusant, m'assure-t-elle. On passera d'abord chez Sardi pour boire des martinis.

— Bella…

La colère bouillonne en moi. Bella peut à peine s'asseoir et elle compte aller au restaurant ? Au théâtre ?

Bella lève les yeux au ciel.

— C'est bon. J'en suis capable.

— Tu n'es pas vraiment censée sortir en ce moment. Le docteur Shaw l'a dit, et il a aussi clairement expliqué que l'alcool pourrait nuire à l'efficacité de ton traite…

— Ça suffit ! Tu te prends pour qui, mon agent de probation ? me lance-t-elle méchamment.

J'ai l'impression de prendre un coup de poing dans le ventre.

— Non, lui réponds-je néanmoins avec le plus grand calme. Je n'essaie pas de t'empêcher de faire quoi que ce soit. Je veux juste faire en sorte que tu ailles le mieux possible. Je suis avec toi depuis le début, j'ai entendu tout ce que t'ont dit les médecins.

Jill ne réagit même pas.

— Moi aussi, rétorque Bella.

Elle attrape sa couverture pour la remonter sur sa poitrine et je remarque à quel point ses jambes sont maigres, aussi fines que des bras. Elle voit que j'ai vu.

— Je vais nous chercher quelque chose à boire, lance Jill. Bella, tu veux du thé glacé ?

— Bella ne boit pas de thé glacé. Elle déteste ça. Elle a toujours détesté.

— Bon, eh bien du café alors !

Sans attendre, elle sort de la pièce, flânant comme si elle passait du rayon pulls au rayon chaussures.

— Qu'est-ce qui ne va pas chez toi ? feule Bella dès que sa mère est partie.

— Qu'est-ce qui ne va pas chez moi ? Qu'est-ce qui ne va pas chez toi, tu veux dire ! Tu ne peux pas faire ça ce soir. Tu le sais. Pourquoi tu te comportes comme ça ?

— Est-ce que ça t'est déjà passé par la tête que tu n'avais peut-être pas besoin de me dire comment je me sens ? Que je suis peut-être assez grande pour le savoir ?

— Non, parce que ce n'est pas le problème.

Elle détourne le regard. Une vague de tristesse s'abat sur moi, mais elle ne fait pas disparaître la colère pour autant. Car moi, c'est ça que je ressens. Et, pour la première fois depuis le diagnostic, je laisse la colère prendre les rênes. Je laisse la rage me balayer, la balayer, balayer ce foutu repaire chimique, et hors de contrôle, je continue.

— La question n'est pas de savoir comment tu te sens, même si on connaît la réponse, à savoir :

au trente-sixième dessous. Tu as vomi trois fois sur le trajet.

— La ferme, m'assène alors Bella.

Elle ne m'a pas dit ça depuis nos douze ans. Nous étions sur la banquette arrière du break de mes parents et nous nous disputions à propos de je ne sais plus quoi, mais ni de sa vie ni d'un cancer.

— Je ne suis pas ton projet. Je ne suis pas une petite fille que tu dois sauver. Tu ne sais pas mieux que moi ce qui est bon pour moi.

Elle tente de se redresser et grimace quand l'aiguille de la perfusion bouge dans son bras. Un tel sentiment d'impuissance m'envahit que j'ai peur de m'effondrer sur son fauteuil.

— Pardon, Bella. Je suis désolée.

Pour tout ce qu'elle traverse. Pour tout.

— Ça va aller. Finis ta séance et je te ramène à la maison.

— Non, décrète-t-elle avec une férocité inébranlable. Je ne veux plus de toi ici.

— Mais Bells, je…

— Arrête avec tes « Bells ». Tu fais toujours ça. Tu as toujours fait ça. Tu crois tout savoir. Mais c'est mon corps, pas le tien, d'accord ? Tu n'es pas ma mère.

— Je n'ai jamais prétendu l'être.

— Pas la peine. Tu me traites comme une enfant. Tu penses que je suis incapable de me gérer. Mais je n'ai pas besoin de toi.

— Bella, c'est ridicule.

— Arrête de venir à mes séances, s'il te plaît.

— Mais, enfin, il est hors de question que je…

— Je ne te demande pas ton avis !

Elle crie presque, à présent.

— Je veux que tu t'en ailles.

Elle avale sa salive. Je sais que ça nécessite un effort. Elle a des lésions dans la bouche.

— Maintenant ! ordonne-t-elle.

Je sors. Jill est là, qui jongle avec thé et café.

— Oh, coucou ma chérie. Cappuccino ?

Je ne réponds pas, la dépasse, marche sans m'arrêter, marche jusqu'à commencer à courir.

Je sors mon portable de ma poche. Avant d'avoir atteint le hall d'entrée, avant de comprendre ce que je suis en train de faire, je cherche son nom dans mon répertoire et j'appuie sur le bouton « appeler ». Il répond à la troisième sonnerie.

— Salut. Qu'est-ce qui se passe ? Elle va bien ?

Je veux parler, mais au lieu de mots c'est un énorme sanglot qui sort de ma bouche. Je m'accroupis dans un coin et laisse libre cours à mes larmes. Des infirmières passent devant moi, indifférentes. C'est l'étage de la chimio, après tout. Rien de nouveau sous le soleil. Rien que la fin du monde, qui se répète encore et encore.

— J'arrive, dit-il avant de raccrocher.

CHAPITRE 28

— Elle ne pensait pas vraiment ce qu'elle disait, m'assure Aaron.

— Si.

Nous sommes dans un café-restaurant sur Lexington, un de ces établissements ouverts jusqu'à pas d'heure qui répond au nom de Big Daddy, ou Daddy Dan, ou quelque chose de cet acabit. Le genre d'endroit qui ne peut pas se permettre d'être dans le centre de Manhattan. J'en suis à ma deuxième tasse de café noir amer. Je ne mérite pas de crème.

Nous sommes en boucle depuis vingt minutes. Aaron a débarqué en courant au centre et m'a trouvée devant l'entrée, assise sur le trottoir.

— Elle a toujours pensé ça. Simplement elle ne l'a jamais dit.

— Elle a peur, c'est tout.

— Elle avait l'air tellement en colère contre moi… Je ne l'avais jamais vue comme ça. On aurait dit qu'elle voulait me tuer.

— C'est elle et elle seule qui traverse tout ça. Et en ce moment, pour tenir, elle a besoin de se sentir capable de tout. Même de boire de l'alcool.

Je me mords la lèvre. Je ne veux pas pleurer à nouveau. En tout cas pas devant lui. Ça me rendrait trop vulnérable, trop proche, trop atteignable.

— Je n'arrive pas à croire que ses parents se comportent de cette façon. Tu ne sais pas comment ils sont… Je t'assure. Tu n'as pas idée.

Aaron retire un cil invisible de sa joue.

— Sûrement. Mais ils ont l'air de se préoccuper d'elle. C'est une bonne chose, non ?

— Ils partiront. Ils partent toujours. Quand elle aura vraiment besoin d'eux, ils seront absents.

Il se penche en avant et je sens l'atmosphère se figer autour de nous.

— Mais, Dannie, ils sont là en ce moment, et elle a vraiment besoin d'eux. Tu ne crois pas que c'est ça le plus important ?

Je me souviens alors de la promesse qu'il m'a faite au coin d'une rue. J'ai toujours cru qu'il n'y avait que Bella et moi. Qu'elle ne pouvait compter sur personne d'autre que moi. Qu'il n'y aurait jamais vraiment personne d'autre que moi.

— Pas s'ils finissent par s'en aller.

Il rapproche encore son visage du mien.

— Je pense que tu te trompes.

— Et moi, je pense que tu ne sais pas de quoi tu parles.

Je commence à me dire que l'appeler était une erreur. Qu'est-ce qui m'a pris ?

— Tu te méprends sur ce qu'est l'amour, Dannie. Tu es convaincue qu'il doit avoir un avenir pour compter, mais ce n'est pas vrai. C'est la seule chose qui n'a pas à devenir quoi que ce soit. Il n'a d'importance que tant qu'il existe. Ici. Maintenant. L'amour n'a pas besoin d'avenir.

Je soutiens son regard. Peut-être qu'il arrive à lire dans le mien. Peut-être qu'il parvient à y voir tout ce qui s'est passé. Peut-être qu'il a fait un bond dans le passé et qu'il sait. À cet instant, j'ai envie de tout lui dire. J'ai envie de tout lui raconter, pour qu'il porte ce fardeau avec moi.

— Aaron…

Son téléphone sonne. Il le sort de sa poche.

— C'est le bureau. J'en ai pour une seconde.

Il se lève et quitte notre box. Je le vois gesticuler près des portes vitrées ornées du nom de l'établissement : Daddy. La serveuse arrive. Souhaite-t-on manger quelque chose ? Je secoue la tête. L'addition, s'il vous plaît.

Elle me tend la note. De toute évidence, elle ne s'attendait pas à ce qu'on s'éternise. Perspicace. Je laisse de l'argent sur la table, j'attrape mon sac et je rejoins Aaron.

— Désolé, dit-il en raccrochant un instant plus tard.

— Pas de problème. Je vais y aller. Il faut que je retourne au bureau.

— On est samedi, fait-il remarquer.

— J'ai été très absente. Et puis, en droit des affaires, le week-end n'existe pas.

Il m'offre un petit sourire. Il a l'air… déçu ?

— Merci beaucoup d'être venu. Vraiment. J'apprécie.

— C'est normal. Tu peux m'appeler n'importe quand. Tu le sais, pas vrai ?

Je souris. Hoche la tête.

Les clochettes accrochées à la porte tintent quand je sors.

CHAPITRE 29

C'est la première semaine du mois de novembre et Bella refuse de m'adresser la parole. Je l'appelle. J'envoie David lui apporter de la nourriture.

— Laisse-lui juste un peu de temps, me conseille-t-il.

Je m'abstiens de souligner l'absurdité de son propos. J'ai déjà du mal à le penser, alors le dire à haute voix…

Le docteur Christine ne s'étonne pas plus de me revoir dans son cabinet que je ne m'étonne d'y retourner. Elle souhaite en savoir plus sur ma famille. Je lui parle de Michael. Son souvenir s'estompe de plus en plus ces temps-ci. Je tente de me concentrer sur les détails. Son rire. Ses cheveux bruns bouclés, ses grands yeux marron. Sa manie de m'appeler « mon pote ». Il m'invitait toujours à venir traîner dans le cabanon au fond de notre jardin, même quand ses amis étaient là. La présence de sa petite sœur n'avait pas l'air de le complexer, contrairement à la plupart des autres grands frères.

On se disputait, bien sûr, mais il m'aimait et il aimait passer du temps avec moi.

Le docteur Christine m'explique que je traverse une période difficile, car je dois apprendre à gérer une vie incontrôlable. Elle omet de préciser, puisqu'elle n'a pas besoin de le dire, que j'échoue lamentablement.

Je continue à me rendre aux séances de chimio de Bella. Simplement, je ne monte plus. Je reste au rez-de-chaussée et je travaille en attendant qu'elle ait fini.

Le mercredi suivant, je suis assise sur un muret en béton entouré d'un feuillage de plantes artificielles. Alors que je suis en train de faire de l'administratif, une voix retentit près de moi :

— Bonjour, madame science infuse.

Je sursaute si fort que je manque tomber de mon perchoir. Je lève les yeux. C'est le docteur Shaw.

— Bonjour, docteur.

— Que faites-vous ici ?

— Bella.

De mon bras libre je montre le plafond, en direction de la chambre où mon amie est allongée pendant qu'on lui injecte ce qu'on doit lui injecter.

— J'en viens, justement.

Il fait un pas vers moi et jette un regard désapprobateur à mon classeur.

— Café ?

— Il n'est pas génial, ici…

J'en ai déjà acheté un à un distributeur un peu plus tôt, mais l'effet s'est vite estompé.

— C'est parce que vous ne connaissez pas les trucs et astuces. Suivez-moi.

Nous traversons le rez-de-chaussée du centre et empruntons un couloir donnant sur un petit atrium avec… un stand Starbucks. C'est comme assister à un miracle. J'écarquille les yeux.

— Je sais, déclare le docteur Shaw face à mon expression ébahie. C'est le secret le mieux gardé de l'hôpital. Venez.

Il m'escorte jusqu'au stand. Une jeune femme d'environ vingt-cinq ans avec deux tresses lui adresse un grand sourire.

— Comme d'habitude ? demande-t-elle.

Il se tourne vers moi.

— Ne le dites à personne, mais je suis un grand amateur de thé. Personne ne le sait à part Irina.

— Tout le monde boit du café à l'hôpital ?

— Oui. Ça fait plus viril.

Il me fait signe d'avancer pour passer ma commande, un café noir allongé, puis le docteur Shaw m'invite à m'installer avec lui à une petite table.

— Merci de m'avoir mise dans la confidence. Mais je ne veux pas vous retenir.

— Une pause ne me fera pas de mal. Savez-vous que les chirurgiens sont réputés pour avoir de très mauvaises manières ?

— Vraiment ? dis-je en feignant l'étonnement, alors que je suis au courant.

— Oui. Nous sommes des monstres d'arrogance. Alors chaque mercredi je fais en sorte de boire un café avec un simple mortel pour garder les pieds sur terre.

Il sourit et je ris car la situation semble l'exiger. Son bipeur sonne. Il y jette un œil et le pose sur la table.

— Alors, comment va Bella, d'après vous ? s'enquiert-il.

— Je n'en sais rien. Vous la voyez davantage que moi ces temps-ci.

Il fronce les sourcils, perplexe.

— Nous nous sommes disputées. Je suis interdite d'accès.

— Je suis navré de l'apprendre. Que s'est-il passé ?

Consciente du peu de temps dont il dispose, je vais droit au but :

— Je suis autoritaire.

Il rit. Il a un rire agréable, presque trop agréable pour un endroit comme celui-ci.

— Les querelles sont fréquentes dans ce genre de situation. Ça lui passera, vous verrez.

— Je n'en suis pas si sûre.

— Faites-moi confiance. Dans tous les cas, vous êtes toujours là, ce qui est déjà bon signe. S'il y a bien une chose que j'ai apprise, c'est que ce genre d'expérience ne doit jamais être placé au-dessus du niveau de trivialité du genre humain. Ça ne marche pas.

— Je ne suis pas sûre de comprendre.

— Ce que j'essaie de vous dire, c'est que vous êtes toujours la même personne, et elle aussi. Vous continuez à ressentir des émotions. Vous aurez encore des disputes. Vous pouvez toujours essayer de jouer les amies parfaites, ça finira par se retourner contre vous. Alors ne changez rien. Les choses finiront par s'arranger.

Son bipeur sonne à nouveau. Cette fois, il remet en place le couvercle de son thé.

— Malheureusement, le devoir m'appelle.

Il se lève et me tend la main.

— Tenez le coup. Je sais que c'est dur, mais maintenez le cap. Vous vous en sortez très bien.

Je reste là encore une heure, jusqu'à ce que la séance de Bella soit finie et que j'aie la certitude qu'elle a bien quitté les lieux. Sur le chemin de la maison, j'appelle David, mais il ne répond pas.

***

La semaine suivante, au lieu d'être à l'hôpital, je suis dans un avion avec Aldridge, direction Los Angeles. Il doit rencontrer un autre client pendant notre séjour, un géant pharmaceutique qui a mis son jet privé à notre disposition. Nous embarquons avec Kelly James, un associé plaideur avec qui j'ai dû échanger tout au plus une vingtaine de mots au cours de mes cinq ans chez Wachtell.

Je m'installe dans un fauteuil au fond de l'appareil, la mort dans l'âme. J'étais pourtant aux anges lorsque j'ai dit oui à Aldridge.

— Tu as pris la bonne décision, me rabâchait encore David hier soir. Ça peut avoir des répercussions énormes sur ta carrière. Et tu adores ce cabinet.

— Je sais. Mais je ne peux pas m'empêcher de me dire qu'on a besoin de moi ici.

— On va survivre. Promis.

Me voici donc en train de survoler une chaîne de montagnes, direction l'océan.

Nous séjournons au Casa del Mar, à Santa Monica. L'hôtel donne directement sur la plage. Ma chambre est au rez-de-chaussée, avec une terrasse qui s'étend jusqu'à la promenade. La décoration est un mélange de shabby chic façon Hamptons et d'opulence européenne. J'aime beaucoup.

Il n'est que 11 heures lorsque j'arrive. Avec le décalage horaire, nous avons gagné une demi-journée à traverser le pays, et nous ne retrouverons pas Jordi et Anya avant le dîner.

Je décide de mettre un short, un tee-shirt et un chapeau (ma peau judéorusse ne s'est jamais bien entendue avec le soleil), et de marcher jusqu'à la plage. La température est clémente et augmente graduellement (il devrait faire plus de 30 °C au plus fort de la journée), mais l'océan apporte une brise rafraîchissante idéale. Pour la première fois depuis des semaines, j'ai le sentiment de faire un peu plus que survivre.

Le dîner doit avoir lieu à l'Ivy at the Shore. Le restaurant ne se trouve qu'à quelques minutes à pied de l'hôtel, mais Aldridge commande tout de même un taxi. Kelly se trouvant en ville pour voir un client, nous ne sommes que tous les deux. Entre ma robe droite bleu marine à motif lilas et mes espadrilles, jamais je n'ai porté une tenue aussi décontractée dans le cadre du travail. Mais c'est la Californie, les femmes que nous nous apprêtons à rencontrer sont jeunes, nous sommes au bord de la mer et j'avais envie de porter des fleurs.

Pendant le trajet, je remarque qu'Aldridge porte un costume gris clair et une chemise lilas. Si on nous prenait en photo, on pourrait croire que nous avons volontairement assorti nos tenues.

Nous arrivons au restaurant les premiers. J'examine les tables et les chaises en rotin, les coussins rehaussés de fleurs, les convives qui trinquent en riant. L'endroit respire la bonne humeur et la décontraction, tout en étant élégant.

Nous nous asseyons.

— Je vous préviens, je vais commander la salade de calamar, avertit Aldridge. Elle est délicieuse.

— Doit-on passer quoi que ce soit en revue ? J'ai les statistiques de la société en mémoire, mais…

— C'est juste une réunion pour faire connaissance et les mettre à l'aise, m'interrompt-il d'un ton rassurant. Vous connaissez les ficelles.

— Ce n'est jamais « juste » une réunion.

— C'est vrai. Mais dans un cas comme celui-ci, lorsqu'on arrive avec un plan en tête, on obtient rarement le résultat souhaité.

Jordi et Anya arrivent ensemble. Jordi est très grande. Avec son pantalon taille haute, son pull à col boule et ses cheveux détachés encore humides, elle me fait penser à Bella. Un rêve bohémien éveillé. Anya porte un jean, un tee-shirt, une veste. Ses cheveux courts sont ramenés en arrière et elle a un regard particulièrement expressif.

— Est-ce que nous sommes en retard ? demande-t-elle.

Ses yeux trahissent sa nervosité. Je ne m'inquiète pas. Je sais que nous allons les apprivoiser.

— Pas du tout, la rassure Aldridge. C'est nous qui étions en avance. Les New-Yorkais oublient toujours que la circulation n'est pas aussi infernale ici.

Jordi s'assoit à côté de moi. Son parfum entêtant et dense m'enveloppe.

— Mesdames, j'aimerais vous présenter Danielle Kohan, notre meilleure collaboratrice. C'est une avocate extrêmement brillante qui a été d'une aide précieuse pour l'évaluation de votre introduction en Bourse.

— Appelez-moi Dannie, leur dis-je en leur serrant la main.

— Nous adorons Aldridge, me confie Jordi. Mais est-ce qu'il a un prénom ?

— Il ne doit être prononcé sous aucun prétexte.

Puis j'articule silencieusement : *Miles.*

Aldridge sourit.

— Que buvons-nous ce soir ? nous demande-t-il.

Comme par magie, un serveur apparaît. Aldridge commande une bouteille de champagne et une bouteille de vin rouge pour le dîner.

— Combien de temps pensez-vous que cela va prendre ? demande Anya.

— Le dîner, ou l'introduction en Bourse ? s'enquiert Aldridge sans lever le nez de son menu.

— Je vous suis depuis un moment, et j'admire beaucoup votre travail. J'adore ce que vous avez apporté à l'industrie.

Jordi me sourit.

— Merci, c'est vraiment…

Anya l'interrompt.

— Nous n'avons rien apporté à l'industrie. Nous en avons créé une nouvelle.

Elle lance un regard désapprobateur à Jordi comme pour lui dire : *Reprends-toi.*

Je les observe l'une et l'autre.

— Si je puis me permettre… Pourquoi maintenant ? Je dois dire que je suis curieuse.

Là-dessus, Aldridge lève les yeux de son menu et interpelle un serveur qui passe par là.

— Nous aimerions la salade de calamar, s'il vous plaît, indique-t-il en m'adressant un clin d'œil.

Jordi se tourne vers Anya, comme si elle ne savait pas exactement quoi répondre. Je sens une autre question me brûler les lèvres, mais, puisque le sujet n'a même pas encore été abordé, je me mords la langue. Pas maintenant.

— Nous avons atteint un stade où nous ne voulons plus travailler aussi dur qu'avant sur ce projet, se lance Jordi. Nous aimerions utiliser l'argent de l'introduction en Bourse pour en financer de nouveaux.

Je sens le discours bien huilé. Les mots mesurés, calculés. Peut-être que tout cela est vrai, mais mon intuition détecte un manque total d'authenticité. Alors j'insiste.

— Pourquoi vous départir du contrôle de quelque chose qui vous appartient alors que rien ne vous y oblige ?

Jordi se lance dans la contemplation de son verre d'eau. Anya plisse les yeux. Aldridge se tortille sur sa chaise. Je ne sais pas à quoi je joue. Et, en même temps, j'ai le sentiment de savoir exactement ce que je fais.

— Êtes-vous en train d'essayer de nous dissuader ? demande Anya. Je croyais que ce dîner était censé marquer le début de l'opération.

Je regarde Aldridge, qui garde le silence. Il n'a pas l'intention de répondre à ma place.

— J'aime comprendre les motivations de nos clients. Cela m'aide à mieux faire mon travail.

Ma réponse plaît à Anya, je le vois bien, et sa tension semble se dissiper.

— En vérité, je ne sais pas trop, avoue-t-elle soudain. Nous en avons pourtant beaucoup discuté, mais Jordi sait que je ne suis pas convaincue.

— Nous avons créé QuTe il y a presque dix ans. Le moment est venu de passer autre chose, argumente Jordi.

Là encore, j'ai l'impression d'entendre un texte appris par cœur.

— Je ne vois pas en quoi conserver le contrôle de QuTe nous en empêche, contre Anya.

Le champagne arrive. Les coupes servies, Aldridge lève son verre.

— À QuTe, à son introduction en Bourse et à la fortune que cela va rapporter.

Nous trinquons, mais les yeux d'Anya restent rivés aux miens. Elle me sonde comme pour me poser la question qui ne sera jamais formulée autour de cette table : *Qu'est-ce que vous feriez à notre place ?*

CHAPITRE 30

Deux heures plus tard, je suis au bar de l'hôtel. Je devrais dormir mais n'y arrive pas. Chaque fois que je ferme les yeux, je pense à Bella : je suis la pire des amies. J'envisage de commander un second martini gin lorsque Aldridge arrive. J'inspire profondément : je suis trop saoule pour deviser avec lui.

— Bonsoir, Dannie. Je peux ?

Sans attendre ma réponse, il prend place à côté de moi.

— La soirée s'est bien passée, je tente, ayant l'impression de manger mes mots.

— Vous étiez très impliquée. C'est bien.

— Formidable, oui, je réplique, pince-sans-rire.

Son regard se pose sur mon verre, avant de revenir sur mon visage.

— Dannie, est-ce que tout va bien ?

Je prends soudain conscience que, si j'ouvre la bouche pour parler, je vais me mettre à pleurer. Jamais je n'ai pleuré devant un supérieur. Jamais. Pas même quand je travaillais au bureau du procureur, alors que nous avions une pièce dédiée aux crises de nerfs. Je bois une gorgée d'eau et repose lentement mon verre.

— Non.

Il fait signe au barman.

— Je vais vous prendre une Ketel avec des glaçons et deux rondelles de citron.

Le barman s'éloigne, mais Aldridge le rappelle.

— En fait non, je vais vous prendre un scotch. Sec.

Il retire sa veste, la pose sur le dossier du tabouret voisin, retrousse délicatement les manches de sa chemise. Son rituel achevé, son verre arrive devant lui et mon envie de pleurer est passée.

— Vous voulez commencer ? Autrement, je peux aussi retirer mes boutons de manchettes.

Je ris. L'alcool a tout libéré. Les émotions flottent juste au-dessous de la surface, libérées des compartiments où je les range d'habitude.

— Je ne suis pas sûre d'être quelqu'un de bien.

J'ignorais avoir cette pensée en tête, mais la prononcer me fait prendre conscience que c'est bel et bien ça qui me hante.

— « Quelqu'un de bien » ? Intéressant.

— Ma meilleure amie est très malade.

— Oui. Je suis au courant.

— Nous nous sommes disputées.

Il boit une gorgée de scotch.

— Que s'est-il passé ?

— Elle me trouve trop autoritaire.

À ces mots, Aldridge a la même réaction que le docteur Shaw : il rit de bon cœur.

— Pourquoi tout le monde trouve ça si drôle ?

— Parce que c'est vrai. Vous l'avez été ce soir, par exemple.

— Est-ce une mauvaise chose ?

— Le temps nous le dira, répond-il en haussant les épaules. Qu'avez-vous ressenti ?

— Justement, c'est là le problème : j'ai adoré ça. Ma meilleure amie est malade, et moi je suis en Californie, à me réjouir d'un dîner de travail. Quel genre de personne fait ça ?

Aldridge hoche la tête, comme s'il venait de comprendre quel était le problème.

— Vous pensez que vous devriez mettre toute votre vie entre parenthèses et rester à son chevet.

— Non. Elle ne veut pas de ma présence auprès d'elle, de toute façon. Simplement, je ne devrais pas me sentir heureuse d'être ici.

— Ah. Je vois. Le bonheur. L'ennemi juré de toute souffrance.

Nous buvons en silence.

— Savez-vous ce que je voulais faire dans la vie, au départ ?

Je le dévisage. Je n'en ai pas la moindre idée. Il faut dire que nous ne sommes pas du genre meilleures copines et confidences.

— C'est sans doute une question piège et vous allez me dire « avocat ».

Il rit.

— Pas du tout. Je voulais être psy. Ça peut sembler étrange comme choix de carrière pour un adolescent, mais ça m'a toujours semblé logique. Mon père était psychiatre. Mon frère l'est aussi, d'ailleurs.

— Psy ?

Je bats des paupières, incapable de masquer ma surprise.

— Je sais. J'aurais été très mauvais. Toute cette écoute… Je ne suis pas fait pour ça.

L'alcool circule dans mes veines. Tout est vaporeux, rosâtre, flou.

— Qu'est-ce qui vous a fait changer d'avis ?

— J'étais inscrit à l'université de Yale. Le premier jour, j'avais un cours de philosophie : « Logique des prédicats, une discussion sur la métathéorie. » Il s'agissait de la faculté de médecine, mais ce professeur était avocat et je me rappelle avoir pensé : *Pourquoi diagnostiquer lorsqu'on peut déterminer ?* Ce n'est pas une tare d'aimer ce que vous faites, Dannie. Vous avez de la chance, au contraire. Dans la vie, tout le monde n'est pas passionné par sa profession. Vous et moi, nous avons remporté cette manche.

— Je n'ai pourtant pas l'impression d'avoir gagné quoi que ce soit.

Il m'observe longuement et finit par poser une main sur mon épaule.

— C'est rarement l'impression que l'on a, en effet. Et, pourtant, ce dîner, ce soir, nous ne l'avons pas cimenté. Vous avez adoré ça parce que pour vous, la victoire réside déjà dans le jeu. C'est comme ça qu'on sait qu'on est fait pour ce métier.

Il retire sa main et vide son verre d'un trait.

— Vous êtes une excellente avocate, Dannie. Et vous êtes aussi une bonne amie, et une bonne personne. Ne laissez pas votre mauvaise opinion de vous-même tout gâcher.

***

Le lendemain matin, je prends en taxi jusqu'à Montana Avenue. Le temps est couvert et le brouillard ne se dissipera pas avant midi, mais nous serons déjà dans l'avion à cette heure-là. Après avoir pris un café à emporter, je me promène le long de la petite rue commerçante, même si tous les magasins sont encore fermés. Quelques mères vêtues de Lycra poussent leurs enfants en poussette tout en discutant. Des cyclistes me dépassent, en route vers Malibu.

J'ai toujours pensé que je ne pourrais jamais vivre à Los Angeles. Que c'était la ville des personnes qui avaient échoué à New York. La solution de facilité. Déménager équivaudrait donc à admettre que j'ai tort. Que tout ce que j'ai toujours dit sur New York est faux. Qu'il n'y a aucun autre endroit où vivre, que les hivers glaciaux ne me dérangent pas, pas plus que rapporter à pied chez moi sous une pluie battante mes énormes sacs de courses. Que je ne rêve pas d'avoir ma propre voiture. Que la vie n'est pas si difficile.

Pourtant, il y a tellement d'espace ici… Assez pour ne pas être obligé de ranger sous le lit ses vêtements d'hiver lorsque l'été arrive. Peut-être même assez d'espace pour faire des erreurs.

Je retourne à l'hôtel en longeant la piste cyclable puis en marchant dans le sable, en direction de l'océan.

Dans le lointain, des surfeurs zigzaguent entre les vagues, se contournent en une succession perpétuelle de mouvements orchestrés. Leurs gestes semblent chorégraphiés comme un grand ballet océanique.

Je prends une photo, puis j'écris *Je t'aime* au-dessous avant de l'envoyer. Que dire d'autre ?

CHAPITRE 31

— C'est vraiment une question d'ivoire ou de blanc.

Je suis chez Mark Ingram, une boutique de robes de mariée dans Midtown. Seule, avec ma coupe de champagne intacte sur la table basse.

Ma mère devait m'accompagner, mais l'université a organisé une réunion de dernière minute pour discuter d'un sujet « hautement confidentiel » (à savoir : les donations pour l'année prochaine), et elle est coincée à Philadelphie. Je suis censée lui envoyer des photos des essayages.

Nous sommes à la mi-novembre et ça fait deux semaines que Bella ne m'a pas adressé la parole. Elle finit son deuxième round de chimio samedi et David m'a conseillé de ne pas la déranger jusque-là. Je l'écoute, mais c'est une torture de ne pas être avec elle. De ne pas savoir.

Nous avons envoyé les faire-part et nous commençons à recevoir des réponses. Nous avons choisi le menu. Commandé les fleurs. Tout ce qui reste à faire, c'est me trouver une robe, alors je suis là. Avec une robe sur le dos.

— Comme je vous l'ai dit, nous n'aurons pas le temps de vous confectionner une robe dans le temps imparti. Tout ce que nous pouvons vous proposer, c'est de retoucher à votre convenance ces modèles en prêt-à-porter.

La vendeuse indique d'un geste les trois robes exposées à ma droite. Une ivoire, deux blanches.

Elle croise les bras, consulte sa montre, paraissant penser que je lui fais perdre son temps, mais elle se trompe. Je représente une commission garantie. Qu'importe ce qu'elle a en rayon, je dois repartir avec une robe aujourd'hui.

— Celle-ci a l'air d'aller, dis-je à propos de celle que je porte et qui est aussi la première que j'ai essayée.

Je n'ai jamais rêvé de me marier. Ça, c'était Bella. Je me souviens d'elle devant ma glace, une taie d'oreiller sur la tête, récitant ses vœux à l'intention du miroir. Elle savait exactement à quoi ressemblerait sa robe : organza de soie avec une déferlante de tulle. Un long voile en dentelle. Elle savait aussi comment elle décorerait la salle : lys blancs, pivoines et une multitude de bougies. Il y aurait une harpiste. Tout le monde s'extasierait lorsqu'elle apparaîtrait et commencerait à se diriger vers l'autel. Les gens se lèveraient tandis qu'elle flotterait vers un homme sans nom et sans visage. Celui qui lui donnerait le sentiment que l'univers entier avait conspiré avec lui pour qu'il obtienne son amour.

Moi, je n'y pensais pas plus que ça. Je savais simplement que je me marierais, comme on sait que l'on se marie en grandissant et que le samedi vient après le vendredi. Puis j'ai rencontré David et toutes les pièces du puzzle se sont emboîtées. J'ai su que j'avais trouvé ce que je cherchais, que nous étions destinés à écrire ces chapitres ensemble, côte à côte. Pour autant, je n'ai jamais réfléchi à la cérémonie. Je n'ai jamais réfléchi à la robe. Je ne me suis jamais imaginé cet instant. Mais, à présent, j'ai le sentiment que si je l'avais imaginé j'aurais très certainement visualisé autre chose.

La robe est en soie et en dentelle, avec une boutonnière dans le dos. J'écarte les bras et constate à quel point le corset tombe mal. Il est trop grand. La vendeuse se précipite sur moi pour resserrer l'arrière de la robe à l'aide d'une grande pince à tissu.

— On peut arranger ça, s'empresse-t-elle d'indiquer.

Elle observe mon reflet dans la glace et la compassion se lit sur ses traits. Quel genre de future mariée vient ici seule et achète la première robe qu'elle essaie ?

— Il ne va pas falloir traîner, mais ça peut s'arranger, insiste-t-elle.

— Merci.

Je me détourne aussitôt. J'ai envie de pleurer, mais elle interpréterait mes larmes comme une manifestation de joie prénuptiale, alors je me retiens. Je n'ai aucune envie d'entendre ses couinements ravis, ni d'endurer son regard complice façon *c'est beau, l'amour.*

— Je la prends.

Elle est perplexe sur le moment, puis son visage s'illumine. Elle vient de réaliser une vente à 3 000 dollars en treize minutes. Sûrement un record. Elle doit croire que je suis enceinte.

— Merveilleux. Cette forme de décolleté vous sied à ravir, ça vous mettra vraiment en valeur. Je vais noter vos mensurations.

Elle prend mon tour de taille, mesure la longueur de l'ourlet, la largeur de mes épaules.

Après son départ, je m'examine à nouveau dans le miroir. Elle se trompe : le décolleté est trop haut. Ça ne me va pas du tout. Ça ne met ni épaules ni la courbe de mon cou en valeur. Un instant, j'envisage d'appeler David. De lui dire que nous devons reporter le mariage. Nous nous marierons l'année prochaine, au Plaza ou au Wheatleigh dans le Massachusetts. Je porterai une de ces robes ridicules faites sur mesure, comme celle d'Oscar de la Renta avec les fleurs en brocart. Nous aurons les plus belles fleurs, le meilleur groupe. Nous danserons sur *The Way You Look Tonight* sous de délicates guirlandes blanc et doré. Il y aura des roses partout. Nous partirons en lune de miel à Tahiti ou Bora-Bora. Nous laisserons nos portables dans notre bungalow pour aller nager jusqu'au bord de la terre. Nous boirons du champagne sous les étoiles et je ne porterai que du blanc dix jours d'affilée.

Nous prendrons toutes les bonnes décisions.

Mais le tic-tac de l'horloge accrochée au mur me rappelle à la réalité. Le tic-tac de la trotteuse ne cesse de nous rapprocher de la date fatidique.

Je retire la robe et me rends à la caisse.

Sur la route de l'appartement, Aaron m'appelle.

— On a reçu les résultats des examens suite à la dernière chimio. Ce n'est pas bon.

Je devrais être surprise, n'est-ce pas ? À la lueur de cette nouvelle, je devrais me figer. La Terre devrait ralentir puis cesser de tourner. Les taxis devraient s'arrêter, les bruits de la rue s'estomper jusqu'à disparaître.

Mais non. Je m'y étais préparée.

— Demande-lui si elle veut que je vienne.

La respiration d'Aaron. Des bruits de fond. J'attends. Au bout d'une ou deux minutes, autant dire une éternité, sa voix retentit de nouveau.

— Elle dit oui.

Je cours.

CHAPITRE 32

Je suis à la fois soulagée et dévastée de constater que Bella n'a pas changé en trois semaines. Son état n'a pas empiré, mais il ne s'est pas amélioré non plus. Elle a toujours ses cheveux, et ses yeux sont toujours enfoncés dans ses orbites.

Elle ne pleure pas. Ne sourit pas. Son visage est impassible. C'est ce qui me terrifie le plus. Hors contexte, la voir pleurer n'a rien d'inquiétant : elle a toujours été très sensible ; ses émotions ont toujours été changeantes, et elle ne s'en est jamais cachée. En revanche, jamais elle n'a affiché un tel stoïcisme, une telle indifférence. J'ai toujours été en mesure de la regarder et de lire dans ses yeux tout ce dont elle avait besoin. Mais là, je n'y arrive pas.

— Bella. Aaron m'a dit que…

Elle secoue la tête.

— Commençons par régler nos problèmes.

Je hoche la tête et m'approche de son lit, sans toutefois oser m'asseoir.

— J'ai peur, murmure-t-elle.

— Je sais.

— Non, dit-elle d'une voix plus forte. J'ai peur de te laisser seule avec tout ça.

Je ne réponds pas. Tout à coup, j'ai douze ans et je me tiens sur le seuil de ma chambre, tandis que ma mère pousse des cris déchirants. J'entends mon père, si fort, si courageux, si gentil, qui pose des questions. Il tente de comprendre. « Mais qui était au volant ? » « Est-ce qu'il roulait trop vite ? » Comme si cela avait de l'importance. Comme si une cause pouvait le ramener.

Je crois que je me suis toujours attendue que la tragédie revienne frapper à ma porte. Comme un mal qui prend en traître. Et le cancer, c'est exactement ça : la manifestation de tout ce que j'ai passé ma vie à tenter de tenir à distance. Mais qu'il touche Bella… Ç'aurait dû être moi. Si tout cela est mon histoire, alors ç'aurait dû être mon cancer.

— Ne dis pas ça.

Néanmoins, je sais qu'elle sait. Si je la connais par cœur, elle aussi me connaît. Elle est tout aussi douée que moi pour interpréter mes expressions, décoder mes humeurs, lire dans mes pensées aussi facilement que si elles étaient inscrites sur mon visage.

Ça fonctionne dans les deux sens.

— Tu ne vas nulle part. On va se battre contre ce truc comme on l'a toujours fait.

Et à cet instant, c'est vrai. C'est vrai parce qu'il ne peut en être autrement. C'est vrai parce que c'est la seule solution. Et ce même si la chimio n'a pas empêché le cancer de se développer. Même si ça s'est étendu à son abdomen. Même si, même si, même si.

— Regarde, me dit-elle alors.

Elle lève la main. Une bague de fiançailles est délicatement perchée sur son annulaire.

— Vous allez vous marier ?

— Quand j'irai mieux.

Je la rejoins dans son lit.

— Tu t'es fiancée et tu ne m'as pas appelée ?

— C'est tout frais. Il m'a fait sa demande hier soir quand il est venu m'apporter à dîner.

— Qu'est-ce que c'était ?

Elle fronce les sourcils. Baisse la tête. Confesse :

— Des pâtes de chez Wild.

Je fais la grimace.

— Je n'arrive pas à croire que tu aimes ce restaurant.

— C'est sans gluten. Leurs spaghettis sont bons.

— Si tu le dis. Enfin bref.

— Enfin bref, il m'a amené mes pâtes, et la bague trônait au-dessus du parmesan.

— Qu'est-ce qu'il a dit ?

Elle me regarde. Son visage et ses yeux s'illuminent, et tout à coup je la retrouve. Ma Bella.

— Tu vas trouver ça cucul la praline.

— Je te promets que non.

— Il m'a dit qu'il me cherchait depuis toujours, et que, même si la situation était loin d'être idéale, il savait que j'étais son âme sœur et qu'il était destiné à me trouver, rapporte-t-elle en rougissant.

Destiné.

J'avale ma salive.

— Il a raison. Tu as toujours voulu être avec quelqu'un qui savait que c'était toi et personne d'autre. Toi aussi, tu cherchais ton âme sœur. Et tu l'as trouvée.

Elle plonge son regard dans le mien.

— Dannie, je vais te poser une question, m'avertit-elle. Et, si j'ai tort, tu n'es pas obligée de me répondre.

Les battements de mon cœur s'accélèrent. Et si… Est-ce qu'elle… ?

— Je sais que tu penses qu'on est très différentes, toi et moi, et on l'est, j'en suis bien consciente. Je ne consulterai jamais mon appli météo avant de sortir et je ne saurai jamais combien de jours on peut garder des œufs au frigo. Je n'ai pas construit ma vie en suivant un plan stratégique sans faille comme tu le fais. Mais tu as tort de penser…

Elle s'humecte les lèvres et réfléchit un instant avant de continuer :

— … Toi aussi, tu es capable de trouver ce genre d'amour. Et je crois que ce n'est pas ce que tu vis.

Je garde le silence un moment.

— Qu'est-ce qui te fait dire ça ? finis-je par demander.

— Tu ne penses pas que ce n'est pas un hasard si tu n'es pas encore mariée ? Qu'il y a une raison pour que tu sois fiancée depuis si longtemps ? Des fiançailles de cinq ans n'ont jamais fait partie de ton plan.

— On se marie le mois prochain.

— Certes, mais parce que tu as un délai à tenir, dit-elle d'une si petite voix qu'elle semble s'être recroquevillée sur elle-même.

Le 15 décembre.

— Ce n'est pas vrai. J'aime David.

— Je sais que tu l'aimes. Mais tu n'es pas amoureuse de lui. Tu l'étais peut-être au début, pourtant même à l'époque ce n'est jamais l'impression que j'ai eue. Je ne peux plus m'offrir le luxe de faire semblant, et j'ai compris que toi non plus. Si tu dois te dépêcher de faire quelque chose, c'est de trouver le bonheur.

— Bella…

Quelque chose monte dans ma poitrine. Et sort, presque contre ma volonté :

— Je ne suis pas sûre d'en être capable. Du type de bonheur dont tu parles.

— Mais si. Et j'aimerais tellement que tu en prennes conscience. Que tu comprennes que tu pourrais vivre un amour qui dépasse tes rêves les plus fous. Le genre de truc qu'on voit dans les films. Toi aussi, tu es faite pour ça.

— Je ne pense pas.

— Et moi, je pense que si. Et tu sais comment je le sais ?

Je secoue la tête.

— Je le sais parce que c'est comme ça que tu m'aimes.

Je serre les dents. Ne pas pleurer. Surtout, ne pas pleurer.

— Bella, écoute-moi. Ça va aller. Ça arrive tout le temps, des gens qui défient les probabilités. Tous les jours.

Elle me tend les bras. Je la serre contre moi, en prenant soin de ne pas l'enlacer trop fort.

— Si on m'avait dit un jour que…

— Je sais…

Je la sens secouer la tête au creux de mon épaule.

— Non, m'interrompt-elle. Que tu finirais par devenir une personne qui a la foi.

Je comprends une chose à cet instant : alors que j'étreins son ombre, je suis frappée par une certitude absolue et inébranlable : Bella est extraordinaire. Pour une fois dans ma vie, la logique des chiffres ne s'applique pas.

CHAPITRE 33

La chimiothérapie intrapéritonéale et les gardénias nous mènent jusqu'à la fin du mois de novembre. La première est une forme de chimio plus invasive qui implique le placement d'un cathéter à chambre implantable au niveau de l'abdomen, via lequel on lui injecte les produits. C'est plus ciblé que lors des rounds précédents, et Bella est obligée de rester allongée sur le dos. Elle a constamment la nausée et vomit souvent, en proie à de violents haut-le-cœur. Les gardénias sont devenus les fleurs de notre mariage, bien que leur durée de vie avoisine approximativement les cinq minutes et demie.

Je suis au téléphone avec le fleuriste lorsque Aldridge s'arrête devant ma porte. Je raccroche sans autre forme de procès.

— Je viens juste d'avoir une conversation très intéressante avec Anya et Jordi, m'informe-t-il en s'installant dans un de mes fauteuils gris.

— Ah oui ?

— J'imagine que vous savez ce que je m'apprête à vous annoncer.

— Non.

— Réfléchissez.

Je rajuste l'emplacement d'un bloc-notes et d'un presse-papiers sur mon bureau.

— Elles ne veulent plus introduire leur société en Bourse.

— Bingo. Elles ont changé d'avis.

Il croise les mains sur mon bureau.

— Il faut que je sache si vous avez eu le moindre contact avec elles depuis notre rencontre.

— Aucun. Mais, si je puis me permettre d'être tout à fait honnête, je ne suis pas convaincue que l'introduction en Bourse ait été la meilleure décision dans le contexte actuel.

— Pour qui ?

— Pour nous tous. Je pense que sous leur supervision la société va continuer à devenir de plus en plus profitable. Je pense aussi qu'elles vont nous engager dès à présent parce qu'elles nous font confiance, et je pense que, lorsqu'elles finiront par procéder à l'introduction en Bourse, cela rapportera beaucoup plus d'argent à toutes les personnes concernées.

Aldridge me dévisage, impassible. Je tente de conserver l'expression la plus neutre qui soit.

— Je ne m'attendais pas à ça venant de vous, déclare-t-il enfin.

Mon estomac se serre. J'ai parlé à tort et à travers.

— Je suis impressionné, ajoute-t-il. Je ne vous aurais jamais soupçonnée de fonctionner à l'instinct.

— Comment ça ?

— Je vous ai engagée parce que j'ai tout de suite vu que vous ne laisseriez jamais passer la moindre erreur. Votre travail est méticuleux. Vous lisez la moindre ligne du moindre paragraphe et vous connaissez la loi sur le bout des doigts.

— Merci.

— Mais nous savons que, même ça, ça ne suffit pas. Toute la préparation du monde ne peut pas empêcher les imprévus. Les vrais bons avocats connaissent leur dossier dans les moindres détails, mais ils prennent souvent des décisions en se fondant sur autre chose : la présence d'une force inconnue indiquant exactement dans quelle direction le vent va tourner. À condition qu'on l'écoute, bien sûr. C'est ce que vous avez fait avec Jordi et Anya, et vous avez eu raison.

— Vraiment ?

Aldridge hoche la tête.

— Elles souhaitent nous engager pour remplacer leur service juridique en interne, et elles veulent que ce soit vous qui preniez la tête des opérations.

J'écarquille les yeux. Je sais ce que ça signifie. C'est *le* dossier, *le* client. C'est l'étape que je dois passer pour devenir collaboratrice senior.

— Une chose à la fois, dit Aldridge comme s'il lisait dans mes pensées. Mais oui. Si tout va bien, oui. Félicitations, Dannie.

Il se lève et je l'imite. Nous échangeons une chaleureuse poignée de main.

Après son départ, je regarde l'heure qu'il est : 14 h 35. J'ai envie d'appeler Bella, mais elle avait une séance de chimio ce matin et elle est certainement en train de dormir.

J'appelle David.

— Salut. Qu'est-ce qui ne va pas ?

Je me rends compte que je ne l'ai jamais appelé la journée. Normalement, si j'ai quelque chose à lui dire, soit je lui envoie un e-mail, soit j'attends le soir.

— Rien. Tout va bien.

— Oh. J'ai cru que…

Je l'interromps :

— Aldridge vient de me confier mon dossier de collaboratrice senior.

— C'est vrai ? C'est génial !

— Ce sont les fondatrices de QuTe. Elles ne veulent pas entrer en Bourse tout de suite, mais elles souhaitent que je prenne la tête de leur département juridique.

— Je suis vraiment fier de toi. Est-ce que tu vas devoir aller en Californie ?

— Sûrement de temps en temps, mais nous n'en sommes pas encore là. En tout cas, je suis vraiment contente parce que je sais que c'est une bonne chose. Tu comprends ? Comme si je l'avais senti. Je savais que c'était une bonne chose.

Il ne me répond pas tout de suite, il y a des bruits de conversation derrière lui.

— Oui. Très bien. Un instant.

— David ? C'est à moi que tu parles ?

— Non. Écoute, il faut que j'y aille, mais fêtons ça ce soir. Où tu voudras. Tu n'as qu'à demander à Lydia de nous réserver une table quelque part.

Et il raccroche.

Un sentiment de solitude s'empare de moi, comme une fièvre qui affecte mon corps tout entier. Je ne devrais pas me sentir seule. David me soutient, il est encourageant, compréhensif. Il veut que je réussisse, il se soucie de ma carrière. Il est prêt à faire des sacrifices pour que j'obtienne ce que je veux. C'est l'accord que nous avons passé : ne pas nous mettre sur la trajectoire de l'autre.

Mais là, assise à mon bureau, je comprends autre chose : nous avançons sur des chemins parallèles, David et moi. Nous n'avons cessé d'aller de l'avant, mais sans jamais nous toucher, par peur de faire dévier l'autre. À croire qu'en avançant dans la même direction, nous n'aurions jamais à faire de compromis. Sauf que le problème des chemins parallèles, c'est qu'ils peuvent être à quelques mètres l'un de l'autre… comme à des kilomètres. Et, ces temps-ci, j'ai le sentiment qu'une distance extraordinaire nous sépare. Nous ne l'avions pas remarquée parce que nous étions trop occupés à regarder l'horizon. Mais je réalise soudain que j'ai envie que quelqu'un se trouve sur ma trajectoire. Je veux qu'on se rentre dedans.

J'appelle Lydia et lui demande de nous réserver une table chez Dante, dans le West Village, à 19 h 30.

CHAPITRE 34

Lorsque j'arrive au restaurant, David est déjà à une table, penché sur son téléphone. Il porte un pull bleu et un jean. Le fonds spéculatif est un environnement moins formel que la banque où il travaillait auparavant, et il peut se permettre d'être en jean la plupart du temps.

— Bonsoir.

Il lève la tête et me sourit.

— Salut. La circulation était horrible, tu ne trouves pas ? Impossible de savoir pourquoi ils ont bloqué la 7e Avenue.

— Une canalisation a explosé au coin de la 12e Rue.

— Oh. Ça fait longtemps que nous n'étions pas venus ici, non ?

Je hoche la tête. Nous adorons ce petit italien avec chandelles et nappes à carreaux rouges à l'ancienne. Nous venions souvent au début de notre relation.

David et moi nous sommes rencontrés par l'intermédiaire d'Adam, un ancien collègue avec qui je travaillais au bureau du procureur. Les journées de travail étaient interminables pour un salaire de misère, et aucun de nous n'était particulièrement fait pour ce genre d'environnement.

Je me rappelle avoir eu le béguin pour Adam pendant six mois environ. Il venait du New Jersey, il était fan de séries télévisées des années 1970 et savait faire sortir un cappuccino de la machine à café pour le moins caractérielle du bureau. Nous passions beaucoup de temps ensemble, à manger sur un coin de table des nouilles à 5 dollars achetées au stand en bas de la rue. Il avait organisé une fête pour son anniversaire dans ce bar que je ne connaissais pas, le Ten Bells, dans le Lower East Side. L'endroit était éclairé à la bougie, avec des tables hautes en bois et des tabourets. Nous avions commandé des plateaux de fromage, bu du vin et partagé l'addition. Bien au-dessus de nos moyens de l'époque, nous l'avions payée grâce à la fonction crédit de nos cartes en espérant pouvoir le rembourser un jour.

David était là. Mignon, un peu en retrait. Il m'avait demandé s'il pouvait m'offrir un verre. Il travaillait dans une banque et était allé à l'école avec Adam. Ils avaient vécu en colocation pendant leur première année à New York.

Nous avions discuté du prix exorbitant des loyers, du fait que c'était mission impossible de trouver un bon restaurant mexicain à New York, et de l'amour que nous vouions tous les deux à *Piège de cristal*.

Mais je restais concentrée sur Adam. J'avais espéré que son anniversaire serait l'occasion d'aller plus loin. J'avais mis un jean moulant et un petit haut noir. Je pensais qu'on flirterait (ou, plutôt, j'étais certaine qu'on flirtait depuis un moment) et qu'on finirait peut-être la soirée ensemble.

À l'approche de la fermeture, Adam nous avait rejoints et avait passé un bras autour des épaules de David.

— Vous devriez échanger vos numéros de téléphone, vous deux. Je sens que ça pourrait marcher entre vous.

Je me rappelle avoir été anéantie. Cette sensation que l'on éprouve lorsque le rideau se lève sur du néant. Je ne plaisais pas à Adam. Il venait d'être très, très clair à ce sujet.

David avait ri nerveusement et enfoui ses mains dans ses poches avant de me demander :

— Qu'est-ce que tu en penses ?

Je lui ai donné mon numéro. Il m'a appelée le lendemain et nous sommes sortis ensemble la semaine suivante.

Notre relation s'est construite lentement, petit à petit. Nous sommes d'abord allés boire un verre. Puis dîner. Puis déjeuner. Puis assister à un spectacle sur Broadway. Nous avons couché ensemble après ce rendez-vous-là, le quatrième. Nous sommes sortis ensemble pendant deux ans avant d'emménager tous les deux. Lors de l'emménagement, nous avons gardé tous les meubles de ma chambre et la moitié des meubles de son salon, et nous avons ouvert un compte commun pour les dépenses du ménage. C'était lui qui allait faire les courses car je trouvais (et trouve toujours) les files d'attente interminables, et c'était moi qui passais les commandes sur Amazon. Nous répondions aux faire-part de mariage, nous organisions des dîners où nous servions des plats achetés chez le traiteur, et nous grimpions les échelons professionnels côte à côte. Nous étions bien côte à côte, n'est-ce pas ? Tant que l'on peut toucher l'autre en tendant le bras, est-ce que la distance a vraiment de l'importance ? Le simple fait de voir et aimer l'autre tel qu'il est n'a-t-il pas suffisamment de valeur ?

Je retire mon manteau et m'assois. La chaleur du restaurant m'enveloppe peu à peu. Comme nous, la météo file un mauvais coton.

— J'ai commandé une bouteille de brunello. On l'avait bien aimé la dernière fois.

David a un tableur Excel dans lequel il note nos meilleurs repas (les plats que nous avons mangés et les vins que nous avons bus) pour que l'on s'en souvienne. Il peut y accéder depuis son portable.

— David…

J'inspire et j'expire profondément avant de me lancer.

— Le fleuriste a commandé trois mille gardénias.

— Pourquoi ?

— Pour le mariage.

— Ça, d'accord. Mais pourquoi ?

— Je ne sais pas. Ils ont dû se mélanger les pinceaux. Sauf que les fleurs ont une durée de vie de deux heures, ce qui signifie qu'elles auront déjà bruni au moment de prendre les photos.

— Si l'erreur est de leur fait, alors c'est à eux de prendre les frais en charge. Tu les as eus au téléphone ?

Je déplie ma serviette et la pose sur mes genoux.

— Je les ai appelés, mais j'étais au bureau et Aldridge est arrivé, alors j'ai dû raccrocher.

— Je m'en occupe.

— Merci.

Je m'éclaircis la gorge.

— David… J'ai quelque chose à te dire, mais tu dois me promettre de ne pas te fâcher.

— C'est impossible de promettre une chose pareille, mais d'accord.

— Je ne plaisante pas.

— Je t'écoute.

— Peut-être qu'on devrait reporter le mariage.

Il me dévisage avec perplexité, et avec autre chose aussi. Je crois lire du soulagement au fond de ses yeux. Comme une confirmation. Parce qu'il le savait, n'est-ce pas ? Il se doutait que je laisserais tomber.

— Pourquoi dis-tu ça ? demande-t-il d'une voix mesurée.

— Bella est malade. Ça m'étonnerait qu'elle puisse venir et je ne veux pas me marier sans elle.

Il hoche la tête.

— Et donc, tu veux plus de temps ?

— On devrait repousser à l'été prochain. Peut-être même qu'on pourrait obtenir la salle qu'on veut.

— Parce qu'on ne veut pas celle-ci ?

Il se redresse, agacé. C'est une émotion rare chez lui.

— Dannie. J'ai une question à te poser.

Je reste parfaitement immobile ; le vent souffle dehors, annonciateur de gelées imminentes.

— Est-ce que tu veux vraiment te marier ?

— Oui. Bien sûr.

On nous amène la bouteille de vin et nous nous livrons au rituel de rigueur. Déboucher, goûter, servir, trinquer. David me félicite pour QuTe, avant de revenir au sujet précédent.

— Tu en es bien sûre ? insiste-t-il. Parce que, parfois, je…

Il secoue la tête.

— … Parfois, j'en doute.

— Oublie ce que j'ai dit. C'était idiot. Je n'aurais pas dû t'en parler. Tout est déjà organisé.

— Sûre ?

— Certaine.

Nous commandons, mais nous touchons à peine à nos assiettes, tous deux conscients de la vérité qui se dresse entre nous. Je devrais avoir peur, être terrifiée, même, mais la seule chose à laquelle je pense, la réflexion qui tourne en boucle dans ma tête, c'est qu'il ne m'a pas posé l'autre question, celle que je ne parviens pas à concevoir.

Et si elle ne s'en sort pas ?

CHAPITRE 35

La nouvelle chimio est violente. Bien pire que la précédente. Bella a du mal à tenir debout et ne sort plus de chez elle que pour se rendre au centre de traitement. Elle passe ses journées au lit, à échanger des e-mails avec la galerie et à passer en revue des expositions numériques. Je passe la voir le matin. Svedka m'ouvre la porte et je m'assois au bord du lit, même quand elle dort.

Elle commence à perdre ses cheveux.

Ma robe de mariée est prête. Elle me va. Elle me va même bien. La vendeuse avait raison, le décolleté rend mieux que ce que je croyais.

Pendant une semaine entière, David ne reparle pas du mariage. Pendant une semaine entière, je ne réponds pas aux e-mails de l'organisateur, je ne réponds pas aux appels, je n'envoie aucun chèque. Un soir, en rentrant du travail, je le trouve assis à la table à manger, devant un plat de pâtes et deux assiettes de salade.

— Bonsoir, lance-t-il. Viens t'asseoir.

Bonsoir. Viens t'asseoir.

Bien qu'Aldridge m'ait dit que j'avais un bon instinct, j'ai toujours cru que le concept d'intuition était une vaste fumisterie. D'après moi, tout ce que l'on ressent découle de l'absorption de faits. On évalue toutes les informations dont on dispose (les mots, le langage corporel, l'environnement, la distance qui sépare notre corps d'un véhicule en mouvement, etc.), et on parvient à une conclusion. Ce n'est pas mon instinct qui, pressentant ce qui m'attend, me pousse à m'installer à cette table. C'est la certitude de ce qui va se passer.

Je prends place en face de lui.

Les pâtes ont l'air froides.

— Désolée, je rentre tard.

— Il n'est pas tard.

Il a raison. Nous n'avions rien prévu pour ce soir et il n'est que 20 h 30. C'est l'heure à laquelle je rentre habituellement.

— Ça a l'air bon.

Il inspire profondément.

— Écoute… il faut qu'on parle.

Au moins, il compte aller droit au but. Je plante mon regard dans le sien. Il a l'air fatigué. Renfermé. Aussi froid que les pâtes.

— D'accord.

— Je…

Il secoue la tête.

— Je n'en reviens pas que ce soit à moi de faire ça.

Son intonation est empreinte d'une amertume à peine voilée. Je baisse la tête.

— Je suis désolée.

— Tu as une idée de ce que ça fait ?

— Non. Je n'en sais rien.

— Je t'aime.

— Moi aussi, je t'aime, David.

— Je t'aime, mais j'en ai assez d'être la personne qui a sa place dans ta vie, mais pas dans… et merde. Pas dans ton cœur.

L'impact physique de ses mots me fait l'effet d'un coup de poing dans le ventre.

— David… tu as ta place dans mon cœur.

Il secoue à nouveau la tête.

— Peut-être que tu m'aimes, mais je pense qu'on sait tous les deux que tu n'as pas envie de m'épouser.

Ses mots font écho à ceux de Bella. *Tu n'es pas amoureuse de lui.* Néanmoins, je proteste.

— Comment peux-tu dire une chose pareille ? Nous sommes fiancés, nous nous marions le mois prochain. Nous sommes ensemble depuis sept ans et demi.

— Et fiancés depuis cinq ans. Si tu tenais vraiment à m'épouser, tu l'aurais déjà fait.

— Mais Bella est…

— Arrête !

Il élève la voix. Ça non plus, il ne le fait jamais.

— Bella n'a rien à voir là-dedans. Si seulement ce n'était « que » ça. Bon sang, Dannie, toute cette histoire est horrible, je sais ce qu'elle représente pour toi et je l'aime, moi aussi. Mais… ce n'est pas Bella, le problème. Ce n'est pas parce qu'elle est malade que tu traînes les pieds. C'était déjà le cas avant.

— On était débordés. La vie. Le travail… Aussi bien de ton côté que du mien.

— Et alors ? Je t'ai demandée en mariage ! Tu savais ce que je voulais. J'ai essayé d'être le plus patient possible, mais je suis censé attendre jusqu'à quand ?

Je déplie une serviette sur mes genoux, concentrée sur un plan.

— Jusqu'à l'été. Ce n'est pas un drame de repousser la date de six mois, si ?

— Le problème, ce ne sont pas les six mois. Le problème, c'est que l'été prochain il y aura autre chose. Un autre prétexte.

— Ce n'est pas vrai !

— Si ! Parce que dans le fond, tu ne veux pas vraiment m'épouser.

Des sanglots secouent mes épaules. Je sens des larmes rouler sur mes joues et tracer des sillons glacés sur mon visage.

— Si, je le veux.

— Non.

Néanmoins, je vois dans sa façon de me regarder qu'il n'est pas entièrement convaincu de ce qu'il avance. Il veut que je lui prouve qu'il a tort. Et je pourrais. Je sens que, si je le voulais, je pourrais le convaincre. Je pourrais continuer à pleurer. Me blottir contre lui. Lui dire toutes les choses qu'il a besoin d'entendre. Lui démontrer par *a* + *b* que je rêve de l'épouser. Que mon estomac se serre chaque fois qu'il entre dans la pièce. Je pourrais lui faire la liste de tout ce que j'aime chez lui : ses cheveux bouclés, son torse toujours chaud, le sentiment d'être à ma place, en sécurité, quand je suis contre son cœur.

Mais je ne peux pas. Ce serait un mensonge, et il mérite mieux que ça. Il mérite tout ce qu'il y a de mieux. C'est la seule et unique chose que je sois en mesure de lui offrir. La vérité. Une bonne fois pour toutes.

— David. Je ne sais pas pourquoi. Tu es l'homme parfait pour moi. J'adore notre vie. Mais…

Il se laisse aller contre le dossier de sa chaise. Jette sa serviette sur la table. Jette l'éponge.

Nous restons assis en silence pendant un temps qui me paraît une éternité. Au mur, l'horloge égrène les secondes et j'ai envie de la balancer par la fenêtre pour qu'elle cesse de nous faire avancer dans le temps. Vers toutes les horreurs que l'avenir nous réserve.

Le silence s'étire tellement que je crains qu'il se brise. Je finis par reprendre la parole :

— Et maintenant ?

Il recule sa chaise.

— Maintenant, tu t'en vas.

Il se lève, va dans la chambre et ferme la porte derrière lui. Je débarrasse la table et mets machinalement les restes dans des Tupperware. Je lave la vaisselle. La sèche, la range.

Puis je vais m'asseoir sur le canapé. Je sais qu'il ne peut pas me trouver ici demain matin. Je sors mon portable de mon sac.

— Dannie ?

La voix de Bella est ensommeillée et alerte à la fois lorsqu'elle décroche.

— Qu'est-ce qui se passe ?

— Est-ce que je peux venir ?

— Bien sûr.

Je traverse les vingt pâtés de maisons vers le sud. Quand j'arrive, elle n'est pas au lit, mais dans le canapé. Elle a un bandana coloré sur la tête et regarde la télévision. C'est une rediffusion d'un vieil épisode de *Seinfeld*. Série réconfort.

Je laisse tomber mon sac et la rejoins. Et je me mets à pleurer. De gros sanglots entrecoupés de hoquets.

— Chuuut. Tout va bien. Tout va s'arranger.

Elle se trompe, bien sûr. Rien ne va. Mais, à cet instant, ça me fait un bien fou qu'elle me console. Elle me caresse les cheveux, me frotte doucement le dos. Elle m'apaise, me berce, me rassure comme elle seule en est capable.

J'ai joué ce rôle pour elle un nombre incalculable de fois, après je ne sais combien de ruptures et de déceptions avec ses parents. Mais, tandis qu'elle me réconforte, je comprends que je me suis fourvoyée. Je pensais que c'était moi, sa protectrice. Que c'était elle, la frivole irresponsable et insouciante. Que c'était mon rôle de la préserver. Que ma force et ma maturité compensaient sa faiblesse et ses caprices. Mais j'avais tort. Ce n'était pas moi la plus forte des deux. C'était elle. Parce que je sais désormais ce qu'on ressent quand on prend un risque, quand on sort du rang, quand on prend une décision en se fondant non pas sur des faits, mais sur des sentiments. Et ça fait mal. Un ouragan semble faire rage dans mon âme. Et je n'y survivrai peut-être pas.

— Tu vas survivre. Tu survis déjà.

Lorsqu'elle me dit ces mots, je me rends compte que j'ai parlé tout haut. Nous restons comme ça, moi pelotonnée contre elle, ma tête sur ses genoux, et elle penchée sur moi, pendant ce qui me paraît des heures. Assez longtemps pour pleurer, mettre nos larmes en bouteille et les ranger. Nous en avons assez pour une vie entière.

L'amour n'a pas besoin d'avoir un avenir.

L'espace d'un instant suspendu dans le temps, nous laissons libre cours à ce qui se prépare.

CHAPITRE 36

J'emménage chez Bella la première semaine de décembre, dans la chambre d'amis aux murs décorés de nuages. Aaron m'aide pour les cartons, et mes meubles partent dans un garde-meubles. Je ne vois pas David. Une fois que j'ai emporté toutes mes affaires, je laisse un mot sur la table : il peut racheter ma part de l'appartement ou nous pouvons le vendre. Je le laisse décider.

Je suis vraiment désolée.

Je ne m'attends pas à avoir de ses nouvelles, mais il m'envoie un e-mail trois jours plus tard pour régler des questions logistiques. La fin de son message dit :

Tiens-moi au courant pour Bella. David.

Tout ce temps, toutes ces années, tous ces projets, partis en fumée. Nous sommes deux étrangers désormais, et je n'arrive pas à assimiler ce nouvel état de fait.

Hôpital. Boulot. Dodo.

Bella et moi sommes allongées sur son lit. Nous inhalons toutes les comédies romantiques datant du début des années 2000 pendant qu'elle vomit. Parfois, elle est si faible qu'elle ne parvient pas à tourner entièrement la tête sur le côté. Elle n'a pas d'appétit. Je lui apporte des bols remplis à ras bord de crème glacée. Chaque fois, la glace fond. Chaque fois, je jette les restes dans l'évier.

— Aphtes infectés, plaies ouvertes, le goût de la bile, me murmure-t-elle, tremblante sous les couvertures.

— Raté.

— Des produits chimiques injectés dans mon corps, des veines qui donnent l'impression d'être en feu, des doigts le long de ma colonne qui attrapent mes os et les font craquer.

— Toujours pas.

— Le goût du vomi, la sensation qu'un incendie dévore ma peau. Avoir de plus en plus de mal à respirer.

— Stop.

— Je savais que tu craquerais avec le truc de la respiration.

Je me penche sur elle.

— Je serai là.

Elle me regarde. La peur se lit dans ses yeux.

— Je ne sais pas combien de temps encore je vais tenir.

— Tu vas tenir. Tu dois tenir.

— C'est du gâchis. Je gâche le temps qu'il me reste.

Je pense à elle. À sa vie. Arrêter la fac. Prendre l'avion pour l'Europe sur un coup de tête. Tomber amoureuse. Tomber tout court. Se relever. Commencer des projets et les abandonner.

Peut-être qu'elle savait. Peut-être qu'elle savait qu'il n'y avait pas de temps à perdre, qu'elle ne pouvait pas faire les choses à moitié, avancer pas à pas, construire étape par étape. Qu'une trajectoire linéaire ne la mènerait qu'à la moitié du chemin.

— Tu ne gâches rien du tout. Tu es là. Tu es juste là.

La nuit, Aaron dort avec elle. Avec Svedka, nous évoluons sans bruit dans l'appartement. Nous chorégraphions notre danse silencieuse d'aide et de soutien.

***

La semaine suivante, lorsque je rentre du travail, mes cartons ne sont plus là. Mes vêtements, mes affaires de toilette, tout a disparu.

Bella dort. Svedka entre et sort de sa chambre sans rien dans les mains.

J'appelle Aaron.

— Salut. Où es-tu ?

— À la maison, mais mes affaires ne sont plus là. Vous avez mis mes cartons au garde-meubles avec le reste ?

Il respire, ne répond pas tout de suite.

— Est-ce que tu peux me retrouver quelque part ? finit-il par me demander.

— Où ça ?

— Bridge Street, n° 37.

J'ai l'impression qu'on tire sur quelque chose tout au fond de moi, comme si on m'arrachait les tripes.

— L'appartement.

— Oui. Viens.

— Je ne peux pas, Aaron. Il y a eu un problème avec mes affaires et il faut que je…

— Dannie, s'il te plaît.

Il paraît très loin tout à coup. Dans un pays étranger. Dans une autre décennie.

— C'est une consigne de Bella.

Dans ce cas… comment pourrais-je refuser ?

***

Aaron m'attend devant le bâtiment. Il fume.

— Je ne savais pas que tu fumais.

Il regarde la cigarette qu'il a entre les doigts comme s'il la voyait pour la première fois.

— Moi non plus.

La dernière fois que nous nous sommes tenus à cet endroit, c'était l'été. Tout était en fleurs. Les berges de la rivière étaient vertes. À présent… la métaphore est insupportable.

— Merci d'être venue.

Sa veste est ouverte en dépit du froid. De mon côté, j'arrive à peine à voir entre ma capuche et mon écharpe.

— Qu'est-ce que je peux faire pour toi ?

Il jette sa cigarette et écrase le mégot.

— Je vais te montrer.

Je lui emboîte le pas à l'intérieur, puis dans le monte-charge branlant.

Devant la porte de l'appartement, il sort un trousseau de clés de sa poche. J'ai envie de le lui arracher, de l'empêcher de faire ce qu'il s'apprête à faire. Mais je suis paralysée. Je n'arrive pas à bouger. Et, lorsqu'il ouvre la porte en grand, tout s'étale devant moi.

La rénovation, exactement comme dans mes souvenirs. La cuisine. Les tabourets. Le lit près des baies vitrées. Les fauteuils en velours bleu.

— Bienvenue chez toi, murmure Aaron.

Je le dévisage. Il sourit. Je ne l'ai pas vu aussi heureux depuis des mois.

— Pardon ?

— C'est ton nouveau chez-toi. On y a passé des mois avec Bella. Elle voulait rénover l'appartement pour toi.

— Pour moi ?

— Quand on m'a confié la rénovation du bâtiment et qu'elle a visité le loft, elle a eu un véritable coup de cœur. L'agencement, la lumière, la vue, la structure de l'ancien entrepôt… Elle m'a dit qu'elle savait que cet appartement était fait pour toi.

Il sourit.

— Tu connais Bella, quand elle a une idée dans la tête… Je pense que ce projet l'a aidée. Ça lui a permis de se concentrer sur quelque chose de créatif.

— C'est elle qui a fait tout ça ?

— Elle a tout choisi, de la vaisselle aux clous. Même quand vous étiez fâchées.

Je fais le tour des pièces, en transe. Tout est exactement comme dans mon rêve. Tout est ici, sous mes yeux. C'est arrivé.

Je me tourne vers Aaron, planté au milieu de l'appartement, les bras croisés sur la poitrine. Tout à coup, c'est comme si la Terre tournait autour de nous. Comme si lui et moi étions le point d'équilibre et que tout partait d'ici, de nous.

Je m'approche de lui. Trop près. Il ne bouge pas.

— Pourquoi ?

— Parce qu'elle t'aime.

Je secoue la tête.

— Non. Pourquoi toi ?

Avant, j'étais convaincue que le présent déterminait l'avenir. Que si je travaillais assez dur, pendant assez longtemps, j'obtiendrais ce que je voulais. Le job, l'appartement, la vie. Que l'avenir était un bloc d'argile attendant que le présent le façonne. Mais c'est faux. Forcément faux. J'ai tout fait comme il le fallait. Je me suis fiancée à David. J'ai gardé mes distances avec Aaron. J'ai convaincu Bella d'oublier cet appartement. Et, néanmoins, de l'autre côté de la rivière, ma meilleure amie est dans son lit, à peser à peine plus de trente-cinq kilos et à se battre pour survivre. Et je suis là. Littéralement dans mes rêves.

Aaron bat des paupières, perplexe. Puis il ne l'est plus. Et ensuite, il semble lire la question dans mes yeux. Et s'ouvrir pour laisser sortir la réponse.

Lentement, délicatement, comme s'il avait peur de me faire mal, il prend mon visage dans ses mains. Elles sont froides et sentent la cigarette, et m'offrent un soulagement incommensurable. Une oasis après des semaines dans le désert.

— Dannie.

Il ne dit rien d'autre que mon nom. Rien qu'un mot.

Il pose ses lèvres sur les miennes. Nous nous embrassons et j'oublie tout. Absolument tout. J'ai honte d'admettre que son baiser efface tout. Bella, l'appartement, les six derniers mois, la bague à son annulaire. Rien de tout cela n'entre en jeu.

La seule chose à laquelle je pense, la seule chose que je ressens, c'est que, aussi impossible que cela puisse paraître, tout est devenu réalité.

CHAPITRE 37

Il s'écarte le premier. Laisse retomber ses mains. Nous nous dévisageons, le souffle court. Mon manteau est en boule à terre, comme un corps recroquevillé sur lui-même après un accident de la route. Je détourne le regard et le ramasse. Il ouvre la bouche pour parler.

— Je…

Je ferme les yeux. Je ne veux pas qu'il dise qu'il est désolé. Il ne le fait pas. Il ne dit rien.

Je m'approche du mur. Je sais ce qui y est accroché, mais je veux le voir de mes yeux. La dernière preuve, le gage ultime. Le cadeau d'anniversaire de Bella. « J'étais jeune j'avais besoin d'argent. »

— Je ne sais pas quoi dire, avoue Aaron derrière moi.

Je ne me retourne pas.

— Ça ne fait rien. Moi non plus.

— Tout ça… Tout est parti de travers. Rien de tout ça ne devrait arriver.

Il a raison : les choses ne devraient pas être comme elles sont. Qu'aurions-nous pu faire différemment ?

Comment aurions-nous pu éviter ça ? Cette fin impossible, cette issue impensable.

Je fais volte-face. Je le regarde. Je regarde cette chose entre nous, désormais matérialisée.

— Tu ferais mieux de partir. Ou je ferais mieux de partir.

— Je m'en vais.

— D'accord.

— Toutes tes affaires sont déballées et rangées, au fait. Bella a engagé quelqu'un pour s'occuper du dressing. Tout y est.

— Le dressing.

La sonnerie de son portable vient perturber l'air qui nous entoure et nous dépêtre de cet instant.

— Allô, dit-il gentiment.

Trop gentiment.

— Oui. Oui, on y est. Attends.

Il me tend le téléphone.

— Allô ?

La voix de Bella retentit à mon oreille, douce et mélodieuse.

— Alors ? Ça te plaît ?

J'ai envie de lui répondre qu'elle est folle, que je ne peux pas accepter, qu'elle ne peut pas m'offrir un appartement. Mais à quoi bon ? Elle peut, de toute façon. C'est déjà fait.

— C'est de la folie. Je n'arrive pas à croire que tu aies fait ça.

— Tu aimes les fauteuils ? Et la cuisine ? Est-ce que Greg t'a montré le carrelage vert autour de l'évier ?

— Tout est parfait.

— Je sais que les tabourets sont sans doute un peu trop avant-gardistes à ton goût, mais je pense qu'ils vont bien avec le reste. Je crois que…

— Bella. C'est parfait.

— Tu me dis toujours que je ne finis jamais rien. Je voulais finir ça. Pour toi.

Des larmes roulent sur mes joues. Je ne m'étais même pas rendu compte que je pleurais.

— C'est incroyable, Bells. Magnifique. Je ne pourrai jamais… Jamais je n'aurais pu… Je me sens chez moi.

— Je sais.

J'ai envie qu'elle soit là. Envie que nous préparions à manger dans cette cuisine, que nous y semions une pagaille pas possible, que nous courions chez l'épicier du coin parce que nous n'avons pas d'extrait de vanille ou de poivre moulu. Je veux qu'elle soit avec moi dans ce dressing, qu'elle se moque de mes vêtements. Je veux qu'elle dorme ici, dans ce lit, en sécurité, installée confortablement. Si je la surveille, que pourra-t-il lui arriver ? Quel mal pourra s'emparer d'elle si je ne la quitte jamais des yeux ?

Mais ce ne sera pas le cas. À cet instant, dans ce lieu qui incarne à la fois le rêve et le cauchemar, je comprends que je serai seule dans cet endroit qu'elle a construit pour moi. Je suis là parce qu'elle n'y sera pas. Parce qu'elle avait besoin de me donner quelque chose à quoi me raccrocher, quelque chose pour me protéger. Elle avait besoin de me mettre littéralement un toit au-dessus de la tête. Pour me protéger de la tempête.

— Je t'aime. Je t'aime de tout mon cœur.

— Dannie, souffle ma Bella. Moi aussi. Pour toujours.

***

Aaron part et j'erre dans l'appartement, effleurant toutes les surfaces du bout des doigts. Le carrelage vert autour de l'évier, la porcelaine blanche de la baignoire. Une baignoire à pattes de lion. J'explore la cuisine. Les placards remplis de pâtes, de vin, une bouteille de Dom Pérignon qui m'attend, au frais. Le meuble de salle de bains contient mes affaires de toilette, le dressing contient mes vêtements. Je caresse mes robes. L'une est suspendue devant toutes les autres, dans une housse. Je sais déjà laquelle c'est. Un petit mot est accroché au cintre :

Porte-la. J'ai toujours trouvé qu'elle t'allait bien.

C'est l'écriture de Bella, sa calligraphie tout en courbes.

Je serre la robe contre ma poitrine et me dirige vers la fenêtre, près du lit. J'admire la vue. L'eau, le pont, les lumières. Manhattan qui se reflète à la surface, brillante comme une promesse. Je pense à toute cette vie qu'abrite la ville, à tout le chagrin et tout l'amour qu'elle contient. Je pense à tout ce que j'y ai perdu, face à cette île qui s'estompe devant mes yeux.

CHAPITRE 38

Tout arrive très rapidement, puis lentement. Nous chutons à toute vitesse, puis nous touchons le fond de l'océan, où nous restons pendant huit jours. Il est impossible de ne respirer que de l'eau pendant aussi longtemps.

Bella arrête tous les traitements. Le docteur Shaw s'entretient avec nous. Il nous explique ce que nous savons déjà, ce que nous avons vu de près, de nos propres yeux : ça ne sert plus à rien, ça ne fait que la rendre encore plus malade, elle a besoin d'être chez elle. Il est calme et maître de lui-même et je le déteste, j'ai envie de l'encastrer dans le mur. J'ai envie de lui hurler dessus. J'ai besoin de blâmer quelqu'un, de rendre quelqu'un responsable de tout cela. Car oui, qui est coupable ? Le destin ? L'enfer dont nous sommes prisonniers est-il l'œuvre d'une intervention divine ? Quel genre de monstre a bien pu décréter que nous avons mérité ça ? Que Bella a mérité une fin pareille ?

La maladie remonte dans ses poumons. Elle part pour l'hôpital, où on draine le liquide qui l'étouffe avant de la renvoyer chez elle. Elle arrive à peine à respirer.

Jill n'est pas là. Elle séjourne dans un hôtel sur Times Square. Le vendredi, je me retrouve à enfiler mes bottes et mon manteau, laissant Aaron et Bella seuls à l'appartement pour me diriger vers Midtown, au milieu des lumières de Broadway. Tous ces gens qui s'apprêtent à aller voir un spectacle au théâtre. Certains fêtent peut-être quelque chose. Une promotion, une soirée en ville. S'offrir des places pour une comédie musicale joyeuse ou pour la dernière pièce de théâtre à la mode avec une célébrité en tête d'affiche est pour eux une folie. Ils vivent dans un univers différent ; nous ne nous croisons pas. Nous ne nous voyons même plus.

Je la trouve au bar de son hôtel. Je n'avais pas vraiment élaboré de plan, pas anticipé ce que je ferais en arrivant. L'appeler sur son portable ? Demander son numéro de chambre ? Je n'ai pas à me poser la question : elle est assise à une table, devant une vodka-martini.

Je sais que c'est de la vodka, parce que Bella boit la même chose. Jill nous laissait boire des gorgées dans son verre quand nous étions très jeunes. Plus tard, elle nous en préparait, alors que nous n'avions pas encore l'âge légal de boire de l'alcool.

Elle porte un tailleur-pantalon en crêpe de soie orange, avec un foulard. Je bouillonne de colère de voir qu'elle a trouvé l'énergie de s'habiller ainsi. Qu'elle a accessoirisé sa tenue. Qu'elle arrive encore à trouver que tout cela a de l'importance.

— Jill.

Elle sursaute et manque renverser son verre.

— Qu'est-ce que… Est-ce que tout va bien ?

Sa question me donne envie de rire. Qu'est-ce que je peux lui répondre ? Sa fille est en train de mourir.

— Pourquoi n'êtes-vous pas avec elle ?

Il y a quarante-huit heures qu'elle n'est pas venue voir Bella. Elle appelle Aaron, mais ne nous honore pas de sa présence.

Elle écarquille les yeux mais son front reste absolument statique. L'effet des injections, un domaine de la médecine qu'elle a la chance de pouvoir choisir puisque ses cellules ne sont pas des monstres qui se multiplient.

Je m'assois près d'elle. Dans mon pantalon de yoga et le vieux sweat de l'université de Pennsylvanie de David, que j'ai gardé.

— Est-ce que tu veux boire quelque chose ?

Un barman veille au grain, au garde-à-vous.

— Un dry martini.

Je ne m'attendais pas à ce que ces mots sortent de ma bouche. Je pensais dire seulement ce que j'avais à dire et tourner les talons.

On m'apporte rapidement mon verre et elle me fixe. Est-ce qu'elle croit que je vais trinquer avec elle ?

— Qu'est-ce que vous faites ici ?

Même question, autre approche. Qu'est-ce que vous faites ici, dans cette ville ? Qu'est-ce que vous faites ici, dans cet hôtel où votre fille n'est pas ?

— Je veux être près d'elle, répond-elle d'un ton neutre.

Aucune émotion.

— Elle… Elle a besoin de vous.

Jill secoue la tête.

— Je gênerais.

Elle fait livrer de la nourriture à l'appartement, a loué les services d'une femme de ménage. Lundi, elle a apporté des fleurs et demandé où était le sécateur.

— Je ne comprends pas. Et Frederick ? Où est-il ?

— En France, dit-elle simplement.

J'ai envie de crier. De l'étrangler. Je veux comprendre *comment, comment, comment*. C'est de Bella qu'il s'agit.

Je bois une gorgée d'alcool.

— Je me souviens de quand vous vous êtes rencontrées, Bella et toi. Ç'a été le coup de foudre.

— Au parc.

Nous ne nous sommes pas connues à l'école, mais dans un parc de Cherry Hill. Nous nous étions rendus à un pique-nique à l'occasion de la fête de l'Indépendance. Mes cousins vivaient dans le New Jersey et nous avaient invités à nous joindre à eux. Nous leur rendions rarement visite. C'étaient des juifs conservateurs alors que nous étions des libéraux et ils avaient des opinions assez tranchées quant à notre degré de judaïsme. Mais, pour une raison quelconque, nous les avions rejoints au lieu d'aller à la mer.

De leur côté, Bella et sa famille étaient dans le même parc. Comme nous, les Gold venaient de s'installer à une quarantaine de kilomètres de là. Ils étaient venus à cause du travail de Frederick, une sorte de barbecue d'entreprise. Nous nous sommes rencontrées près d'un arbre. Elle portait une robe bleue en dentelle, des chaussures blanches, et un serre-tête rouge. Ça faisait beaucoup pour une petite Française. Je me rappelle m'être dit qu'elle avait un accent, mais ce n'était pas vrai, pas vraiment.

Simplement, c'était la première fois que j'entendais parler quelqu'un qui ne venait pas de Philadelphie.

— Elle parlait de toi sans arrêt. J'avais peur qu'elle ne te revoie jamais, alors nous l'avons envoyée à Harriton.

Je la dévisage.

— Comment ça, vous l'avez envoyée à Harriton ?

— Nous avions peur qu'elle n'arrive pas à se faire d'amis. Mais, dès qu'elle t'a rencontrée, on a senti que vous seriez inséparables. Ta mère nous a dit que tu commençais l'école à Harriton à la rentrée, alors nous l'avons inscrite là-bas elle aussi.

— À cause de moi ?

Jill soupire et rajuste son foulard.

— Je suis loin d'avoir été une bonne mère, je le sais bien. J'ai même été une mauvaise mère, parfois. Il m'arrive de me dire que tout ce que j'ai fait de bien, c'est de te l'avoir confiée.

Les larmes me montent aux yeux, brûlantes. Comme si des abeilles minuscules me piquaient les paupières.

— Elle a besoin de vous.

Jill secoue la tête.

— Tu la connais tellement mieux que moi… Qu'est-ce que je pourrais bien lui donner, à ce stade ?

Je me penche en avant. Pose ma main sur la sienne. Elle sursaute à mon contact. Je me demande à quand remonte la dernière fois que quelqu'un l'a touchée.

— Vous. Sa mère.

CHAPITRE 39

Jill vient avec moi. Arrivée à la porte de la chambre, elle s'attarde sur le seuil.

— Dannie ? appelle Bella. Qui est là ?

— C'est maman, dit Jill.

Je les laisse seules.

Je sors. Je marche. Mon portable sonne. Ma mère. Je décroche.

— Dannie. Comment va-t-elle ?

Dès que j'entends sa voix, je me mets à pleurer. Je pleure pour ma meilleure amie qui se bat pour réussir à respirer. Je pleure pour ma mère, qui connaît trop bien la douleur que j'éprouve. Le genre de douleur que personne ne devrait avoir à supporter. Je pleure sur la relation que j'ai perdue, le mariage qui n'aura pas lieu, l'avenir qui n'existera pas.

— Oh, ma pauvre chérie. Je comprends.

— David et moi avons rompu.

— Je vois.

Elle n'a pas l'air surprise, mais demande tout de même :

— Que s'est-il passé ?

— On ne s'est jamais mariés.

— Non. En effet.

Nous gardons toutes deux le silence.

— Est-ce que ça va ? finit-elle par demander.

— Je n'en suis pas sûre.

— Bon. Ça pourrait être pire. As-tu besoin d'aide ?

C'est une question simple, qu'elle m'a posée à de nombreuses reprises au cours de ma vie. As-tu besoin d'aide pour faire tes devoirs ? As-tu besoin d'aide pour régler la mensualité de ta voiture ce mois-ci ? As-tu besoin d'aide pour monter ce panier de linge au premier ?

On m'a demandé si souvent si j'avais besoin d'aide que j'ai pu me permettre d'oublier la portée de la question, son importance. Je comprends à présent comment l'amour a été amené dans ma vie, intégré à une toile de fond que j'ai eu la chance de pouvoir ignorer à la longue. Mais plus maintenant.

— Oui.

Elle me dit qu'elle va écrire à David, s'assurer que les prestataires nous remboursent lorsque c'est possible. Elle s'occupe des renvois et des appels. C'est ma mère. Elle va m'aider. Elle est là pour ça. C'est ce que les mères font.

Je remonte à l'appartement. Jill n'est plus là. Aaron doit être dans la chambre d'amis car je ne le vois pas. Dans sa chambre, Bella ne dort pas.

— Dannie, chuchote-t-elle d'une voix éthérée.

— Oui ?

— Viens là.

Je contourne le lit et m'allonge sous la couette, à côté d'elle. Ça me fait mal de la regarder. Elle n'a plus que la peau sur les os. Ses courbes, la douceur et le mystère intrinsèques à son corps depuis si longtemps, tout cela a disparu.

— Ta mère est partie ?

— Merci, se contente-t-elle de répondre.

Je ne dis rien, entrelaçant seulement nos doigts.

— Tu te souviens des étoiles ?

Au début, je pense qu'elle parle peut-être des nuits sur la plage. Ou de rien de particulier. Qu'elle voit quelque chose que je ne vois pas.

— Les étoiles ?

— Dans ta chambre.

— Les étoiles collées plafond.

— On essayait toujours de les compter, tu te rappelles ?

— On n'a jamais réussi. On finissait toujours par perdre le fil.

— Ça me manque.

Je prends sa main. J'ai envie de prendre tout son corps dans ma main. De l'étreindre. De la serrer contre moi afin qu'elle ne puisse pas s'échapper.

— Dannie. Il faut qu'on en parle.

Je garde le silence mais je sens des larmes rouler sur mes joues. C'est comme si tout était mouillé. Froid. Humide. Une humidité dont il serait impossible de se débarrasser.

Bêtement, désespérément, je finis par demander :

— De quoi ?

— Du fait que je suis en train de mourir.

Je me tourne vers elle, car elle peut à peine bouger. Son regard se rive au mien. Ces yeux. Les yeux que j'aime depuis si longtemps. Ils sont toujours là. Elle est toujours là. Et c'est inimaginable de penser que cela va s'arrêter.

Sauf que, bientôt, elle ne sera plus là. Elle est en train de mourir. Et je ne peux pas lui refuser ça. L'honnêteté.

— Ça ne me plaît pas du tout. C'est une mauvaise politique.

Elle rit, puis tousse. Ses poumons sont remplis de liquide.

— Désolée.

Je vérifie sa pompe à morphine et lui laisse une minute pour reprendre son souffle.

— C'est moi qui suis désolée.

— Bella. Je t'en prie.

— C'est vrai, insiste-t-elle. Je voulais être là pour toi.

— Et tu es là. Tu as toujours été là.

— Pas pour tout, murmure-t-elle.

Elle cherche ma main sous les couvertures. Je la lui donne.

— Je ne serai pas là pour ta grande histoire d'amour.

Je pense à David, à notre ancien appartement, et aux mots de Bella. « Je le sais parce que c'est comme ça que tu m'aimes. »

— Tu n'as jamais connu le véritable amour.

— Tu te trompes.

— Non. Tu n'as jamais vraiment été amoureuse. Tu n'as jamais eu le cœur brisé.

Je repense à Bella au parc, Bella à l'école, Bella à la plage. Bella allongée par terre dans mon premier appartement à New York. Bella sous la pluie, une bouteille de vin à la main. Bella dans l'escalier de secours à 3 heures du matin. La voix de Bella le 31 décembre, qui grésille dans son portable depuis Paris. Bella. Toujours Bella.

— Si.

Elle me regarde. Je vois tout dans ses yeux. Notre amitié. Les décennies passées ensemble. Les décennies à venir. Plus nombreuses encore. Sans elle.

— Ce n'est pas juste.

— Je sais.

Son épuisement nous submerge toutes les deux. Il nous emporte. Sa main ramollit dans la mienne.

CHAPITRE 40

Ça arrive un jeudi. Je dors. Aaron est sur le canapé, Jill et l'infirmière sont avec elle. Ces derniers moments interminables et horribles, je les rate. Je suis dans l'appartement, à quelques mètres d'elle, mais pas avec elle. Lorsque je me réveille, elle n'est plus là.

Jill organise les funérailles. Frederick prend l'avion pour New York. Ils font une fixation sur les fleurs. Frederick veut une cathédrale. Un octuor. Où peut-on trouver une chorale de gospel à Manhattan ?

— C'est n'importe quoi, lâche Aaron.

Nous sommes chez Bella. Il est tard. Elle nous a quittés depuis deux jours. Nous buvons du vin. Trop de vin. Je suis saoule en continu depuis quarante-huit heures.

— Ce n'est pas ce qu'elle aurait voulu.

Il parle de l'enterrement. Enfin, je crois. Peut-être pas. Peut-être qu'il parle de la situation en général. Il n'aurait pas tort.

— Alors on devrait plutôt organiser une cérémonie telle qu'elle l'aurait souhaitée : entre nous.

— Une célébration de la vie ?

Je tire la langue : je ne veux rien célébrer. Tout est trop injuste. Rien n'aurait dû se passer comme ça.

Mais Bella adorait sa vie, elle en a aimé chaque instant. Elle adorait sa façon de la vivre. Elle adorait l'art et les voyages et les croque-monsieur. Elle aimait Paris pour un week-end et le Maroc pour une semaine et Long Island au coucher du soleil. Elle adorait ses amis ; elle adorait les réunir, courir d'un bout à l'autre de la pièce, remplir les verres et faire promettre à tous qu'ils resteraient tard. C'est ce qu'elle aurait voulu.

— D'accord.

— Où ça ?

En hauteur, près du ciel, un endroit avec une terrasse. Un endroit avec une belle vue sur la ville qu'elle aimait.

— Aaron… est-ce que tu as encore ces fameuses clés ?

***

Deux jours plus tard. Le 15 décembre. Nous serrons les dents pendant les funérailles. Entre les parents et les discours. Nous serrons les dents d'être relégués, peut-être pas dans le fond, mais sur le côté. *Est-ce que vous êtes de la famille ?*

Nous avons déjà serré les dents pour la logistique. La pierre tombale, la crémation, les documents à fournir. Les papiers à remplir, les e-mails à envoyer, les appels à passer. Les réactions. « Quoi ? Non.

C'est impossible. Je ne savais même pas qu'elle était malade. »

Frederick a décidé que la galerie resterait ouverte. Ils vont trouver quelqu'un pour s'en occuper. Elle gardera son nom. *L'appartement n'est pas la seule chose que tu aies finie*, ai-je envie de lui dire. Comment ai-je pu ne pas le voir ? La façon dont elle a dirigé cet endroit. Pourquoi ne l'ai-je jamais félicitée ? Alors que je fais l'inventaire de sa vie et que je prends conscience de tout ce qu'elle a accompli, je donnerais tout pour le lui dire.

Nous nous rassemblons à la tombée du jour. Berg et Carl, des amis rencontrés dans la vingtaine. Morgan et Ariel. Les filles de la galerie. Deux amis de Paris, et quelques copines de l'université. Les gens de son cercle de lecture. Autant de gens qui l'ont tous aimée, appréciée, qui ont eu accès à différentes facettes de son âme vive et florissante.

Nous nous retrouvons sur ce morceau de terrasse, tremblants dans nos manteaux, mais être dehors et prendre l'air nous fait du bien. Morgan me ressert du vin. Ariel s'éclaircit la gorge. Des deux, c'est elle la plus timide. Elle est plus réservée que Morgan.

— J'aimerais lire quelque chose.

Nous nous rassemblons en un demi-cercle et elle se lance.

— Bella m'a envoyé ce poème il y a un mois environ, et m'a demandé de le lire. C'était une grande artiste, mais c'était aussi une grande écrivaine. C'était…

Elle secoue la tête.

— Enfin bref, je tenais à partager cela avec vous ce soir.

Elle toussote puis commence à réciter :

Il existe un bout de terre
Par-delà le ciel et la mer.

Caché derrière les montagnes
Et même derrière les collines…

Celles d'un vert voluptueux
Qui montent jusqu'aux cieux.

J'y étais, avec toi.

Ce n'est pas grand, sans être trop petit non plus.
On pourrait peut-être y faire tenir une maison,
Mais nous n'y avons jamais pensé.

À quoi cela nous servirait ?
Nous y vivons déjà.

Lorsque la nuit tombe
Et que la ville s'arrête,

Je suis là, avec toi.

Nos bouches rieuses, nos esprits vides
De tout, sauf de ce qui existe.

Et qu'est-ce qui existe ? Je te le demande.

Ceci, me dis-tu. Toi et moi, ici.

Le silence s'abat sur notre petite assemblée. Je connais l'endroit dont elle parle. C'est une clairière entourée de montagnes et de brouillard, traversée par une rivière. C'est un lieu silencieux, paisible et éternel. C'est cet appartement.

Je resserre les pans de mon manteau. Il fait froid, mais la morsure de l'hiver me fait du bien. Pour la première fois depuis une semaine, elle me rappelle que je suis vivante, réelle. Berg s'avance ensuite pour lire une strophe de Chaucer, le poète préféré de Bella, qu'elle avait découvert au lycée. Il déforme sa voix. Tout le monde rit.

Il y a du champagne, et ses gâteaux préférés en provenance d'une boulangerie sur Bleecker. Il y a aussi des pizzas de Rubirosa, mais personne n'y touche. Nous avons besoin qu'elle revienne, souriante et pleine de vie, pour retrouver l'appétit.

Enfin, mon tour arrive.

— Merci à tous d'être venus. Avec Greg, nous savions qu'elle aurait aimé quelque chose d'informel avec les gens qui lui étaient chers.

— Elle adorait les tenues de soirée, cela dit, intervient Morgan.

Nous rions.

— C'est bien vrai. C'était un esprit en mouvement perpétuel, une âme pleine d'entrain, et elle nous a tous touchés. Elle me manque. Elle va me manquer à jamais.

Le vent souffle sur la ville. J'ai envie de croire que c'est elle qui nous dit un dernier au revoir.

***

Lorsque nous avons les doigts gelés et les lèvres gercées, nous décidons qu'il est temps de rentrer.

Je serre Morgan et Ariel dans mes bras. Elles promettent de venir nous aider à trier les affaires de Bella la semaine prochaine. Les filles de la galerie m'invitent à passer et je leur réponds que je n'y manquerai pas. Une nouvelle exposition commence. Bella en était très fière. J'irai la voir.

Puis il ne reste plus que nous deux. Aaron ne me demande pas s'il peut m'accompagner mais, lorsque le taxi arrive, il grimpe dans la voiture avec moi. Nous traversons le centre en silence. Nous prenons le pont de Brooklyn, miraculeusement dégagé. Pas de bouchons. Pas de barrages. Plus maintenant. Nous nous faisons déposer devant le bâtiment.

Les clés sont désormais en ma possession.

Nous passons la porte, prenons le monte-charge, entrons dans l'appartement. Tout ce contre quoi j'ai lutté se matérialise sous mes mains, de mon fait.

Je retire mes chaussures et vais m'allonger sur le lit. Je sais ce qui va se passer. Je sais exactement ce que nous nous apprêtons à vivre.

CHAPITRE 41

J'ouvre les yeux. J'ai dû m'endormir. Il est là, et la réalité de ce qui nous arrive, de la perte de Bella, des mois qui viennent de s'écouler tourbillonne autour de nous comme une tempête imminente.

— Est-ce que ça va ? me demande Aaron.

— Non ! Non, ça ne va pas.

Il soupire. Franchit la distance qui nous sépare.

— Tu t'es endormie.

— Qu'est-ce qu'on fait ici ?

Je veux savoir. Je veux qu'il le dise. Je veux que la vérité soit exposée au grand jour, tout de suite.

— Voyons…

Il tient bon. Mais j'ignore si c'est un refus de l'inévitable ou un refus de répondre à la question.

— Est-ce que tu sais qui je suis ?

Même si je le soupçonne de comprendre, j'ai envie de lui expliquer que je ne suis pas cette personne. Que ce qui s'est passé, ce qui se passe ici, entre nous, ce n'est pas moi. Que jamais je ne la trahirais. Mais qu'elle est partie. Elle est partie, et je ne sais pas comment faire avec ça. Je ne sais pas quoi faire de tout ce qu'elle a laissé dans son sillage.

Il pose un genou sur le lit.

— Enfin, Dannie, c'est quoi cette question ?

— Je ne sais pas. Je ne sais pas où je suis.

— C'était une bonne soirée, me rappelle-t-il gentiment. Tu ne crois pas ?

En effet, oui. Sans l'ombre d'un doute. C'était ce qu'elle aurait voulu. Ce rassemblement était à son image. La spontanéité, l'amour. Une belle vue sur Manhattan.

— Si.

Mon regard se pose sur la télévision. Une tempête se prépare, elle se rapproche de plus en plus. Ils prévoient vingt centimètres de neige, apparemment.

— Est-ce que tu as faim ?

Nous n'avons rien avalé de la soirée. Néanmoins, je dis que non. Mais il insiste et mon estomac répond à ma place. Je suis affamée, en réalité.

Aaron se rend dans le dressing et je lui emboîte le pas, impatiente de retirer cette robe. Il ouvre un tiroir et en sort un pantalon de jogging et un tee-shirt qu'il a oubliés. Il les mettait quand il faisait des travaux. Ce sont les seules choses ici qui ne m'appartiennent pas.

— J'ai déménagé à Dumbo.

Face à mon air incrédule, Aaron rit et je l'imite. Tout cela est tellement ridicule qu'on ne peut pas s'en empêcher. Cinq ans plus tard, j'ai quitté Murray Hill et Gramercy et je vis à Dumbo.

Je me change et me passe le visage sous l'eau, mets de la crème, puis me rends dans le salon. De la cuisine, Aaron m'informe qu'il prépare des pâtes.

Il a posé son pantalon sur le dossier d'un fauteuil. Quand je le plie son portefeuille tombe d'une poche. Je l'ouvre. La carte de fidélité de Stumptown. Et… une photo de Bella. Elle rit, les cheveux dansant autour du visage. La plage d'Amagansett. C'est moi qui ai pris cette photo l'été dernier. J'ai le sentiment que c'était il y a des années.

Nous optons pour du pesto pour accompagner les pâtes. Je m'assois au comptoir de la cuisine.

— Est-ce que je suis toujours avocate ? je demande avec inquiétude.

Je n'ai pas mis les pieds au bureau depuis bientôt deux semaines.

— Bien sûr.

Il me propose du vin rouge. Je hoche la tête et il remplit mon verre.

Nous mangeons. C'est bon. Nécessaire. J'ai le sentiment que le repas m'aide à reprendre pied. Une fois que nous avons terminé, nous emportons nos verres au salon, mais je ne suis pas prête. Pas encore. Je m'installe dans l'un des fauteuils bleus. Je pourrais partir. Refuser de faire face à ce qui m'attend.

Je vais jusqu'à me diriger vers la porte.

— Où tu vas ? s'inquiète Aaron.

— À l'épicerie.

— À l'épicerie ?

L'instant d'après, il m'a rejointe. Il prend mon visage dans ses mains, comme il l'a fait il y a quelques jours, à l'autre bout du monde.

— Reste. S'il te plaît, ne pars pas maintenant.

Alors je reste. Bien sûr. J'allais forcément rester. Je le laisse m'emporter au sein de cet appartement, telle une vague. Tout est fluide, indispensable, comme si c'était déjà arrivé.

Il me serre dans ses bras, puis il m'embrasse. Lentement d'abord, et ensuite plus vite, comme s'il essayait de me faire passer un message, de transpercer une carapace.

Nous nous déshabillons rapidement.

Sa peau est brûlante contre la mienne, à vif, impatiente. À son contact, mon corps alangui s'embrase. Un incendie dévore tout autour de nous. J'ai envie de crier. De nous réduire en lambeaux.

Nous faisons l'amour dans ce lit. Ce lit que Bella a acheté. Cette union que Bella a érigée. Ses doigts courent sur mon épaule, puis suivent la courbe de ma poitrine. Il m'embrasse dans le cou. Son corps au-dessus du mien est lourd, réel. Il respire bruyamment dans mes cheveux et prononce mon nom. Nous allons nous briser trop vite. Je ne veux pas que ça s'arrête. Jamais.

Lorsque c'est fini, lorsqu'il retombe sur moi en tremblant, me couvrant de baisers et de caresses, j'ai le sentiment d'y voir clair, comme si on m'avait donné un coup derrière la tête. Je le vois dans les étoiles. Partout. Au-dessus de nous.

Je savais déjà cela il y a cinq ans. J'ai tout vu, y compris vu ce moment. Mais, à cet instant, alors que j'observe Aaron étendu près de moi, je prends conscience d'une chose que je n'avais pas comprise avant cette minute précise, à 23 h 59.

J'avais vu ce qui allait se passer, mais pas ce que cela signifiait.

Je baisse les yeux sur la bague à mon doigt. Elle orne mon majeur, et n'en a pas bougé depuis que je l'y ai mise. C'est la sienne, bien sûr, pas la mienne. Je la porte pour continuer à me sentir proche d'elle.

Cette robe, c'est un linceul. Ma tenue pour ses funérailles.

Ce sentiment, ce sentiment écrasant, infini, insurmontable qui emplit l'appartement et menace de faire exploser les fenêtres, ce n'est pas de l'amour. Non. Je me suis méprise. J'ai mal compris parce que je ne savais pas ; j'ignorais ce qui nous mènerait là. Ce sentiment, ce n'est pas de l'amour.

C'est de la douleur.

***

L'horloge tourne.

APRÈS

Aaron et moi sommes allongés côte à côte, parfaitement immobiles. Nous ne sommes pas mal à l'aise, même si nous ne parlons pas. Je nous soupçonne d'accepter ce que nous venons de découvrir : il n'y a nulle part où nous cacher. Pas même l'un en l'autre.

— Elle en rirait, finit-il par dire. Tu le sais, n'est-ce pas ?

— Peut-être qu'elle me tuerait d'abord.

Il s'apprête à poser une main sur mon ventre, puis se ravise et m'effleure le bras.

— Elle sait, affirme-t-il.

— Je suppose que oui.

Je roule sur le côté. Nous nous regardons. Deux êtres liés par le chagrin.

— Est-ce que tu veux rester ?

Il me sourit et ramène une mèche de cheveux derrière mon oreille.

— Je ne peux pas.

Je hoche la tête.

— Je sais.

J'ai envie de me réfugier en lui. Que ses bras soient ma couche. De rester là jusqu'à ce que passe la tempête. Mais c'est impossible, bien sûr. Il a sa propre tempête à traverser. Chacun peut aider l'autre dans son histoire, mais pas dans son ressenti. C'est différent. Ça l'a toujours été.

Je balaie l'appartement du regard. Cet endroit qu'elle a imaginé pour moi. Cet abri.

— Où vas-tu aller ?

Il a son appartement. Sa vie. Celle qu'il vivait à la même époque l'année dernière, avant que le destin ne l'emporte pour le déposer ici, le 16 décembre 2025. *Où vous voyez-vous dans cinq ans ?*

— Est-ce que tu voudrais qu'on déjeune ensemble demain ? propose-t-il tout en se redressant et en remettant discrètement son caleçon sous la couette.

— Oui. Ce serait sympa.

— Ça pourrait devenir une tradition hebdomadaire.

Il tente d'établir quelque chose. Des limites, peut-être une amitié.

— J'aimerais bien.

Je regarde ma main. Je ne veux pas. Je voudrais la garder pour toujours. Cette promesse à mon doigt. Mais ce n'est pas ma promesse. C'est celle d'Aaron.

Je la retire.

— Tiens. Tu devrais la reprendre.

Il secoue la tête.

— Elle tenait à ce que tu…

— Non. C'est à toi.

Il hoche la tête et prend la bague.

— Merci.

Il se lève. Remet sa chemise. J'en profite pour me rhabiller également, et tout à coup il se tourne vers moi.

— On peut finir la bouteille de vin. Si tu ne veux pas rester toute seule ?

Je réfléchis. Je réfléchis à la promesse que renferme cet endroit. Ce moment. Cette nuit.

— Ça va aller, merci.

Je n'en ai pas la moindre idée.

Nous traversons l'appartement sans faire de bruit, nos pas silencieux sur le sol en béton ciré.

Il me serre contre lui. Ses bras sont forts, réconfortants. Mais la tension, l'énergie cinétique qui nous attirait l'un vers l'autre et exigeait d'être libérée, tout cela a disparu.

— Rentre bien.

L'instant d'après, il n'est plus là.

Je fixe longuement la porte. Est-ce que je le verrai demain ? Ou est-ce que je recevrai un message, une excuse ? Est-ce que c'est un au revoir pour nous aussi ? Je l'ignore. Je n'ai pas la moindre idée de ce qui va se passer à partir de maintenant.

Je tourne dans l'appartement pendant une heure. Je touche tout. Les comptoirs en marbre. Les placards noirs en bois. Les tabourets en bois de cerisier. Tout a toujours été blanc chez moi, mais Bella savait que j'avais besoin de couleur. Je m'approche de la commode orange et j'aperçois alors la photo encadrée qui trône dessus. Deux adolescentes, dans les bras l'une de l'autre, qui se tiennent devant une petite maison blanche avec un auvent bleu.

— Tu avais raison, dis-je tout haut.

Je ris. Puis je pleure. Des sanglots hystériques d'une personne prise entre l'ironie et le chagrin. La tapisserie de notre amitié continue à se tisser sous mes yeux, même en son absence.

Dehors, il commence à neiger. Les premiers flocons de l'année. Je repose le cadre, m'essuie les yeux. Puis j'enfile mes bottes en caoutchouc, ma doudoune et mon écharpe. Clés, porte, monte-charge.

Dehors, les rues sont vides. Il est tard, et c'est Dumbo. Il neige mais je discerne une lumière, un pâté de maisons plus loin. Je remonte la rue. L'épicerie.

J'entre. Une femme passe le balai derrière le comptoir. Néanmoins il fait chaud, toutes les lumières sont allumées et elle ne me dit pas que ça ferme. Je consulte le menu. L'éventail de sandwichs que je n'ai encore jamais goûtés. Je n'ai absolument pas faim, mais je pense à demain. Je pourrai venir ici commander un bagel, ou un sandwich de pain de seigle au thon. Un sandwich de petit déjeuner, avec des œufs, des tomates, du cheddar et de la roquette. Quelque chose de différent.

La clochette de la porte sonne derrière moi. Un tintement aux accents de fêtes de Noël.

Je me retourne et il est là.

— Dannie, s'étonne le docteur Shaw. Qu'est-ce que vous faites ici ?

Il a les joues rouges. Un franc sourire aux lèvres. Il n'est pas en blouse mais en jean et en manteau. Il est beau, bien sûr, comme peut l'être la familiarité. Une beauté un peu usée, un peu marquée.

— Docteur Shaw.

— Je vous en prie, appelez-moi Mark.

Il tend le bras. Nous nous serrons la main.

Nous resterons là jusqu'à la fermeture, dans une heure, à boire du café et du thé qui finiront par refroidir. Il me raccompagnera chez moi. Il me dira qu'il est vraiment navré pour Bella. Qu'il ne savait pas que je vivais à Dumbo. Je lui répondrai que je n'y habitais pas auparavant. Il me demandera s'il peut me revoir, peut-être au même endroit, quand je serai prête. Je lui réponds que oui, peut-être. Peut-être.

Mais tout cela n'arrivera que dans une heure. Pour le moment, de l'autre côté de minuit, nous ne savons pas encore ce qui nous attend.

Soit. Qu'il en soit ainsi.

REMERCIEMENTS

Un merci tout particulier à…

Lindsay Sagnette, mon éditrice, qui n'a eu qu'à me dire bonjour pour me convaincre. Merci de m'avoir séduite et de m'avoir forcée à utiliser l'expression « le bon ». Tu es la bonne personne… et j'ai une chance folle.

Erin Malone, mon agente, qui continue à défendre ma carrière bec et ongles, avec des compétences exceptionnelles et dans le plus grand respect. Erin, merci de croire en ce qu'on ne voit pas encore, et merci de me faire réellement confiance. Je suis chanceuse et reconnaissante. Je te le dis une fois pour toutes : jamais tu ne parviendras à te débarrasser de moi.

Dan Farah, ma directrice : merci pour ta volonté de grandir, pour ton engagement total envers ma carrière et notre relation, et la foi sans bornes que tu as en mon avenir. Je suis fière de nous.

David Stone, mon agent. Merci de garder tout et tout le monde dans le rang. Tu n'imagines pas à quel point j'ai besoin de ta sagesse, tes conseils et ton soutien. Tu es notre éternelle grande personne.

Toute l'équipe d'Atria, particulièrement Libby McGuire, de m'avoir accueillie à bras ouverts.

Laura Bonner, Caitlin Mahony et Matilda Forbes Watson pour avoir emmené Dannie et Bella dans le monde entier.

Kaitlin Olson pour sa disponibilité et son attention, et Erica Nori pour être le membre le plus clé (oui, ça se dit) de cette équipe.

Raquel Johnson, parce que le véritable amour nous appartient déjà.

Hannah Brown Gordon, mon éternelle première lectrice. Merci de m'avoir dit que cette histoire était particulière, et différente de toutes celles que tu avais lues. J'avais besoin de l'entendre. J'en ai toujours besoin.

Lexa Hillyer pour m'aimer avec une telle compassion. Mon New York, c'est notre vie ensemble, et je la chérirai à jamais.

Lauren Oliver pour la (les...) révélation(s).

Emily Heddleson pour être la meilleure assistance (directrice...) de recherche dans le métier.

Morgan Matson, Jen Smith et Julia Devillers pour avoir été aussi fortes lorsque la route est devenue effrayante, et pour m'avoir conseillé de sauter le pas.

Anna Ravenelle : merci de me garder dans le droit chemin.

Melissa Seligmann, qui continues à être une source d'inspiration pour toutes mes histoires, tu es tout pour moi.

Danielle Kasirer, merci pour ta capacité à pardonner. Je te suis infiniment reconnaissante de tous les chapitres de notre histoire.

Jenn Robinson, pour les câlins les plus réconfortants et les coups de pied aux fesses les plus violents qui soient. Merci (et va te faire) de mettre la barre si haut.

Seth Dudowsky, parce que je ne savais pas encore lors de celui d'avant, alors je le dis dans celui-ci. C'est la plus longue des phases.

Mes parents, qui ne cessent de me montrer ce qu'est l'amour inconditionnel. Merci de m'aimer, tout entière, chaque jour. Dire que j'ai de la chance est un euphémisme. Tout ça, c'est grâce à vous.

Dans mon dernier livre, *The Dinner List*, j'ai conclu les remerciements en disant : « À toutes les femmes qui ont eu le sentiment que le destin ou l'amour les a trahies. Tenez bon. Ce n'est pas la fin de votre histoire. » À présent, je tiens à ajouter : « Même après minuit, et surtout après minuit, continuez à avancer vers ce qui vient vers vous. »

La communauté Charleston a aimé !

Chez Charleston, nous sommes convaincus que loin d'être une aventure solitaire, la lecture est une invitation au partage. Nous échangeons constamment avec nos lecteurs et lectrices, et nous sommes fiers de la belle communauté d'amoureux des livres que nous formons tous ensemble. Chaque année, nous choisissons au sein de cette communauté vingt lectrices et lecteurs qui nous accompagnent tout au long de l'année et découvrent nos romans en avant-première. Voici leurs avis !

« Je me suis pris une véritable claque en lisant ce roman ! La relation entre Dannie et Bella est extrêmement touchante. »

@madame.bovarysme

« Un texte qui m'a surprise et émue aux larmes. Une histoire d'amitié, belle, imparfaite, mais infinie. »

@laurasreadings

« L'autrice nous offre un incroyable page turner. Sa plume est douce, fluide, et nous procure une multitude d'émotions. »

@livresse_delire_delivre

« Une histoire forte et émouvante où l'amour, la vie, la mort et le destin se côtoient à merveille ! »

@lecturedepetiteplume

« Ce roman est un énorme coup de cœur. Une bouleversante histoire d'amitié. »

@entredeuxpages

« Ce livre a quelque chose de magique, de surprenant, de puissant, de brut. Il est tellement bien écrit qu'il nous ouvre les yeux sur l'imprévisibilité de la vie. »

@joanna_in_books_wonderland

« Ce roman nous parle de courage, de force, d'abnégation, de résilience, mais surtout d'amour. Une pépite à ne pas rater. »

@julie_jelis

« Un roman touchant et bouleversant. »

@steffdepikiti

Cet ouvrage est composé de matériaux issus de forêts gérées durablement certifiées PEFCTM.
Le Programme de reconnaissance des certifications forestières (PEFCTM) est le plus grand organisme mondial indépendant de contrôle pour une gestion durable des forêts.
Pour en savoir plus, consultez le site www.pefc-france.org

PEFC™ PEFC/14-38-00277

Achevé d'imprimer en juillet 2023
par Novoprint
Dépôt légal : août 2023
Imprimé en Slovaquie